教育部人文社会科学研究规划基金项目：14YJA740014

U0661368

樂府诗英译研究

Studies on Yuefu Poetry Translation

贾晓英 李正栓 著

By　Jia Xiaoying

　　　Li Zhengshuan

上海交通大学出版社
SHANGHAI JIAO TONG UNIVERSITY PRESS

内容提要

本书以乐府诗英译版本流传的渊源和发展过程作为主要书写脉络,但主要研究目的并非要勾勒乐府诗的英译发展历史,而是要通过细微的文本分析,比较汉、英两种语言间的文体差异与汉、英诗歌间的文化差异,结合乐府诗本体的语言、文化特点,深入探讨乐府诗在汉—英翻译过程中如何转换、传达并保留原文的内容。为此,本书的研究以国内外公开发行的不同时期、具有代表性的英译文本为主要依据。在众多的译者中选择了成就最大、最具代表性的9位译者,这些译者运用不同的翻译策略和翻译技巧,翻译了风格各异的乐府诗。本书的读者对象为高等院校英语专业的师生以及对英语典籍英译感兴趣的社会人士。

图书在版编目(CIP)数据

乐府诗英译研究/贾晓英,李正栓著. —上海:上海交通大学出版社,2019
ISBN 978 - 7 - 313 - 21458 - 4

Ⅰ.①乐…　Ⅱ.①贾…②李…　Ⅲ.①乐府诗-英语-文学翻译-研究-中国
Ⅳ.①I207.22②H315.9

中国版本图书馆 CIP 数据核字(2019)第 129445 号

乐府诗英译研究

著　　者:贾晓英　李正栓
出版发行:上海交通大学出版社　　　　　　　　地　　址:上海市番禺路 951 号
邮政编码:200030　　　　　　　　　　　　　　电　　话:021 - 64071208
印　　制:上海万卷印刷股份有限公司　　　　　经　　销:全国新华书店
开　　本:787mm×1092mm　1/16　　　　　　印　　张:14.25
字　　数:295 千字
版　　次:2019 年 9 月第 1 版　　　　　　　　印　　次:2019 年 9 月第 1 次印刷
书　　号:ISBN 978 - 7 - 313 - 21458 - 4/I
定　　价:58.00 元

版权所有　侵权必究
告读者:如发现本书有印装量问题请与印刷厂质量科联系
联系电话:021 - 56928178

前　言

　　乐府诗，常被人们简称为乐府，是我们中华民族的祖先在生产劳动中创造出的集音乐、舞蹈和诗歌为一体的艺术形式。它的起源最早可追溯至夏商周时期，在汉魏南北朝时期空前繁荣，影响了整个中国诗歌的创作，实现了中国诗歌由简单的四言诗向五言诗和七言诗的转变，为中国格律诗的发展奠定了基础。自唐以来，历朝历代的诗人们在创作时也都不忘寻本溯源，继续从古代乐府诗中汲取营养，李白、杜甫、陆游、辛弃疾等诗界巨匠们也都有许多乐府诗问世。

　　中国是一个诗歌的国度，对于各类诗体的研究已经非常深入，《诗经》《楚辞》的研究甚至早已成为专门之学。与之相比，乐府诗与音乐、舞蹈相伴而生的特点以及庞大的篇章总量和超长的时间跨度使其研究更易回归原生态，以揭示中国诗歌历史的发展脉络。自汉至清，出现了许多由史学家、文学家编撰的乐府诗著作。各类史书中的《乐志》《礼乐志》《音乐志》部分，都有对乐府诗的详细记录。自唐代吴兢的《乐府古题要解》至清代汪汲的《乐府遗声》，这中间还有许多专门研究乐府诗的著作问世。至当代，仍有很多学人致力于乐府诗的研究，如萧涤非的《汉魏六朝乐府文学史》、王运熙的《乐府诗述论》等均是这一时期的标志性成果。2006 年，由吴相洲主编的《乐府学》系列丛刊开始出版发行，这是学术界第一次把"乐府学"这一概念与诗经学、楚辞学、词学、曲学等并列，也标志着国内乐府学研究的正式形成。王宁宁所著《中国古代乐舞史》对乐府、诗乐舞之间关系进行了细致探讨。而以上有关乐府诗的文献学、音乐学和文学研究的成果也为本书的编写提供了大量可供借鉴的资料。

　　乐府诗的翻译与传播历史源远流长，最远可以追溯至唐代。当时的中国是世界上国力最强盛的国家之一，也是亚洲的文化、学术交流中心，吸引了世界各国的外交使节、商贾、僧侣、留学生等前来经商、取经、学习。中国的许多重要经典文集，如《汉书》《三国志》《宋书》《文选》等，也通过这些人大量流入当时的高丽、百济、新罗、日本、越南、蒙古和吐蕃等国家，其中自然包括乐府诗。以日本为例，自奈良时代起，日本文坛就对汉文学极为重视，学习、模仿、创作汉诗成为当时的文化潮流。即使到了近、现代，汉诗仍然是日本学校教育的重要课程。公元 751 年，日本最早的汉诗集《怀风藻》成书，所录诗歌以五言、八句为主，内容包括宴游、述怀、咏物等，文风华丽，讲求对仗，似是深受汉魏六朝乐府诗的影响。可见，当时的日本文人、贵族不仅翻译，同时也在模仿、创作乐府诗。在朝鲜半岛，据《旧唐书·高丽传》记载，当时传播到高丽的经典文集有"五经及《史记》《汉书》、范晔《后汉书》《三国志》……又有《文选》，尤爱重之"（刘昫，1975：5320）。传播到百济的文集"有五经、子、史，又表疏并依中华之法"（刘昫，1975：5329）。这些经史子集中也包含大量乐府诗。新罗与唐朝往来也极为密切，由官方出资购买中国书籍是留学生们学习之余的又一重要使命。在越南，汉诗的翻译和创作在经历漫长的发展后，于13—17世纪进入繁盛期，《全越诗录》中有很多仿乐府诗。蒙古的汉诗翻译与创作历经元、明、清三代，萨都刺的《雁门集》中所录诗篇可见乐府诗的深远影响。此外，随着和亲等外交活动的持续，中国的重要经典文集也流传到了吐蕃等西部少数民族地区。据《旧唐书·吐蕃传》记载，金城公主远嫁吐蕃时"请《毛诗》《礼记》《左转》《文选》各一部"（刘昫，1975：5232）。这其中，至少有《文选》"乐府"类之下的四十篇乐府诗。可见，乐府诗在亚洲的译者和接受者人数众多，传播范围也遍布邻近国家。这些国家都曾经深受中华传统文化的影响，形成了具有相同文化渊源的东方文化群体。这种具有高度文化认同感的群体之间所产生的文化交流活动往往具有更多的同质性，在文学作品的翻译过程中表现为更准确地诠释与更高程度地接受。而当乐府诗流传到西方时，它的诠释和接受发生在来自不同文化背景的个体或群体之间，从而呈现出实质性的跨文化交流特点。

在欧洲，乐府诗的翻译始于法兰西学院汉学教授德理文于1862年出版的法文版《唐诗》。1899年，德国汉学家佛尔克出版了德译汉诗集《汉魏六朝诗文选》，这也是目前已知含乐府诗的最早的德译汉诗集。20世纪中叶以后，乐府诗的俄文、西班牙文、意大利文译本也相继出现，但多为英文或法文版本的转译本。在多种西方语言的翻译文本中，以英文译本数量最多，译者群体最为庞大，读者分布范围也最广。

本书以乐府诗英译版本流传的渊源和发展过程作为主要书写脉络，但主要研究目的并非要勾勒乐府诗的英译发展历史，而是要通过细微的文本分析，比较汉、英两种语言间的文体差异与汉、英诗歌间的文化差异，结合乐府诗本体的语言、文化特点，深入探讨乐府诗在汉—英翻译过程中如何转换、传达并保留原文的内容。为此，本书的研究以国内外公开发行的不同时期、具有代表性的英译文本为主要依据。在众多的译者中选择了成就最大、最具代表性的9位译者，这些译者运用不同的翻译策略和翻译技巧，翻译了风格各异的乐府诗。我们认为，乐府诗的英译主要经历了三个发展阶段：第一阶段的发轫期即19世纪末至20世纪初，以英国为中心；第二阶段的形成期即20世纪中叶，以美国为中心；第三阶段的成熟期即20世纪末至21世纪初，以中国为中心。因此，在内容的整体框架下，本书涉及乐府诗英译重要文本的排列总体上按照分别在英、美、中三地公开出版发行的时间顺序为标准排序。

本书采用的研究方法可分为一般研究方法与专业研究方法。一般研究方法由描述性研究法和细读比较法组成。所谓描述性研究法就是对乐府诗文本分别在本民族内与民族间的传播进行过程描述;结合文化翻译和文化转向概念从译者和读者层面对西方乐府诗选择的价值判断进行分析描述。细读比较法主要是对文献进行阅读、翻译和比较,把握大量的文献信息,准确理解文献观点,总结和整合有用信息,探究乐府诗英译中文化传递的有效性和影响力。本书采取的专业研究方法主要是译介学和传播学研究方法。译介学通过对乐府诗英译文本的分析,深入翻译行为实例,跳出对某个文本的宏观点评描述和话语分析研究,从翻译目的论的角度详实地分析乐府诗文本在移入异域过程中译者主体和意识形态在文学传播过程中的干预和操纵,进而研究乐府诗文本的主要翻译策略。传播学方法在本书中用于研究乐府诗在译介过程中发生的传播行为、传播过程及其发生与发展的规律。这种研究方法可以帮助我们揭示乐府诗英译过程中译者身份变化及译诗选择的规律,也可以帮助我们分析乐府诗英译背后的历史、文化语境。

在研究过程中,我们尽力查找不同时期、有代表性的乐府诗英译本。那些能够呈现翻译艺术,传达译者翻译理念、翻译目的和翻译策略的重要文本都已纳入本书的研读范围。但由于本书论及的内容和时间有限,难以一一详述所有译本。因此,在本书的附录中也列出了其他乐府诗译著的作者和出版情况,以备参阅。

至于选诗标准,由于今人对乐府与其他中国古诗区分界限较为模糊,而本书需要对乐府与其他古诗进行区分的事实,更兼郭茂倩所编《乐府诗集》历来被看作是收集乐府诗的详备之作,本书只把郭茂倩《乐府诗集》中所列乐府辞纳入研究范围,对其他一些颇具乐府特征但仍有争议的作品排除在外。这样处理,大体上符合学术传统。

在撰写过程中,为了便于读者更直观地观察到译者的翻译风格以及作品的翻译效果,我们对所涉及的英文译文进行了中文回译,格式尽量做到齐整。对于研究过程中涉及的国外学者姓名,我们按照汉学界的传统中文译名处理,并在本书中第一次出现和生平介绍部分加括弧标示其外文全名及生卒年份。文中出现的外文参考书名全书统一做汉译处理,只在第一次出现时加括号注明原名称。本书所参考外文资料或译本中的译诗基本没有中文原诗对照,原诗人姓名也不明确或为威妥玛拼音标注,译诗标题多为意译,时有张冠李戴的现象。我们一一查证译诗原文后,诗篇名称和作者名均以郭茂倩《乐府诗集》所录为准,并加以说明。

在翻译研究领域,乐府诗还是一个较新的课题,鲜有成果问世。我们有意对当前的汉诗英译领域有所发现、有所拓展。编写过程中若有不当、不足之处,敬请读者不吝批评指正。

感谢本书中所有参考文献的作者,没有这些前期研究成果这本书难以顺利完成。

上海交通大学出版社臧燕阳编审对本书非常重视,进行了细致的校勘工作,使得本书能够顺利付梓,在此深表谢意。

编者
2019 年 5 月

目　录

第一章

乐府诗概述

第一节 乐府的设立与乐府诗的兴衰

乐府诗,常被人们简称为乐府,但在最初却是两个相互关联又彼此区分的概念。乐府是封建朝廷设立的管理音乐的宫廷官署;乐府诗在汉代叫"歌诗",原是指由乐府自民间采集并配乐演唱的歌曲。因为二者密切的关系,后世也把乐府所采集之诗称为乐府诗。

中国自古便有"采诗"的传统,《汉书·食货志》中这样记载周代的采诗制度:

> 孟春之月,群居者将散,行人振木铎徇于路以采诗,献之大师,比其音律,以
> 闻于天子。(班固,1962:1123)

周代专职的司乐官员叫太司乐,负责管理朝廷郊庙朝宴的乐章。西周春秋时代的《诗经》三百零五篇就是采诗活动中经官方之手整理编写完成。在古代,诗、乐不分,乐须配诗,诗必合乐,即所谓"诗言志,歌永言,声依永,律和声"。中国古诗的这种合乐可歌的特征可以追溯到先秦时期,如《诗经》《九歌》《楚辞》《成相篇》等,但这些古代乐歌属先秦雅乐,即乐歌,有别于汉代新兴音乐,相应的管理机关的性质也不同于乐府,所以乐歌不同于文学史上的乐府诗。

先秦雅乐往往是低徊往复一唱三叹,而乐府诗的句法和韵法则趋于整齐一律,音节也更直率平坦。试比较下面两首诗,一是《诗经》中的《王风·中谷有蓷》:

> 中谷有蓷,暵其干矣。有女仳离,嘅其叹矣。嘅其叹矣,遇人之艰难矣。
> 中谷有蓷,暵其修矣。有女仳离,条其啸矣。条其啸矣,遇人之不淑矣。

中谷有蓷，暵其湿矣。有女仳离，啜其泣矣。啜其泣矣，何嗟及矣。

（朱熹，2006：35）

另一首是魏文昭皇后甄宓的《塘上行》：

蒲生我池中，其叶何离离。傍能行仁义，莫若妾自知。众口铄黄金，使君生别离。念君去我时，独愁常苦悲。想见君颜色，感结伤心脾。念君常苦悲，夜夜不能寐。莫以豪贤故，弃捐素所爱？莫以鱼肉贱，弃捐葱与薤？莫以麻枲贱，弃捐菅与蒯？出亦复何苦，入亦复何愁。边地多悲风，树木何修修！从君致独乐，延年寿千秋。（郭茂倩，1979：521）

这两首都是弃妇诗。《中谷有蓷》以第三人称满怀同情地用山谷中枯萎的益母草作意象，比喻色衰的弃妇在人后独自哀伤、怨责、自悔不已。"嘅其叹矣、条其啸矣、啜其泣矣"三节在复述同一情绪，低徊往复，哀艾不尽，重复的语句和有伸缩的句式都便于歌诵；《塘上行》据信是甄姬被魏文帝赐死前所作。乐府诗的最大特色是叙事，而这首则重在抒情，全诗分三个层次，并无反复，而是层层递进，一步步揭开主人公内心深处复杂的情感世界，在句式上则为整齐的五言。这一转变见证了"歌诗"与"乐歌"的逐渐分离。

乐府诗随着汉武帝时代乐府署的建立而兴起，但作为掌管音乐的宫廷机关，乐府这个名字出现得还要早一些。1976年在陕西秦始皇陵区出土的秦代编钟上即有错金铭文"乐府"两个字，2000年在西安秦遗址还出土"乐府承印"封泥一枚，进一步验证了这一史实，即乐府并非始于汉武帝时期。西汉时，惠帝任命夏侯宽为乐府令。但这时相关人员的职责主要是演奏贵族制撰的乐歌，执行当时政治生活中各项音乐使用事宜，和民间俗曲并无关联。到汉武帝时，这一情况发生了很大转变，汉廷开始设立专门的机构和人员，采诗制礼作乐，从而使乐府这一专司礼乐的官署机构应运而生。《汉书·礼乐志》中记载：

至武帝定郊祀之礼，祠太一于甘泉，就乾位也；祭后土于汾阴，泽中方丘也。乃立乐府，采诗夜诵，有赵、代、秦、楚之讴。以李延年为协律都尉，多举司马相如等数十人造为诗赋，略论律吕，以合八音之调，作十九章之歌。（班固，1962：1045）

文中记载的赵、代、秦、楚分别指代今天的山西、河北、陕西和湖北、湖南，几乎遍及长江、黄河流域，可见当时的采诗范围之广。

乐府的设立是为了维护汉朝统治阶级的利益，其职能除了制作宗庙乐章，用以祭祀之类的国家庆典，借以歌功颂德，粉饰太平之外，还可以通过其日常的"采诗"制度收集民间歌谣曲谱，了解民间万象、百姓疾苦，以便制定和调整统治政策。当时的采诗官可以说是所有与文化有关的职业中最古老,同时也最具文化品位的一种。他们巡游各地,采集民间歌谣,以体察民俗风情、政治得失。即《汉书·艺文志》所谓:

> 哀乐之心感而歌咏之声发,诵其言谓之诗,咏其声谓之歌。古有采诗之官,王者所以观风俗,知得失,自考正也。(班固,1962:1701)

西汉设有太乐和乐府二署,分别掌管雅乐和俗乐,惠帝时成立的乐府令就是掌管雅乐的太乐,而武帝时成立的乐府,即为采集民间俗乐的乐府署,由精通音乐的李延年充任协律都尉,负责制定乐谱和训练乐员,同时大规模地搜集民歌配乐演唱,形成了《汉书·礼乐志》所云"内有掖庭才人,外有上林乐府,皆以郑声施"的盛况。乐府官署的设置,使汉代民歌得以大量保存,是以乐府便有了"文人乐府"与"民间乐府"之分。而民间乐府因其题材广泛、内容丰富,在汉武帝时期空前繁荣,许多流传至今的汉乐府佳作即是借由当时的乐府署采集写定,如《上邪》《十五从军征》《战城南》《古歌》等等。而文人乐府相对较少,主要有以刘邦《大风歌》为代表的楚歌和以韦孟《讽谏诗》为代表的传统典雅的四言诗。这个时期的诗歌与音乐联系还很紧密。直到东汉时期,在汉乐府民歌的影响下,文人五言诗才开始出现。这其中最脍炙人口的是由失意文人们写就的《古诗十九首》,这些诗在艺术上达到了相当成熟的阶段,因此在民间广为流传,成为中国文学史上早期文人五言诗的典范。刘勰在《文心雕龙·明诗》中对其给予了极高的评价:

> 又《古诗》佳丽,或称枚叔;其《孤竹》一篇,则傅毅之词。比采而推,两汉之作乎? 观其结体散文,直而不野,婉转附物,怊怅切情,实五言之冠冕也。(刘勰,1929:31)

《古诗十九首》的作者不易确定,有说一部分是枚乘所作,而《冉冉孤生竹》一首,又说是傅毅所作。今人综合考察《古诗十九首》所表现的情感倾向、所折射的社会生活情状以及它纯熟的艺术技巧,一般认为它并不是一时一人之作,它所产生的年代应当在东汉顺帝末到献帝前,即公元 140—190 年之间。《古诗十九首》构思精致巧妙而无匠气,语言质朴生动而不粗糙,能婉转如意地真实描写客观景物,也能哀感动人地深切表达作者的内心,实可算是两汉五言诗的代表作品。如《冉冉孤生竹》:

> 冉冉孤生竹,结根泰山阿。与君为新婚,菟丝附女萝。菟丝生有时,夫妇会有宜。千里远结婚,悠悠隔山陂。思君令人老,轩车来何迟? 伤彼蕙兰花,含英扬光辉。过时而不采,将随秋草萎。君亮执高节,贱妾亦何为? (郭茂倩,1979:1044)

清人陈祚明在《采菽堂古诗选》中认为：

> 《十九首》所以为千古至文者,以能言人同有之情也。人情莫不思得志,而得
> 志者有几? 虽处富贵,慊慊犹有不足,况贫贱乎? 志不可得而年命如流,谁不感
> 慨? 人情于所爱,莫不欲终身相守,然谁不有别离? 以我之怀思,猜彼之见弃,亦
> 其常也。失终身相守者,不知有愁,亦复不知其乐,咋一别离,则此愁难已。逐臣
> 弃妻与朋友阔绝,皆同此旨。故《十九首》虽此二意,而低回反人人读之皆若伤我
> 心者,此诗所以为性情之物。而同有之情,人人各具,则人人本自有诗也。但人
> 人有情而不能言,即能言而言不能尽,故特推《十九首》以为至极。(陈祚明,
> 2008:80)

这段叙述表明《古诗十九首》所抒发的,是人生最基本最普遍的两种情感和思绪——
一曰不得志,一曰别离,此为"人同有之情",但并非所有人都能以文抒怀,以文达意。而这
些诗歌却能够准确而优雅地表达出人生来共有的体验和感受,因而能永久地感动人,千古
常新。钟嵘的《诗品》赞颂它"天衣无缝,一字千金",明王世贞称《十九首》是"千古五言之
祖"都是并不过分的。

汉乐府从形式上看,体例颇为丰富。分三言、四言、五言、七言、杂言,应有尽有。尤其
是以整齐五言写就的《陌上桑》《焦仲卿妻》(《孔雀东南飞》)等名篇,更是脍炙人口。杂言
体的《孤儿行》《乌生》以其句式的灵活,在节奏与表现力上优势明显。根据叙事的繁简,诗
篇可长可短。既有寥寥数十字就生动描绘出江南采莲活动的乐趣,风格明朗欢快、隽永清
新的《江南可采莲》,又有洋洋洒洒千余字集叙事说理为一体的千古名篇《焦仲卿妻》。

汉乐府灵活的叙事体例也为后世文人的习作提供了珍贵的可供借鉴的丰富资源。这
一特征突出地表现在民歌《东门行》中,全诗由一言到七言多种句式组成,但其结构并不显
凌乱,叙事抒情畅若行云流水,令人感觉一气呵成。最后的"咄! 行!"两句一言,更是将男
主人公在万般无奈的状况下痛下决心,拔剑前行时毅然决然的神态惟妙惟肖地勾勒出来,
达到了如见其人、如闻其声的艺术效果。由此可见,作者对于句式体例的把握达到了炉火
纯青的境地。下例为《东门行》:

> 出东门,不顾归。来入门,怅欲悲。盎中无斗米储,还视架上无悬衣。拔剑东
> 门去,舍中儿母牵衣啼。"他家但愿富贵,贱妾与君共啡糜。上用仓浪天故,下当用
> 此黄口儿。今非!""咄! 行! 吾去为迟! 白发时下难久居。"(郭茂倩,1979:549)

汉乐府的艺术性不但表现在它灵活多变的体例上,还表现在它卓然不群、精准概括的
叙事技巧上。著名的《焦仲卿妻》就向读者一览无余地呈现出汉乐府在叙事性上无与伦比
的精妙之处,全诗一千七百余字,堪称中国古代第一长篇叙事诗。虽情节复杂,但叙事却

丝毫未现冗沓之感。全诗按照情节分为发生、发展、高潮和结局几部分，其中嵌入誓死、别母、双殉、合葬四折，情节设计跌宕起伏，极尽叙事之能事。全诗结构完整，叙事细致紧凑，牢牢抓住了读者的心理，再加上些许抒情的穿插，无不凸显出作者在叙事上的高超技艺。

汉乐府不但拥有绝佳的艺术性，而且因为秉承着"感于哀乐，缘事而发"的现实主义精神，其中的思想性也不容忽视。许多民歌深刻地刻画和反映了两汉社会的阶级状况、民生百态，描述了人民的悲欢离合，涉及的题材相当广泛。有些诗揭露了战争的残酷，控诉战争给人民带来的痛苦，如《战城南》：

> 战城南，死郭北，野死不葬乌可食。为我谓乌，且为客豪！野死谅不葬，腐肉安能去子逃？水深激激，蒲苇冥冥；枭骑战斗死，驽马徘徊鸣。梁筑室，何以南？何以北？禾黍不获君何食？愿为忠臣安可得？思子良臣，良臣诚可思：朝行出攻，暮不夜归！（郭茂倩，1979：227）

诗文描述了在战争中不幸身亡的将士们尸体无法入土为安而沦为乌鸦的食物，几匹受伤的战马围绕着主人哀鸣的凄惨情景。战争不但使人们无法正常地生活，而且留在人们心灵上的创伤久久不能愈合。全诗是在揭露战争罪恶，却自始至终没有提及战场上的刀光剑影和两军厮杀，而是抓住战争过后的凄凉场面，浓墨重彩地描绘了乌啄兽食的遗体、声声哀鸣的伤马等情景，字里行间无不流露出人民对于战争的愤恨和诅咒。使读者动容，感同身受。类似题材的还有《十五从军征》，诗文没有直接批判战争和兵役制度的不合理，而是通过描述一个十五岁就离开家乡去服兵役，八十岁才得以告老还乡的老翁的遭遇，对封建统治阶级穷兵黩武、不顾生灵涂炭而争权夺利的做法进行了猛烈的抨击。

汉乐府诗中还有大量揭露统治阶级骄奢淫逸、荒淫无耻的生活方式，展现人民反抗精神的作品，《陌上桑》就是一例。使君看上美丽的采桑女罗敷并意欲占为己有。罗敷机智应对，不但自己化险为夷，转危为安，还戏弄了使君，使他得到了应有的教训。

关于揭露封建礼教下的婚姻家庭悲剧的，汉乐府中亦不乏优秀之作。《孤儿行》便是其中的代表作。它描述了一个备受兄嫂欺凌虐待的孤儿悲苦的生活状态，对封建宗法制度给予了无情的批判。朱秬堂曾云："读《饮马长城窟行》，则夫妻不相保矣，读《病妇行》，则父子不相保矣，读《上留田孤儿行》，则兄弟不相保矣。"（黄节，2008：38）这充分证明了这一题材作品深刻的社会意义。

当然，乐府诗中也有反抗封建礼教压迫，激情洋溢地讴歌青年男女不畏艰险追求幸福的作品，如《上邪》：

> 上邪！我欲与君相知，长命无绝衰。山无陵，江水为竭，冬雷震震，夏雨雪，天地合，乃敢与君绝！（郭茂倩，1979：231）

《上邪》大胆泼辣地表白一个刚烈女子的情爱心迹，抒情豪迈，激情澎湃。堪称同时代抒发爱情诗歌的楷模。与文人诗词中所喜欢描述的少女对爱情的羞涩情态相比，民歌中所表现的少女对于爱情和幸福追求则更无所顾忌，更加直白热烈。"山无陵，天地合，乃敢与君绝!"这是何等的气魄，出自一个女子之口，可谓振聋发聩，锐不可。常被后世之恋人引以抒怀，至今仍然广为传颂。清张玉穀《古诗赏析》云：

> 首三，正说，意言已尽，后五，反面竭力申说。如此然后敢绝，是终不可绝也。迭用五事，两就地维说，两就天时说，直说到天地混合，一气赶落，不见堆垛，局奇笔横。（张玉穀，2017：116）

此评价是十分中肯的。胡应麟更认为："《上邪》言情，短章中神品。"的确，在思想内容和艺术表现手法上，《上邪》上承《诗经·鄘风·柏舟》(之死矢靡它)，下启敦煌曲子词《菩萨蛮》(枕前发尽千般愿)，在诗歌发展史上的地位是十分重要的。

此外，汉乐府中还保存着少数讽刺统治者卖官的政治丑剧和权门豪贵荒淫生活的作品。前者如《长安有狭邪行》："小子无官职，衣冠仕洛阳。"便是讽刺买卖官职的。卖官的腐朽政治风气，在西汉时期便已开始，到东汉则愈演愈烈。《后汉书·桓帝纪》和《灵帝纪》中都有公开"占卖关内侯、虎贲、羽林，入钱各有差"的记载，灵帝更"私令左右卖公卿，公千万、卿五百万"，因而出现了无官职而有官服的所谓"衣冠仕"的怪现象。又有诗称其为"仕洛阳"，洛阳是东汉的首都，也足以证明应该是东汉的作品。后者如《相逢行》，极力描写了诗中少年家庭是如何的荣华富贵，看似句句是恭维，实则句句是奚落，别具讽刺力量。

对待较好的官吏，民歌中也有赞颂之词，如《雁门太守行》中对和帝时洛阳令王涣的政绩描述，则表现了人民的爱憎分明，同时也证明当时的东汉乐府继续进行着"采诗"活动。

至汉代哀帝时，因哀帝不好民间俗乐，又唯恐朝廷上下媚俗成风，危害国家社稷，于是废罢乐府，只留下那些有关宗庙的雅乐。然而雅乐无法满足大部分统治阶级人士的娱乐要求，他们还是更喜欢新鲜动人的俗乐。而早在先秦时期，齐宣王就"直好世俗之乐"，《礼记·乐记》也记载着魏文侯"端冕而听古乐，则唯恐卧，听郑卫之音则不知倦"。汉魏六朝大部分统治阶级人士对音乐的态度也大抵如此。因此即使哀帝废罢了乐府，然"豪富吏民湛沔自若"（《汉书·礼乐志》）。而被罢之乐府官员重又回到民间，继续把人民口头创作的民歌记录下来，从而使得乐府诗歌的收集活动得以继续发展。

汉末至魏时，社会动荡不安，群雄割据，兵祸不断，民不聊生，当时涌现出大批文人和富于进取精神的政治家以诗言志，借诗抒情。魏晋时，乐府这一机构又重新被统治者恢复，但废其"采诗"之职，"采诗制"未能沿袭几乎切断了民间乐府生存之源。因此文人乐府盛极一时。代表人物有"三曹"——曹操、曹丕、曹植。曹操的《蒿里行》《短歌行》《苦寒行》《步出夏门行》，曹丕的《燕歌行》《克皖城》《折杨柳行》，曹植的《名都篇》《白马篇》《野田黄雀行》《怨歌行》，都是传世的佳作。可以说"三曹"为乐府诗的沿袭和发展做出了突出的贡献。萧涤非在《汉魏六朝乐府文学史》中亦言：

> 曹氏父子之产生，实为吾国文学史上一大伟绩。曹操四言之独超众类，曹丕七言之创为新体，既各擅长千古，而五言之集大成，子建尤为百世大宗。以父子三人，而擅诗坛之三绝，宁非异事？而作品之富，影响之大，则三曹中，又以子建为最焉。（萧涤非，1984：139）

曹魏父子酷爱的是清商乐即民间俗乐，有别于先秦雅乐。《三国志·魏志·武帝纪》注引《曹瞒传》云："太祖好音乐，倡优在侧，常以日达夕。"曹操不仅爱好欣赏音乐，而且亲自制作了不少歌辞以配合音乐演唱，《三国志·魏志·武帝纪》注引《魏书》称：

> 太祖御军三十余年，手不舍书。书则讲武策，夜则思经传。登高必赋，及造新诗，被之管弦，皆成乐章。（陈寿，2016：45）

曹丕、曹植、曹叡也有大量自制歌辞。王运熙在《乐府诗述论（增补本）》中认为：

> 《宋书·乐志》（三）所著录的相和三调歌辞，除《汉世街陌谣讴》古辞外，大抵都是他们三人的作品。……统治者这样大量自制歌辞，这种情况是汉代所没有的。说明清商俗曲在上流社会中已经取得了正统的地位。（王运熙，2007：210）

由于推崇俗乐，曹魏统治者还在中央设立了清商令和清商丞，大力倡导制作歌辞，写作相和歌辞的贵族文人雅士也纷纷涌现，如陈琳、阮瑀、左延年等，都有名作存世。曹魏统治者所设立的清商乐专署也被后世沿袭，为乐府诗的延续和发展起了重要作用。

西晋武帝也酷爱声乐。当时由大臣荀勖管理宫廷乐事。在荀勖的指导下，乐工们对清商相和歌辞加以整理。《宋书·乐志》（三）有记载："相和，汉旧歌也。本十七曲，朱生、宋识、列和等复合之为十三曲。"《宋书·乐志》（一）又云：

> 魏晋之世，有孙氏善弘旧曲，宋识善击节倡和，陈左善清歌，列和善吹笛，郝索（即上郝生）善弹筝，朱生善琵琶，尤发新声。（沈约，1974：559）

宋识、郝索、朱生等人都是当时有名的乐工，擅长演奏的各种技能，在荀勖的领导下整理完善了清商曲辞。也正是由此时开始，乐府俗乐开始走向雅化，也预示了它的衰微。

晋室南渡以后，乐府旧曲的乐器形制等被比较完整地带到南方，但相和旧曲已丧失它初期的鲜活感和生命力，不能继续满足上层阶级的娱乐要求。于是发源于江南民间的吴声歌曲和西曲逐渐取代了乐府旧曲的地位，即新兴的清商新辞。郭茂倩的《乐府诗集》把清商曲辞分为六类,分别为吴声歌曲、神弦歌、西曲、江南弄、上云乐和雅歌。吴声、西曲大抵为五言四句,多为情诗短歌,题材比较狭窄。神弦歌句式参差,内容专为颂述神祇。江南弄、上云乐、雅歌三类的歌辞均为贵族文士的作品,所以风格与前三类大不相同,颇为文雅。我们来比较下面的两类曲辞,其一为《子夜歌》两首:

其一

落日出前门,瞻瞩见子度。冶容多姿鬓,芳香已盈路。

其二

芳是香所为,冶容不敢当。天下夺人愿,故使侬见郎。(郭茂倩,1979:399)

此诗为《乐府诗集》所辑四十二首子夜歌中之两首,属吴声歌曲,南朝乐府民歌。《子夜歌》中有很多男女赠答的诗歌,颇具民间歌谣的特点。这里选取的两首是具有典型性的一组。第一首写一个男子对一位美丽女子的爱慕之情。诗歌并未直接刻画女子的容貌,而是用"冶容多姿鬓,芳香已盈路"描绘了男子对这次偶然邂逅的惊喜与刻骨铭心。男子采取了主动,先向女子唱出了心中的款款深情。第二首为那位女子的答辞,她不仅容颜娇美,而且非常善于辞令,回答很得体。"天下夺人愿,故使侬见郎"是对上曲中"落日出前门,瞻瞩见子度"的答辞:我们的相遇并非偶然,而是天遂人愿让我遇见你啊。全诗语言含蓄优雅,充满了欢乐的气氛。

下面是南朝梁武帝萧衍的《江南弄·江南曲》:

众花杂色满上林。舒芳耀绿垂轻阴。连手躞蹀舞春心。舞春心。临岁腴。中人望。独踟蹰。(郭茂倩,1979:726)

梁武帝曾作《江南弄》七曲,此为第一首,属乐府清商曲辞。有学者认为这组曲辞涉及中国文学史上的一个重要问题,即词体的起源。在《江南弄》组曲之前,江南盛行吴声、西曲,文辞清丽,婉约而多情。梁武帝时,始改西曲制江南弄和上云乐。由王公士族们制作的乐府曲辞脱离了吴声、西曲的泥土芳香,更显典雅,节奏也由原来的五言四句变成了"句读不葺"的杂言诗。也正由于这一点,后来有研究词的人把《江南弄》当作词的起源。

此诗起首"众花杂色满上林"七字概括了江南春景,在读者面前呈现出一派五彩缤纷、百花争艳的上林景色。上林乃帝王之园囿,汉武帝时即有上林苑,此处借指南朝的皇家园林,暗示了作者的高贵身份。"舒芳耀绿垂轻阴"中的"舒芳"指花开,"耀绿"指树上的新叶在阳光映照下闪烁着绿油油的光泽,四字分咏花、叶,而且用词精炼、文雅,非上文西曲中"故使侬见郎"的口语可比。句末的"垂轻阴"三字则在描写花树之浓密,"轻"字表明仍是春日景象,有别于"绿树浓荫"的夏季,可见作者炼字之功。"连手躞蹀舞春心"而下,则由写景转入抒情,句式的变幻也使诗中情感有了起伏跌宕,这些都是吴歌、西曲等民间俗曲很难做到的。

南朝文人乐府数量很多，但诗风多靡弱或荒诞（如上云乐写道家神仙之事），汉魏风骨丧失殆尽。唯有刘宋鲍照独树于南朝乐府诗坛，唱出了慷慨之音，雄浑之调，以诗寄喻批判现实之意。其《拟行路难》十八首震撼了乐府诗坛，为后世唐诗的发展做出了积极贡献。唐李白有仿鲍照诗作，杜甫也对鲍照甚为推崇，曾把李白喻为"俊逸鲍参军"。

据郭茂倩《乐府解题》云："《行路难》备言世路艰难及离别悲伤之意，多以'君不见'为首。"鲍照的《拟行路难》属乐府"杂曲歌辞"，是根据乐府古题创作的，但并不是同一时期的作品，主要内容是表达对封建统治者的愤慨和离别相思、官途失意的感情。如《拟行路难》之第四首：

　　　　泻水置平地，各自东西南北流。人生亦有命，安能行叹复坐愁？酌酒以自宽，举杯断绝歌路难。心非木石岂无感？吞声踯躅不敢言。（郭茂倩，1979：997）

诗歌前两句沿用《诗经》的比兴传统，以流水比人生：地上的流水朝东西南北不同的方向流淌，人的命运也一样有高低贵贱之分，一切都是自然常理，不必"行叹复坐愁"。可这只不过是故作旷达，因此诗人举杯浇愁，感慨人生不平与不得志，不由唱起《行路难》来。沈德潜在《古诗源》卷十一写到，"鲍照才力标举，凌厉当年，如五丁凿山，开人世之所未有"，说的是鲍照非照本宣科循规蹈矩的庸才凡辈，而是一位开风气之先的创造型诗人。他的豪情和才干在那个"上品无寒门，下品无士族"的时代自难得以抒放与施展，因此，仕途艰辛、命运多舛是鲍照大多数诗作的主题。

不同于南朝乐府的吴声、西曲专写缠绵恋情，北朝乐府诗主要是军中马上的鼓角横吹曲辞，显示出与南朝乐府截然不同的特色。与南朝突出的"女儿之声"相比，北朝乐府可以说是"男儿之声"，多呈豪迈粗犷、明朗质朴的特点。内容主要是战争、社会生活、风土习俗等，比南朝乐府有更多现实感。北朝乐府诗中也有些表达男女爱恋的曲辞，但却展现出与南朝乐府迥异的格调与风貌。如这首《捉搦歌》：

　　　　谁家女子能行步，反著袜禅后裙露。天生男女共一处，愿得两个成翁妪。（郭茂倩：1979：369）

这是一首典型的北朝乐府民歌的情歌，求爱者坦率、朴实、粗犷、热烈，其人物形象、性格特征在作者笔下栩栩如生，呼之欲出。开篇两句以男子的语气写出女子走路矫健的姿态，可见男子看中了她的强壮有力，这是同江南男子的择妻标准大相径庭的。后两句写出男子的求爱理由：男女天生就该成双成对的，希望我们能结为夫妻，白头到老。同是求爱歌，《捉搦歌》中男子的表达不同于南朝《子夜歌》"落日出前门，瞻瞩见子度。冶容多姿鬓，芳香已盈路"的含蓄与深情款款，而是直白而自信，情意表达明白如话，更显情真意切。

乐府诗英译研究
Studies on Yuefu Poetry Translation

　　北朝乐府多为民歌，主要保存于郭茂倩《乐府诗集》横吹曲辞的梁鼓角横吹曲中，共二十一曲，六十余首，大都是抒情短篇，像长篇叙事诗《木兰诗》是少数例外。由于北朝历史几乎处处与战乱相连，因此乐府诗中不乏描写残酷战争和人民苦难的诗作，如《琅琊王歌辞》《折杨柳歌》等等。与之相对，北朝文人乐府却数量寥寥，作品也乏陈特色，只有庾信较为突出，他的《燕歌行》不但在体制上有所创新，在内容和格调上也有所超越前人。此外，王褒的《高丽行》、徐陵的《常相思》也是北朝乐府的传世之作。

　　南北朝乐府虽然存在于同一时代，但是由于南北的长期对峙，北朝又受鲜卑贵族统治，政治、经济、文化以及民族风尚、自然环境都大不相同，因而南北朝乐府也呈现出不同的色彩和情调。《乐府诗集》所谓"艳曲兴于南朝，胡音起于北俗"，正扼要地说明了这种不同。南朝的抒情长诗《西洲曲》和北朝的叙事长诗《木兰诗》正是这两种艺术形式的代表作。

　　总之，在经历了汉至魏晋南北朝时期的发展之后，乐府作为一种始终植根于现实的文学，其艺术手法、思想意义随着时间的推移不断获得丰富和发展，无论在创作方法或是表现技巧上都日趋成熟和完善，影响了一代又一代的诗人。学腔调似难实易，学语言似易实难，乐府诗歌正是以其独特的语言魅力吸引着历代诗人对其不断学习模仿。后世自唐至清，都不断有诗人创作出脍炙人口的乐府诗作。这其中，李白实为翘楚。

　　李白的成功可以说很大程度上得益于他的乐府诗创作，郭茂倩《乐府诗集》中收录了李白诗一百六十一首，若把其歌行也列入乐府诗，数量将更为可观，因此赢得了"太白于乐府最深"（胡震亨《唐音癸签》）之褒赞。他的《行路难》《蜀道难》《将进酒》《梦游天姥吟留别》《长干行》《乌栖曲》等名篇无一不属乐府。《长干行》《子夜吴歌》与前朝乐府《焦仲卿妻》《子夜歌》和《西洲曲》在语言方面有着莫大的相似之处。"君不见黄河之水天上来，奔流到海不复回"借鉴了汉乐府《长歌行》的"百川东到海，何时复西归？"，却又青出于蓝而胜于蓝。《行路难》在题材、表现手法上都可见鲍照《拟行路难》的身影。下面为李白的《行路难》（其一）：

　　　　金樽清酒斗十千，玉盘珍羞直万钱。停杯投箸不能食，拔剑四顾心茫然。欲渡黄河冰塞川，将登太行雪满山。闲来垂钓碧溪上，忽复乘舟梦日边。行路难！行路难！多歧路，今安在？长风破浪会有时，直挂云帆济沧海。（全唐诗，1960：1684）

　　下面这首为鲍照的《拟行路难》（其六）：

　　　　对案不能食，拔剑击柱长叹息。丈夫生世会几时？安能蹀躞垂羽翼！弃置罢官去，还家自休息。朝出与亲辞，暮还在亲侧。弄儿床前戏，看妇机中织。自古圣贤尽贫贱，何况我辈孤且直！（郭茂倩，1979：1001）

李白的"停杯投箸不能食，拔剑四顾心茫然"大概就化用自鲍照的"对案不能食，拔剑击柱长叹息"。两首诗在题材上都是关于封建统治者对人才的压抑，以及诗人怀才不遇的忧闷之情，在表现手法上的先缩后放、先抑后扬也各具魅力。由于时代和诗人精神气质方面的差异，李白诗对社会现实的揭示更加深刻强烈。他用"垂钓碧溪"和"乘舟梦日"两个典故自比于吕尚和伊尹，暗示自己拥有和他们一样的才干，接下来疑问为什么自己不能建立和他们一样的功业呢？这其实是他对社会甚至是自身命运发出的质问。而他本身拓落不羁的性格和豪迈豁达的心胸不允许他沉浸于对往事的嗟叹，他深信"天生我材必有用"，因此在结尾处诗人发出了"长风破浪会有时，直挂云帆济沧海"的壮志豪言，表现了诗人积极、乐观、自信和顽强地坚持理想的品格。而鲍照的诗则因对现实的强烈不满显出更多的不平之气，虽有"朝出与亲辞，暮还在亲侧。弄儿床前戏，看妇机中织"的闲情逸趣之描绘，却难以嗅到那种逍遥林下、物我两忘的气息。结尾的"自古圣贤尽贫贱，何况我辈孤且直"更深刻传达出了诗人无力改变现实的失望与无奈。

杜甫也深受乐府诗的影响，尤其是他的叙事诗，如根据个人经历所写的《北征》《赴奉先咏怀五百字》；或是反映社会现实、民生疾苦的《丽人行》《兵车行》及"三吏"（《新安吏》《石壕吏》《潼关吏》）、"三别"（《新婚别》《无家别》《垂老别》），均采用了乐府体。诗中的白描手法、细节描写和对话独白等艺术手法也源自乐府。仇兆鳌在《杜诗详注》中更评"三吏""三别"曰："陈琳《饮马长城窟行》，设为问答，此'三吏''三别'诸篇所自来也。"但若把《无家别》与汉乐府《十五从军征》（原题为《紫骝马歌辞》）略加比较就会发现，前者更似化自后者。以下为《无家别》：

寂寞天宝后，园庐但蒿藜。我里百馀家，世乱各东西。存者无消息，死者为尘泥。贱子因阵败，归来寻旧蹊。人行见空巷，日瘦气惨凄。但对狐与狸，竖毛怒我啼。四邻何所有，一二老寡妻。宿鸟恋本枝，安辞且穷栖。方春独荷锄，日暮还灌畦。县吏知我至，召令习鼓鞞，虽从本州役，内顾无所携。近行止一身，远去终转迷。家乡既荡尽，远近理亦齐。永痛长病母，五年委沟溪，生我不得力，终身两酸嘶。人生无家别，何以为烝黎。（杜甫，1979：537）

下面这首为《十五从军征》：

十五从军征，八十始得归。道逢乡里人：家中有阿谁？遥看是君家，松柏冢累累。兔从狗窦入，雉从梁上飞。中庭生旅谷，井上生旅葵。舂谷持作饭，采葵持作羹。羹饭一时熟，不知贻阿谁！出门东向看，泪落沾我衣。（郭茂倩，1979：365）

两首同为叙事诗，均是对一位从军多年的退役老兵回到家乡后见到旧居破败、家人凋敝悲惨遭遇的描写,反映了战乱给人们带来的深重灾难。两首诗从构思、叙事、思想内容上都可以发现前者对后者的承继与借鉴之处。杜甫"去时里正与裹头,归来头白还戍边"(《兵车行》)也由"十五从军征,八十始得归"而来。

除李、杜外,唐代诸诗人皆受古乐府诗影响。中唐新乐府运动的中坚力量元稹、张籍、白居易;盛唐边塞新锐高适、岑参、李颀;晚唐"尤长于歌篇"的李贺等等,这些诗人在命题立意、遣词造句、风格形式以及艺术技巧等诸方面,无不大量借鉴古乐府诗。

唐代以后,乐府诗并未随着唐诗的辉煌而销声匿迹,历朝历代的诗人们在创作时都不忘寻本溯源,继续从古代乐府诗中汲取营养。由宋至清,诗界巨匠们也一直有乐府诗问世。如宋王安石的《明妃曲》、范成大的《催租行》、陆游的《关山月》;金元好问的《并州少年行》;元刘因的《白雁行》、耶律铸的《松声行》;明高启的《登金陵雨花台望大江》、于谦的《出塞》;清吴伟业的《圆圆曲》、吴嘉纪的《临场歌》等等。至晚清时,作为中国近代文学史上诗界革命的最早倡导者,黄遵宪反对拟古主义,务求写出"我之诗",但仍在其《人境庐诗草》中自序其诗"取《离骚》、乐府诗之神理而不袭其貌"。可见,乐府诗作为一种成熟的文体,已经成为后世诗人永久的母题,把它作为典范加以模仿已经成为一种重要的文学经验。诗人们的任务是理解和认识乐府诗的精神要旨,并在此基础上加以变化、叠加,才能另出新意,后来居上。

第二节 乐府诗的范围与分类

由于乐府诗概念的不确定性,人们往往以狭义和广义来界定乐府诗。如萧涤非在《汉魏六朝乐府文学史》中所言:"乐府之范围,有广狭之二义。由狭义言,乐府乃专指入乐之诗歌,故《文心雕龙·乐府》篇云:'乐府者,声依永,律和声也。'而由广义者,则凡未入乐而其体制意味,直接或间接模仿前者,皆得名之曰乐府。"(萧涤非,1984:9)王运熙等则认为"文学史上的乐府诗,首先应是指汉代兴起的那种入乐可歌的歌诗,其次也应该包括后世文人模拟乐府旧题或自创乐府新题的作品"(王运熙,王国安,1999:6)。二者表述虽有不同,但都是从文学研究的视野着眼。对于狭义乐府的范围也有学者提出了主张,如梁启超认为:"右目录(《乐府诗集》)中所谓近代曲辞者,乃隋唐以后新谱,下及五代北宋小词,与汉魏乐府无涉;所谓新乐府辞者,乃唐以后诗家自创新题,号称乐府,实则并未尝入乐;所谓杂歌谣辞,则徒歌之谣,如前章所录者是。以上三种,严格论之,皆不能谓之乐府。舞曲、琴曲则古代皆有曲无辞,如小雅之六笙诗,其辞大率六朝以后人补作也。自余郊庙、燕射、鼓吹、横吹、相和、清商、杂曲七种,则皆导源汉魏,后代循而衍之。狭义的乐府当以此为范围。根据郑郭两书,分类叙录乐府作品,以汉魏为断。其六朝有作品,次章别论,唐以后不复列。"(梁启超,1996:33)此说从音乐学的角度划定了狭义乐府的范围。

随着王朝的更替和历代文人的不断探索,乐府范围逐渐扩大,乐府研究也已经演变为纯粹文学意义上的研究,研究范围也日趋一致,即以广义的乐府研究为主体,以乐府歌辞本体为研究对象。但对于乐府的分类,历代学者因所依据标准不同表述也各异。冯班在《钝吟杂录》中如此区分旧乐府与新乐府:

> 总而言之,制诗以协于乐,一也;采诗入乐,二也;古有此曲,倚其声为诗,三也;自制新曲,四也;拟古,五也;咏古题,六也;并杜陵之新题乐府,七也。古乐府无出此七者矣。……今之歌行,凡有四例:咏古题,一也;自造新题,二也;赋一物、咏一事,三也;用古题而别出新意,四也。(冯班,1985:35)

王运熙等人在《汉魏六朝乐府诗》中把乐府归纳成了两大类四小类,非常清楚明了(王运熙,2011:5):

乐府诗	乐府采撷演唱的歌曲	贵族、文人歌辞
		民间歌辞
	文人用乐府诗体进行的创作	旧题乐府诗
		新题乐府诗

《隋书·乐志》和《通典·乐典一》沿袭汉明帝时的分法把乐府诗分为四类:①大予乐,郊庙上陵所用;②雅颂乐,辟雍飨射所用;③黄门鼓吹乐,天子宴群臣所用;④短箫铙歌,军中所用。但这种分类法渐渐跟不上乐府诗的发展,尤其是不能概括魏晋以后乐府诗的演变。例如,到了魏晋时期,新设立的清商乐署把包括清商三调在内的相和歌从鼓吹署里独立出来,此后鼓吹乐专指短箫铙歌和横吹曲辞。魏晋之初始设总章管理舞曲,后来瑟调、清调、平调都依琴来调整,琴曲也渐受重视。至于杂曲歌谣和新乐府辞是不入乐的,所以四分法并不适应时代的变化。同样,《宋书·乐志》中记载蔡邕叙说汉乐府分四类:①郊庙神灵;②天子飨宴;③大射辟雍;④短箫铙歌。这和上述四分法类似。

后来《晋书·乐志》又在四分法的基础上将汉乐府分为六类:①五方之乐,祭天神用;②宗庙之乐,祭祖先用;③社稷之乐,迎"田祖"祈祷丰年时用;④辟雍之乐,推行"乐教"时用;⑤黄门之乐,君臣宴会时所用;⑥短箫之乐,军中出师或奏捷时用。六分法和四分法一样,都是按曲辞乐调及其使用场合来划分的,基本限于宫廷典礼或聚会时所用的"官乐",而在文学史上最有价值的,当时汉乐府官署在各地收集的民歌俗曲,甚少包括进去。

到了唐代,吴兢在《乐府古题要解》中又将乐府诗扩充为八类,即相和歌、拂舞歌、白纻歌、铙歌、横吹曲、清商曲、杂题、琴曲。此八分法将相和歌、清商曲等乐府精华包括其中,表明当时文人对民间俗曲的重视。元左克明编辑的《古乐府》亦分乐府诗为八类:曰古歌谣,曰鼓吹曲,曰横吹曲,曰相和曲,曰清商曲,曰舞曲,曰琴曲,曰杂曲。把乐府诗分为八类的还有著名学者陆侃如,他的《乐府古辞考》把乐府诗分类为:①郊庙歌;②燕射歌;③舞曲;④鼓吹曲;⑤横吹曲;⑥相和歌;⑦清商曲;⑧杂曲。同是八分法,其间还是存在较大差异的,可见历代学者皆认为各种属性和风格的乐府诗分类是自由的,不必禁锢在某一标准里。

明代徐献忠在其《乐府原》中曾将乐府诗分为九类:①房中曲;②安世乐;③汉郊祀歌;④汉铙歌;⑤横吹曲;⑥相和歌;⑦清商曲;⑧杂曲歌辞;⑨近代曲辞(徐献忠,1997:729)。清代顾有孝所辑《乐府英华》则将乐府诗分为十卷:①郊庙歌辞;②燕射歌辞;③鼓吹歌辞;④横吹歌辞;⑤相和歌辞;⑥清商曲辞;⑦舞曲歌辞;⑧琴曲歌辞;⑨杂曲歌辞;⑩近代曲辞(顾有孝,2001:518—519)。以上分类均未能超出宋郭茂倩《乐府诗集》所分类之范围,故并未引起人们足够的重视。

郭茂倩的《乐府诗集》共一百卷,收录了五千余首乐府诗,多为思想与艺术特色俱佳的民歌和文人用乐府旧题创作的诗歌。在现存的诗歌总集中,《乐府诗集》是成书较早,收集历代各种乐府诗最为完备的一部乐章和歌谣总籍,囊括了赵宋前除《诗经》《楚辞》以外的绝大多数歌诗,其中保存了不少业已失传著作中的珍贵史料,其历史与文学价值完全可以和《诗经》《楚辞》等典籍相媲美,对文学史和音乐史的研究均有重要参考价值,也成为宋以后历代文人研究乐府诗的最重要依据。

根据音乐性质的不同,《乐府诗集》分乐府诗为十二类,全书每一类均有总序,每一曲均有题解,对"本事""本题""本义"等皆有详细的勾勒与论述,对乐曲的起源、性质、演唱配器等均有详尽说明。各类乐曲在编写次序上,均以古辞在前,文人模仿作品在后,以此表明乐府古辞对后世文人的种种影响。为方便讨论,现根据《乐府诗集》分类介绍如下:

① 郊庙歌辞,共十二卷,祭祀所用,祀天地、太庙、明堂、籍田、社稷。是一种程式化的音乐,司马相如等所造《郊祀歌》十九章、《安世歌》十七章均属此类。

② 燕射歌辞,共三卷,宴会所用,以飨食之礼亲宗族,以宾射之礼亲故旧,以飨宴之礼亲四方宾客,是辟雍飨射所用。燕射歌辞即"乐有四品"之第二品"雅颂乐",在演奏中经常加入《鹿鸣》《关雎》等国风乐歌作为间曲。

③ 鼓吹曲辞,共五卷,是用短箫铙鼓的军乐。鼓吹曲辞富有塞外音乐的特点,其中既有民间歌谣又有文人名作,如《上邪》《战城南》《有所思》均属鼓吹曲辞。

④ 横吹曲辞,共五卷,是用鼓角在马上吹奏的军乐。以《折杨柳》《出塞》为名的乐府诗多为横吹曲辞,如杜甫的《前出塞》九首与《后出塞》五首。

⑤ 相和歌辞,共十八卷,是用丝竹相和,都是汉时的街陌讴谣,是最具汉乐府艺术特征的歌辞,是诗与乐结合的完美整体,即汉代的"歌诗"。它的演变过程映衬着乐府诗的发展过程。《鸡鸣》《乌生》和李白的《从军行》《相逢行》均属此类。

⑥ 清商曲辞,共八卷,源出于相和三调(平调、清调、瑟调),皆古调即魏曹操、曹丕、曹叡所作。"清商"以清调以商为主音得名,南朝乐府绝大部分归于清商曲辞,如《子夜歌》《江南弄》一类乐歌均属此类。

⑦ 舞曲歌辞,共五卷,分雅舞、杂舞。雅舞收录历朝所制体现本朝开国精神的文、武二

舞,用于郊庙、朝飨,杂舞收录朝廷用于庆典、宴会、娱乐活动的舞乐歌辞,用于宴会。如《巴渝舞歌》《鞞舞歌》《白纻舞歌》即属"杂舞"中的主体舞辞。

⑧ 琴曲歌辞,共四卷,有五曲、九引、十二操。汉时的琴曲歌辞已亡佚不可寻,《诗集》中所存多为后人伪托,主要流行于唐虞之时至隋唐时代,如《昭君怨》《明妃怨》《猗兰操》均属此类。

⑨ 杂曲歌辞,共十八卷,杂曲的内容,有写心志,抒情思,叙宴游,发怨愤,言征战行役,或缘于佛老,或出于夷虏。兼收并载,故称杂曲。多是一些散失了或残存下来的民间乐调,经乐府官署加以整理。杂曲形式上不合音律,与五言古诗接近。主要流行于汉至唐代。如《羽林郎》《焦仲卿妻》即属此类。

⑩ 近代曲辞,共四卷,也是杂曲,因是隋唐的杂曲,故称近代。近代曲辞在很大程度上促进了唐代曲辞、诗歌创作技巧的提高。"倚声填词"的创作手法也是在近代曲辞的创作中发展并成熟起来的,对词的产生起到了很好的铺垫作用。李白的《清平调》三首,王维的《渭城曲》均属此类。

⑪ 杂歌谣辞,共七卷,是徒歌、谣、谶、谚语。杂歌谣辞中的"杂歌"是入乐的,而"谣辞"不入乐,内容主要是里巷民歌和童谣,呈现出与别类不同的新鲜之感。《敕勒歌》《淮南王歌》即属"杂歌"。

⑫ 新乐府辞,共十一卷,是唐代新歌,辞拟乐府而未配乐,或寓意古题,刺美人事,或即事名篇,无复依傍。这类乐府辞收入《乐府诗集》中凸显了乐府的现实主义文学特色。杜甫的《悲陈陶》《哀江头》《兵车》《丽人》等歌行,皆是新乐府辞名篇。

十二类之下又分若干小类。如《横吹曲辞》又分为汉横吹曲、梁鼓角横吹曲;相和歌辞分为相和曲、吟叹曲、平调曲、清调曲、瑟调曲、楚调曲和大曲等;清商曲辞分为吴声歌曲、西曲歌、江南弄;杂歌谣辞分为歌辞与谣辞两类;新乐府辞又分为杂题乐府、新题乐府、新乐府。每一小类之下又据曲调名再次分类。如相和歌辞之楚调曲分上、中、下三部,下又根据不同内容分别命名归类,如《白头吟》八首、《长门怨》二十七首,各曲辞皆按作者年代之先后顺序排列,非常便于查找以及研究曲辞间的继承关系。

十二大类中的郊庙歌辞、燕射歌辞、鼓吹曲辞、横吹曲辞、舞曲歌辞属于"官乐",多为宫廷祭祀、宴飨聚会时所用,属于庙堂文学,思想内容和艺术技巧都较少可取成分。而相和歌辞、杂曲歌辞、清商曲辞、琴曲歌辞属"常乐",其中保存了不少民间谣谚,正是最为后人所珍视的乐府菁华。"官乐"与"常乐"都是入乐的,而杂歌谣辞、近代曲辞、新乐府辞并不一定都是入乐的作品,尤其新乐府辞,创作之初皆未配乐。

《乐府诗集》把历代歌曲按各自曲调加以分类收集,使许多散佚作品得以汇编成书。例如,汉代优秀民歌《陌上桑》《东门行》等见于《宋书·乐志》,《孔雀东南飞》见于《玉台新咏》,还有一些则散见于《艺文类聚》等类书及其他典籍,经编者收集加以著录。特别是古代一些民间谣谚,大抵散见于各种史书和某些学术著作,《乐府诗集》中杂歌谣辞一类所收,多为前人所忽视。至于后来杜文澜的《古谣谚》等著作,则远比此书为晚,显然是在它的基础上编撰的。由于郭茂倩编的《乐府诗集》收集的作品最为完备,分类也大体得当,为后世研究与整理乐府诗歌提供了很大的方便,因而影响较大。同处宋代的郑樵所作《通志·乐略》曾分乐府为五十三类,显然过于繁琐。

第三节　乐府诗编集版本

乐府形成之初本以声为主,然而随着时代的变迁,声调皆已散佚,索解无由,大多徒留其辞。而后世对乐府的研究渐趋一致,即打破音乐之观念,演变为纯粹的文学意义上的研究,对乐府研究的专著文集也时有出现。最早记录乐府诗的为汉班固的《汉书·礼乐志》,但只录入了郊庙歌辞《安世房中歌》十七章和《郊祀歌》十九章,即所谓正声雅乐,其中对西汉一朝雅乐的使用与创作本事多有记载,郭茂倩撰编《乐府诗集》解题时对《汉书·礼乐志》引用颇多。南朝刘宋沈约的《宋书·乐志》四卷改变了《汉书·礼乐志》只记录正声雅乐的做法,除晋宋郊祀歌外,首次将吴歌、西曲等俗乐歌诗引入《宋书》中,这也是正史书写的一次重大突破。如其所言:"今《志》自郊庙以下,凡诸乐章,非淫哇之辞,并皆详载。"《艳歌罗敷行》《白头吟》《团扇歌》等不被当时上层社会所重视的反映普通民众社会生活与情感生活的作品均被收录。除对汉魏乐府诗进行分类外,《宋书·乐志》对歌辞体制史料注解详尽,为后世郭茂倩《乐府诗集》所本。另据《隋书·经籍志》《旧唐书·经籍志》和《新唐书·艺文志》记载,自隋代以来有许多记载乐府歌辞的专集,如《古乐府》八卷、《乐府歌辞抄》一卷、《歌录》十卷、《古歌录抄》二卷、《晋歌章》八卷(梁十卷)、《吴声歌辞曲》一卷(梁两卷)、《陈郊庙歌辞》三卷(并录,徐陵撰)、《乐府歌诗》二十卷(秦博文撰)、《晋宴乐歌辞》十卷《荀勖撰》、《乐府新歌》十卷(秦王记室崔子发撰)、《乐府新歌》二卷(秦王司马殷僧首撰)、《新录乐府集》(谢灵运撰)、《古今九代歌诗》(张湛撰)、《三调相和歌辞》、《汉魏吴晋鼓吹曲》等等,可惜由于年代久远,这些书大都未能流传下来。但正是在前朝这些乐府著录的基础上,郭茂倩才得以网罗编排了涵盖最丰富、编排最精当的百卷巨帙《乐府诗集》。

《乐府诗集》是现存最完备、成书最早的乐府诗歌总集,共收录汉魏至唐乐府 5 346 首,分为十二大类,各大类下又分若干小类。《四库全书总目》称其"每题以古辞居前,拟作居后,使同一曲调而诸格毕备,不相沿袭,可以考知孰为侧,孰为艳,孰为趋,孰为增字减字。其声辞合写、不可训诂者,亦皆题下注明,尤可以药蓁拟謷牙之弊。"《乐府诗集》所采录解题征引最为详实浩博,缘据极为精当审慎,被认为"宋以来考乐府者无能出其范围"(纪昀,1965:1969)。《乐府诗集》也因此成为历代研究乐府诗及其流变的最重要依据。

除《乐府诗集》外,广泛收录乐府诗的总集还有元左克明的《古乐府》十卷和明梅鼎祚的《古乐苑》五十二卷。《古乐府》按八类编写排列,分为古歌谣、鼓吹曲、横吹曲、相和曲、清商曲、舞曲、琴曲和杂曲,并未出《乐府诗集》之编撰范围。编者遴选时着重于溯其源流,所以《古乐府》专录唐以前之乐府诗,重点在于古题古辞,而对后世变体、拟作的选取则颇为审慎。即便是古乐府，也并未全录。此外，郭茂倩《乐府诗集》在此书成书之前流传已久，左书各类歌辞小序及各曲调题解，大抵采用郭制《乐府》，惟加以简化而已。因此，王运熙认为"郭乐府考订，极为精审。此书加以简化，显有失妥之处"（王运熙，1958：132）。《古乐苑》的编撰也大体是在《乐府诗集》基础上增辑而成，补充了不少古歌辞，但间或混有伪作与不入乐之诗，而这也恰是编者诟病《乐府诗集》之处。《古乐苑》编次按曲调产生的时代排列，书末亦有作者小传及诸家评论解说之文，因此，对《乐府诗集》的解题颇有增益，但所收歌辞止于五代，近代曲辞和新乐府辞皆未采入其中，最后两卷增出仙歌曲辞、鬼歌曲辞两类，可见明人嗜奇之风尚。

乐府诗的总集，只有以上三种收录于《四库全书》中，此后流传的主要是选本和注本。有些见于存目，如《乐府原》《九代乐章》《文章辨体》《唐乐府》《乐府英华》《乐府古题要解》。

《乐府原》为明徐献忠所撰，其人一生著述丰硕，涉猎广博。此书分乐府为八类，分别为房中曲安世乐、汉郊祀歌、汉铙歌、横吹曲、相和歌、清商曲、杂曲歌辞、近代曲辞，共十五卷。其中近代曲辞的举类与《乐府诗集》接近，于后世并不多见。全书以考释立足，"原"意为"原其本意"。后世对本书的看法则不一而足，如朱彝尊《静志居诗话》谓之"其比六朝声偶，品唐诗，原乐府，皆有功后学……"这里的"原乐府"即"乐府原"，朱彝尊将其比肩《唐诗品》等著作，认为其对后世之学多有裨益。而《四库全书总目》则云《乐府原》"取汉魏六朝乐府古题各为考证，并录原文而释其义。然所见殊浅，而又索解太凿"（纪昀，1965：1747）。对"所见殊浅，索解太凿"之论王运熙在《汉魏六朝乐府诗研究书目提要·乐府原》中所言甚详，列举多例后认为其书"……大抵无所根据，漫为臆说"（王运熙，1996：3090）。

《九代乐章》为明刘濂撰，共二十三卷。此书选取自汉至唐九代之诗，以音声为主，分门编次为风、雅、颂，下又分别以里巷、儒林为两类。作者自谓诗三百后之诗不可无此选。而《四库全书总目》则云此言"极为妄诞"（纪昀，1965：1746）。因存于世古乐府之音乐、曲制多已散佚，后人只能习其句读，而不可播之管弦。书中所指某代某音、某代某调均为穿凿配合，已属强为解事，"特故为高论而已"（纪昀，1965：1746）。

《文章辨体》又名《文章辨体序说》，明吴讷编撰，五十卷。历代诗文分体编录，各体都为之序说。乐府诗占其中六、七、八、九共四卷，分别为郊庙歌辞、凯乐歌辞、横吹曲辞、燕飨歌辞、琴曲歌辞、相和歌辞和清商曲辞七类。成书大致以真德秀《文章正宗》为蓝本，采录诗歌涉唐、宋、明人乐章，然排列并非严整，故《四库全书总目》对其评价并不高，云"唐歌曲乃宋元词曲之先声，反附录于宋元人后，直本末倒置矣。其余去取亦漫无别裁。不过取盈卷帙耳，不足尚也"（纪昀，1965：1740）。

《唐乐府》为明吴勉学编，十八卷。此书为现存专录一代诗歌的唯一总集，但也只汇辑初、盛唐人乐府，不涉及中、晚唐，且皆郭茂倩《乐府诗集》已采录。与《乐府诗集》所录唐乐府相比，"间有小小增损，即多不当。如王勃《忽梦游仙》、宋之问《放白鹇篇》之类，皆实非乐府而滥收。而享龙池乐章之类，乃反佚去。至诗余虽乐府之遗，而已别为一体，李白《菩萨蛮》《忆秦娥》之类亦不宜泛载。且古题、新题，漫然无别，既无解释，复鲜诠次，是真可以不作也"（纪昀，1965：1761）。可见其书虽以《乐府诗集》为本，但排列、分类、增删均缺乏统一标准，是以为纪昀所诟病。

《乐府英华》为清顾有孝编撰，其人自序称"自汉迄唐乐府有数十家。而最著者有郭茂倩之《乐苑》（当作《乐府诗集》）、左克明之《乐府》、吴兢之《乐录》（当作《乐府古题要解》）、郗昂之《解题》、沈建之《广题》、徐献忠之《乐府原》，各有意见，余取诸家而参定之"。"然所分各类，亦多钟茂倩旧目，于体制无所考订。惟每章下略加注释，而附以评语。盖其例主于选诗，与吴、郭诸家用意各不同也"（纪昀，1965：1767）。其书承郭茂倩《乐府诗选》分类之制，共十卷，仅不含"杂歌谣辞"与"新乐府辞"。其人于唐人乐府甚为推崇，曾言及自汉至唐，乐府已经"三变"，曹魏一变，南北朝一变，"至唐而李杜诸大家乐府，皆创造新声，记载时事，扶衰起弊，横制颓波，是又一变也"。此"三变"之说可索迹至明刘濂之汉至唐乐府有三变之论，二者对后世萧涤非之"乐府三变"说当有启发。

以上所列乐府诗总集类著作共八种，存于《四库全书》或见于《存目》，时代由宋至清。此外，清代还多有刻本和钞本，如《乐府正义》《乐府广序》《乐府津逮》《乐府明辨》等。

《乐府正义》为清朱乾编，十五卷，现存为清乾隆五十四年刻本。全书所选乐府多来自《乐府诗集》，略有增补，分类也大体相当，为郊庙歌辞、燕射歌辞、鼓吹曲辞、横吹曲辞、相和歌辞、清商曲辞、舞曲歌辞、杂曲歌辞、歌谣辞九类 844 首。朱乾书自序中有云"诗未有不可被之弦歌者……如倚之而不成声，则无为贵诗矣。惟理义之说不明，则无以感人心，而发其欣喜爱慕之志，动其羞耻愧怍之心，如是而播以箫管，奋以鼓钟，此优伶之事，非君子所尚也。夫声音者，由理义而生者也"。由此可知朱乾认为乐府诗重声更应重义，编写务求"理义"的阐发。此外，全书体制编列极为精妙，所分各类均以古辞居前，而后则按时代分列文人拟作，诗作者的身世与背景、乐府诗的承继与发展均直观呈现。王运熙认为，此书"在明清两代乐府专书中，当推为材料最丰富、见解最突出之著作"（王运熙，2006：323）。

《乐府广序》三十卷，清朱嘉征编，专录汉魏乐府歌辞，无论编集体例抑或序评解题均沿袭《诗经》，分乐府诗为"风""雅""变雅""颂"，最后附以"歌诗"（即杂歌谣辞）、"琴曲"两类，纪昀认为此举颇为拘泥，故于《四库全书要目》讥之"盖刻意续经，惟恐一毫之不似。牵强支离，固其所矣"（纪昀，1965：1768）。然而黄宗羲则云此书"俨然三百篇之余，以比文中子续经之作，盖庶几焉？"对其大加赞赏。

《乐府津逮》分上、中、下三卷，清曾廷枚编撰。所录乐府止于汉魏，多为古辞，尤以相和歌辞为主，及少量清商曲辞、杂曲歌辞和文人拟乐府。部分题解移录自吴兢的《乐府古题要解》等前人帙作，诚如其自序所言"盖备遗忘耳"。

《乐府明辨》为明徐师曾编撰，十卷。所录歌辞由汉魏及宋，共分九类为祭祀歌辞、王礼歌辞、鼓吹歌辞、乐舞歌辞、琴曲歌辞、相和歌辞、清商曲辞、杂曲歌辞、新曲歌辞，虽名称有异于《乐府诗选》，然所本之迹甚为明显。

此外，还有一些专释汉"安世房中歌""郊祀歌"与"铙歌"的选集在清代——问世，如陈本礼《汉乐府三歌笺注》、王先谦《汉铙歌释文笺正》、庄述祖《汉短箫铙歌曲句解》、谭仪《汉铙歌十八曲集解》，他们对后世研究者读懂那些古奥的作品很有帮助。

　　进入20世纪，对乐府诗的研究开始逐渐在北京大学、清华大学、西南联大等学校和研究机构展开；歌谣运动和新文学运动也有力地促进了乐府研究风气的形成，新的乐府诗编集版本开始涌现，其中以《汉魏乐府风笺》《乐府诗笺》《乐府诗选》最为著名，这些著作的问世极大地推动了"五四"以后乐府诗研究的发展。

　　《汉魏乐府风笺》共十五卷，黄节编注，出版于1923年。成书以整理为主，尤重汉魏乐府，其对乐府诗研究的看法对后世学术研究亦颇有启迪：

> 十二年之前，学校无言乐府者，仆创为之解，今已蔚为大国，咸知乐府之足重，不下于诗三百篇矣……今日研究乐府者，无论与仆所见为异同，皆愿闻之。然徒为题目源流，纷争辩论；而于乐府之本体，不求探索；开篇不能明其义，则秉笔不能续其词；只有批评，而无感兴撰作，又无益之甚矣，非仆倡言乐府之本意也。（朱自清，1980：182）

　　全书汉相和歌辞七卷，魏相和歌辞六卷，汉杂曲歌辞一卷，魏杂曲歌辞一卷，可见黄节制书颇重汉魏乐府之深受民歌影响之作品，比之于《诗经》国风，故名"风笺"。全书每首歌辞之笺释大致分四部分：①解题，大抵采用《乐府诗集》旧文；②、笺释词句，征引繁富，成绩已超旧注，可与郭茂倩于曹植、阮籍诸诗之注媲美；③释音，阐明古韵相通之理；④集评，多采清人陈祚明《采菽堂古诗选》、吴景旭《历代诗话》、李因笃《汉诗说》、朱乾《乐府正义》、朱嘉征《乐府广序》诸家之说，颇便参考。因此王运熙认为，"在研究汉魏乐府相和、杂曲歌辞之训诂、音韵方面，此书是材料最丰富之著作"（王运熙，2006：327）。

　　《乐府诗笺》为闻一多编注，专笺汉乐府，分郊祀歌、铙歌、相和歌和杂曲四部分。作为一代文人大师，闻一多长于训诂。全书在解题、解字、考释本事方面多有新见，颇胜前人。

　　《乐府诗选》为余冠英选注，选取"从汉到南北朝的乐府诗，主要是入乐的民间作品，而以少数歌谣和在这些作品影响之下产生的文人乐府作为附录"（余冠英，2012：前言）。全书共分三部分另二附录。第一部分为汉魏乐府古辞，分录鼓吹铙歌、相和歌辞、杂曲歌辞。第二部分为南朝乐府民歌，选吴声歌曲、神弦歌、西曲歌、杂曲四项。第三部分为北朝乐府民歌，选最具北朝民风特色的鼓角横吹曲。附录一为汉至隋歌谣。附录二为汉魏晋宋乐府中之文人作品。"于汉魏古辞与北朝乐府民歌选得宽，于南朝乐府民歌与历代文人作品选得严。其去取标准主要是歌辞本身之社会内容及其对后代文学之影响，颇为正确。汉魏两晋南北朝乐府精华，大致在是"（王运熙，2006：330）。

　　此外，中国古代的一些乐书、乐志、乐记、乐典、乐考等也对乐府诗多有记载与解读，但并不属乐府编录总集之范畴，故未在此章类举。《乐府古题要解》《乐府释》《乐府标源》《乐府遗声》则为专门的乐府诗研究著作，为本书的编写提供了丰富的研究资料。

第二章

乐府诗英译研究综述

第一节　乐府诗英译现状与趋势

　　中国古典名著的外译是弘扬中华文化的一项重要内容,是沟通中西文化的一个重要步骤,也是促进民心相通的最佳手段。乐府诗的起源最早可追溯到夏商周时期,在汉魏南北朝时期空前繁荣,影响了整个中国诗歌的创作,实现了中国诗歌由简单的四言诗向五言诗和七言诗的转变,为中国格律诗的发展奠定了基础。乐府诗因其在中国诗歌史上承前启后的地位更是兼具文学与学术的研究价值,曾经持续影响了中国的诗歌发展史,并促进了西方现代诗歌的发展,因而在世界文学史上占据着举足轻重的地位。而乐府诗二千余年的创作历史以及多达五千余首的总量,也吸引了海内外无数汉学家和学者竞相翻译和研究。乐府诗的英译主要由海外译者(包括华裔译者)和中国译者完成,大致有以下特点和趋势。

一、19 世纪末至 20 世纪初以英国为中心

　　18 世纪以来,长期旅居中国的英国传教士和外交官开始翻译中国文学,两个世纪中产生了一批颇具影响力的翻译家,如德庇时(John Francis Davis,1795—1890)、翟理斯(Herbert A. Giles,1845—1935)、韦利(Arthur Waley,1888—1966)等。通过他们,乐府诗被陆续译介到英国。德庇时在他的《汉文诗解》(*The Poetry of the Chinese*)中第一次翻译了中国古诗。翟理斯的《中国文学史》(*A History of Chinese Literature*)分三章译介了汉、魏晋南北朝以及唐代乐府诗。韦利的《中国诗一百七十首》(*A Hundred and Seventy Chinese Poems*)则包含了众多中国文学史上的经典乐府诗作,也是海外再

版次数最多的乐府诗英译版本,稳步增长的销量充分显示出当时它在英语读者中接受的情况。

除了早期的传教士和外交官外,英国还有几位重要的学者也翻译了乐府诗,如比雷尔(Anne Birrell,1942—　　)英译的《玉台新咏》(*New Songs from a Jade Terrace：An Anthology of Early Chinese Love Poetry*)和《中国汉代民间歌谣》(*Popular Songs and Ballads of Han China*)是两本汇集了两汉魏晋南北朝乐府诗歌精华的优秀译诗集。诗人克莱默·宾(Launcelot Alfred Cranmer-Byng,1872—1945)是最具代表性的非汉学家汉诗译者,他的《玉琵琶》(*A Lute of Jade：Being Selections From the Classical Poets of China*)对汉诗在欧美的传播所造成的影响是其他同期同类著述所无法替代的,直到今天还是许多美国大学中国古典诗歌课程的必读书目之一。乐府诗在英国的译介与传播给英国文学带来了清新的风气,开启了英国传统诗歌改革的大门,对意象派诗歌的生成产生了重要影响进而持续影响到当代的英国诗歌。

二、20 世纪中叶以美国为中心

在美国,乐府诗的译介始于庞德(Ezra Pound,1885—1992)翻译的《神州集》(*Cathay*)。它首先把中国诗歌传统带进了西方现代文化,催生了美国的新诗运动。王红公的《爱与流年:续百首中国诗》(*One Hundred More Poems from the Chinese：Love and the Turning Years*)中的乐府诗有大量译者根据"想象"的再创作。华兹生(Burton Watson,1925—2017)编译的《哥伦比亚中国诗集》(*The Columbia Book of Chinese Poetry：From Early Times to the Thirteenth Century*)每章之首都会以几百字的篇幅简要介绍诗歌产生的时代背景和源流。周文龙(Joseph R. Allen)的《以他者的声音——中国乐府诗》(*In The Voice of Others：Chinese Music Bureau Poetry*)首次把乐府作为一个文类探究了其文本内部的互文性。宇文所安(Stephen Owen,1946—　　)编译的《中国早期古诗解读》(*The Making of Early Chinese Classical Poetry*)是在国外出版的乐府诗最完整的英文研究著作。此外,北美华裔学者柳无忌(Wu-chi Liu,1907—2002)和罗郁正(Irving Yucheng Lo,1922—2005)的《葵晔集》中也选编有大量乐府诗。乐府诗在美国的译介恰恰和美国现代诗歌发展史上的两起诗歌运动兴起的时间重合,即 20 世纪初的意象主义运动(imagism)和 20 世纪中叶至后半叶的旧金山文艺复兴运动(San Francisco Renaissance)。这两次诗歌运动的共同特点是两者都极具开放性和包容性,为乐府诗的介入提供了可能。两次世界大战后,为抵制主流文化试图建立的新秩序,诗人们对浪漫主义情怀的极度渴望得到释放。乐府诗题材广泛、意象丰富和主题明朗这些特点向人们传递出一种积极的浪漫主义色彩,安慰了战后弥漫在美国的颓废情绪,吸引了一代又一代的美国诗人去翻译、模仿,为美国诗歌的创作和发展提供了源源不断的养料。

三、20 世纪末至 21 世纪初以中国为中心

20 世纪末至 21 世纪初,随着中国国力的增强,乐府诗英译与研究逐渐转变为以中国为中心。国内乐府诗专门的英译版本并不多见,目前主要有许渊冲(1921—　)、汪榕培(1942—2017)和李正栓(1963—　)的译本。三个版本译者的共同特点是"译而优则导",在大量翻译实践的基础上总结出了各自的翻译理论,又在各自译论的指导下译出了风格各异的乐府诗。许译乐府诗"意美""音美""形美";汪译乐府诗"传神"而且"达意";李译版本遵循着"忠实对等,形神兼求"之原则。这些译论丰富了我国的诗歌翻译理论,并有效地指导了乐府诗翻译的实践。此外,杨宪益夫妇出版过一本《乐府》(*Yuefu Songs with Regular Five-Syllable Lines*, 2001),其中共收入乐府诗 24 首。此后,外文社又出版了他们夫妇英译的《汉魏六朝诗文选》(2005),所选诗作多为乐府诗。遗憾的是,杨宪益很少谈及自己的翻译及翻译思想,因此,杨译乐府诗中诸如散体译诗、大量增删等明显特征的深层动因难免缺乏基于译者主体性的深入理论研究依据。

相对于汉代两百余年的历史以及达五千余首的乐府诗总量而言,汉乐府诗的数量相对较少。郭茂倩的《乐府诗集》中共收录了 183 首,再加上萧涤非所加的 20 首,共 203 首汉乐府诗,这也是目前公认的最权威的判断是否汉乐府的依据。而综观乐府诗英译的历史,我们发现乐府诗英译的译本则更少。在国内,汪榕培和许渊冲是汉魏两晋南北朝诗歌(含乐府诗)的优秀翻译家。汪榕培教授在 1996 年由湖南人民出版社出版的《汉魏六朝诗三百首》(300 *Early Chinese Poems 206 BC—618 AD*)中收录了诗歌三百余首,其中所含诗歌并非全部乐府诗,2006 年,该书经过修订,收入汉英对照《大中华文库》。2008 年,在《汉魏六朝诗三百首》的基础上,《英译乐府诗精华》由上海外语教育出版社出版。2009 年中国对外翻译出版社出版了许渊冲教授译著的《汉魏六朝诗》,其中包含了 1992 年由北京大学出版社出版的《中诗英韵探胜》(*On Chinese Verse in English Rhyme*)和 1994 年由新世纪出版社出版发行的《中国古诗词六百首》(*Song of the Immortals—An Anthology of Classical Chinese Poetry*)中的一些乐府诗,译者还对部分诗作进行了改译。1994 年北京语言学院出版社出版的王恩保等选注的《古诗百首英译》(100 *Chinese Classical Poems in English*)、1986 年由辽宁大学出版社出版的丁祖馨等编译的《中国诗歌精华》(*Gems of Chinese Poetry*)、1989 年由外语教学与研究出版社出版的文殊选注的《诗词英译选》(*Selections Of Chinese Classical Poems*)、1996 年卓振英所著由中山大学出版社出版的《华夏情怀——历代名诗英译及探微》、1980 年香港商务印书馆出版的方重编译的《陶渊明诗文选译》(*Gleanings from Tao Yuanming*)、吴伏生等译的《阮籍咏怀诗》(*The Song of My Heart*)等书均包括了一些乐府诗。2013 年,李正栓也在他的《汉英对照乐府诗选》中选译了 104 首乐府诗,这也是以乐府诗命名且跨越几个朝代的一部乐府诗英译总集(以郭茂倩的《乐府诗集》为蓝本,加以精选而成)。此外则很少散见乐府诗的英译版本。

国内外的乐府诗研究正在逐渐走向成熟的阶段,研究者众多,研究著作也非常丰富(如余冠英,1953;萧涤非,1984;王运熙,2001;Birrell,1988;Allen,1992;Owen,2006等)。自中华文化典籍外译之初,乐府诗的翻译就从未间断,乐府诗的英译也存在多个版本,如《孔雀东南飞》已有国内外共八个英译版本。译本研究是国内典籍英译研究的重点领域之一,但学术论文中关于诗歌英译的研究成果主要集中在《诗经》《楚辞》《唐诗》《宋词》的英译研究方面。如以"唐诗;英译"为题的博硕论文自2002至2018年间已达百余篇(如李林波,2002;韩巍,2013;蔡丹妮,2017等),而以"乐府;英译"为题的博硕论文仅有三篇(贾晓英,2009;周忠浩,2009;张金锋,2013)。以唐诗的翻译与传播研究为主题的国家社会科学基金项目有十余项,如《唐诗在法语世界的译介和研究》(蒋向艳,2007)、《跨文化视阈下唐诗在西方的译介与研究》(李春蓉,2015)、《唐诗在德语世界的译介与研究》(张杨,2017)等,但自1996年至2018年间,尚未有乐府诗的翻译研究项目获得国家社会科学基金项目立项。可见,与乐府诗传播的广度和持久度相比,目前国内的乐府诗翻译研究(包括理论研究与译本)已明显滞后,迫切需要国内研究者尽快吸收和借鉴国外的成果,促进域内的乐府诗翻译和研究,加强乐府诗翻译与研究的国际合作,这无疑对书写中国翻译文学史有着重要意义。

第二节　乐府诗英译研究方法问题

一、译本研究

迄今为止所见的乐府诗英译版本研究多是零星的和不系统的,这固然有乐府诗英译版本较少的原因,但从中也能看出翻译理论界长期以来对乐府诗英译这一研究领域的漠视。汪榕培在他的《汉魏六朝诗三百首》前言中,对比雷尔、华兹生、韦利和伯德(Charles Budd,1795—1884)等的乐府诗译本中的《上山采蘼芜》一诗有较为详尽的评述。他还提出了自己的翻译标准——"传神达意"。对"传神达意",汪教授有一段精辟的解释:"第一,'传神'就是传达原作的神情,包括形式(form)、语气(tone)、意象(image)、修辞(figures of speech)等等;'达意'就是表达原作的意义,尤其是深层意义(deep meaning),尽量照顾表层意义(surface meaning)。第二,这四个字不是并列结构('传神'和'达意'不是并重的),而是偏正结构('传神'是'达意'的状语,即'传神地达意')。一首好的译诗首先要表达原作的基本意义,传神是达意基础上的传神,是锦上添花,不达意则无神可传。"(汪榕培,1998;前言)这一原则对当今的翻译工作无疑具有积极的指导意义。李正栓、贾晓英在《汪译乐府诗的"灵"与"魂":传神达意——以汪译汉魏六朝诗三百首为例》中指出:

汪榕培教授对前人的翻译进行了比较与分析,并帮助我们回答了一个问题——谁最适合把中国的诗译成英语? 答案是应当是熟谙英诗格律与表达方式、通晓汉诗,有很强文化意识的人。在《今人译古诗——英译〈古诗十九首〉札记》中,汪榕培从诗歌的可译性角度出发,指出《古诗十九首》的思想内容跟一些英文诗歌相通,表现手法跟一些英文诗歌相似,因此,把《古诗十九首》译成地道的英文、为英语读者所接受是有其坚实基础的。李成坚在《外师造化 中得心源——读汪榕培译〈汉魏六朝诗三百首〉》中认为,汪榕培在翻译过程中以原作艺术意境为准绳,以传神达意为总则,注重对意象,尤其是比喻意象深层意义的把握,注重对原作精神的总体深度发掘;同时又发挥译者的能动性,努力传达原诗的音乐性,乃是该译本最突出的特色。

此文发表于 2010 年的《典籍英译研究》(第四辑),是对乐府诗英译版本的专门研究,但只涉及汪榕培的一个版本,缺乏比较且评介较略。

在《中诗英韵探胜》中,许渊冲对他的翻译思想——"美化之艺术,翻译似竞赛、信达优"有较详细的说明。这其中,"三美"是许渊冲翻译哲学的本体论;"三化"是方法论;"三之""神似"是目的论;"艺术""创作"和"竞赛"是认识论;"发挥优势"既是认识论,又是方法论,统帅全局。许渊冲还在书中对一些乐府诗的英译进行了比较与评析。在发表于 1993 年《北京大学学报》上的《通向中西诗学对话的桥梁——读〈中诗英韵探胜〉》中,靳义宁认为,许渊冲的《中诗英韵探胜》有三大特色,例如,选题视野宽阔、"拓荒"式的论述、为中西诗学的对话架起了一座文字桥梁,但这只是基于翻译理论上的概括评介,并不能算是译本研究。

杨宪益和戴乃迭的《乐府》中并没有译者亲笔撰写的前言和后记,这是个遗憾,但我们还是可以从中读出杨宪益对翻译的独到见解。可以归纳为以下几点:①翻译的历史距离是可以弥合的;②译者要忠实于原文,特别是要忠实于原语文化;③达而能雅才是真正的达。

李正栓在他的《汉英对照乐府诗选》前言中对乐府诗的英译版本有一个较为详尽的梳理,例如,对乐府诗的起源和发展进行了历时性的研究,并且举出了中外多种包含乐府诗的英译本和日、俄、韩语译本,这些都对乐府诗的英译研究有很高的参考价值,但文中并未对不同译本和译者加以比较研究和评介,这也提醒着有志于此的翻译研究人员可以在此领域上进行深入挖掘。对于诗歌翻译,李正栓认为,汉诗英译要讲求"忠实对等"。对于"忠实对等",李正栓有一个简洁的阐释,即忠实地去翻译,让文化差异存在,从而实现原文和译文在理解、风格、音韵和文化内涵等方面的对等。在发表于 2004 年《外语与外语教学》的文章《忠实对等:汉诗英译的一条重要原则》中,李正栓详细说明了这一原则:"一首好的英译汉诗,首先要对原诗有个对等的理解,这种对等理解应实现在语言和文化两个层面上;其次要保留原诗的独特风格;第三,可以直接把汉诗的押韵方法移植到英译诗中去,从而实现音韵上的忠实对等;第四,在传递文化信息方面,应尽量采用异化方法。"译者的这一观点在他与贾晓英合作的两篇文章《归化也能高效地传递文化》和《乐府英译文化取向与翻译策略研究》中也有基于乐府诗英译实践上的进一步阐释。

　　李贻荫自1988年开始发表了一系列比雷尔英译《玉台新咏》的研究论文，至1991年累计已达八篇。这些研究通过细微的文本分析，深入探讨了汉诗英译中的一些基本问题，如叠词的翻译、典故的翻译、双关语的翻译等，大多可信可取。总体说来，李贻荫教授对《玉台新咏》之比雷尔英译本的集中评介已自成一家，这填补了国内对《玉台新咏》英译版本研究的空白，为以后的翻译研究人员提供了大量可供借鉴的资料，但因为研究视阈比较狭窄、缺乏译本间的相互比较，因此也不能算是专门的译本研究。

　　除此之外，各英译版本的前言中一般也有零星的译本评述。卓振英在《汉诗英译论要》中从微观上对几首乐府名诗的英译进行了翻译、列举和赏析；韦利在他的译本前言中提到了翟理斯的译本；柳无忌和罗郁正的译本中也提到了部分乐府诗选自伯奇的 *Anthology of Chinese Literature*；华兹生在他的译本前言中对汉魏乐府诗有较为详尽的介绍，不过并未提及其他英译版本。此外在网络和期刊上也可以散见个别英译乐府诗的赏析和学术论文。如李贻荫等1998年发表于《外语与外语教学》的《汪榕培英译〈上邪〉赏析》一文中，作者比较了汪榕培、比雷尔和 Eric Endey 对乐府诗《上邪》的译法，认为汪译传神达意，并再造了音美；2005年《湖南农业大学学报》上的《古诗〈江雪〉〈青青河畔草〉英译译法研究》一文中，唐年青就《青青河畔草》的翻译从意境的传达上比较了汪榕培、许渊冲和华兹生译诗的优劣；肖莉等的《意形韵的完美结合——汪榕培先生译作〈木兰诗〉赏析》刊登于2002年的《湖南城建高等专科学校学报》，文中对汪榕培的译诗《木兰诗》从内容、形式和音韵的传达上给出了很高的评价。

　　此外还有研究生主要是硕士研究生的优秀学位论文，如2009年上海外国语大学的杨新如在她的毕业论文《从"三美"再现谈古诗英译中的文化传递》中评析了许渊冲英译的两首乐府诗；贾晓英在2009年的毕业论文《乐府中的文化负载词及其翻译》中对乐府诗翻译的历史和译本状况介绍相对比较全面，先后涉及英、日、俄等多种语言的译本。论文还从文化传递的角度对中外不同译者几十首乐府诗的英译进行了对比分析，认为单纯的归化和异化下的译本是不存在的，同一译者所使用的翻译策略间和同一译本所涉及的翻译策略间归化和异化都构成了实质上的互补。此论文是乐府诗英译的专门研究，但几乎没有涉及译者研究和译本之间相互关系的研究，因此也不够系统和全面。

二、译者研究

　　国内对于翻译家的系统性研究起步较晚，但迄今为止这一领域已取得很大进展。例如，对国外的理雅各和韦利等，对国内的傅雷和查良铮等的翻译生涯和翻译观点都有了较为深入的研究。对于乐府诗英译者的研究则主要可以分为以下三种类型。

　　1. 以翻译家为研究对象的传记或自传

　　以翻译家杨宪益为例，有2001年华东师范大学出版的邹霆的《永远的求索——杨宪益传》和 2001 年由大象出版社出版的李辉的《杨宪益与戴乃迭——一同走过》。而许渊冲则有 1996 年由三联书店出版的自传性回忆录《追忆逝水年华——从西南联大到巴黎大学》。这类传记以翔实的资料、丰富的内容向读者还原了翻译家的人生经历和翻译轨迹。对于想要对翻译家的翻译思想进行进一步研究的翻译人员来说,了解翻译家的生平是必要的,而建立在史实基础上的传记中的信息能够使研究更深入、更有根据。但这类传记类研究的缺陷在于易于把翻译家的翻译思想和翻译成果置于次要地位。

2. 对翻译家译作的评论

外语类或翻译类核心期刊上对翻译家们的研究多数和翻译家们的译作有关。通过输入关键词"许渊冲"从中国期刊网上搜索到论文 595 篇。其中有 81 篇是 2000 年以前发表的,这也说明许渊冲成为学术界的研究热点人物应该是在 2000 年以后。这些研究文章涉及许渊冲译作部分的多聚焦在他的唐诗宋词、毛泽东诗词和《西厢记》等的英译上,如刘守兰撰写的 1993 年发表于《云南师范大学学报》的《浅评许渊冲英译〈唐宋词一百首〉》;1999年刊登于《中国翻译》上的胡德清的文章《细刻精雕 丝缕毕现——评许渊冲教授新译〈毛泽东诗词选〉的修辞美》;2002 年由李菡撰写的发表于《中国翻译》上的文章《欲把西湖比西子,淡妆浓抹总相宜——许渊冲英译〈西厢记〉的艺术成就》等等。还有很多文章通过对翻译家个别译作的个案研究,探讨翻译中的某个具体问题。如章国军 2005 年发表于《长沙大学学报》的文章《白头吟望苦低垂——浅析许渊冲译〈登高〉之美》和陈玉凤 2004 年发表于《绥化师专学报》的《翻译的"等值"效果——评许渊冲先生的〈声声慢〉译本》。但这些已有研究存在着选题重复、缺乏系统性研究以及引例过于集中等缺陷,例如,对许渊冲唐诗宋词英译的个别译作的研究多集中在有限的几首诗上。在中国期刊网摘要中输入许渊冲英译"声声慢",发现有 20 篇文章,其他作品分析也多集中在《江雪》《春晓》等几首诗上。其内容也多是围绕着印证许渊冲的"三美"和"叠词的英译"两个方面,鲜见其他诗作的英译评论。涉及许渊冲乐府诗英译方面,中国知网上有唐年青所引的《青青河畔草》译文,另外还有 2001 年陈才忆发表于《重庆交通学院学报》的论文《许渊冲、汪榕培英译古诗比较分析》中引用了《陌上桑》和《孔雀东南飞》两首译文。

对其他翻译家乐府诗译作的批评与评论也存在着相同的问题,例如,有关汪榕培英译乐府诗的论文也集中取例于《青青河畔草》《上邪》《陌上桑》和《孔雀东南飞》的英译。对翻译家译作的评析性研究多属正面研究,属赏析文章,但也有些作者能够就某些词语的翻译委婉地提出一些批评性意见,例如,李贻荫在《汪榕培英译〈上邪〉赏析》一文中首先肯定了汪译传神达意,但同时也指出汪译的欠缺,如个别协韵欠周和对原作的语气理解欠深两个问题。这些不同的声音无疑对翻译质量的提高是有益无害的,但此类研究也存在着无法全面地介绍翻译家的翻译思想和翻译成果的弊病。

3. 对翻译家翻译思想的研究

对翻译家翻译思想的研究又可细分为以下三个方面。①浅析翻译家的翻译理论。如顾力豪在 2006 年发表于《南通航运职业技术学院学报》的《浅析许渊冲教授的诗歌翻译理论》一文中认为，当今翻译工作者应该继承和发展许渊冲教授的诗歌翻译理论。在文章中作者还特别以英译刘邦所作的乐府诗《大风歌》为例，分析了许渊冲的"三美"在译文中的完美体现。2007 年李淑杰等刊登于《辽宁工学院学报》的文章《汪榕培诗歌翻译述评》概括了汪榕培的诗歌翻译理论及其译学思想的发展。蒋艳萍在 2008 年发表于《湖南农业大学学报》的文章《宇文所安跨文化文学解读模式研究》中认为，宇文所安创造性地将文本细读与语境还原相结合，在文本、读者和作者三者间建立起了一种互动关系。邹广胜在 2007 年发表于《外国文学》的文章《谈杨宪益与戴乃迭古典文学英译的学术成就》中认为，翻译家在翻译过程中秉着形式在内容之下的思想，而且注重保留原作的文化和文学形式。②分析翻译家的翻译理论在某一翻译实践中的应用。如李清平 2008 年发表于《哈尔滨学院学报》的文章《"三美论"关照下的〈木兰辞〉两译本片断析评》以许渊冲的"三美"为理论依据，分析了许译《木兰辞》，认为诗歌不易译，但可译。祝琳在 2009 年刊登于《宜春学院学报》的论文《戴着镣铐跳舞亦灵活自如——许渊冲诗英译文中"三美"的体现》中通过几首许译汉诗的译例分析认为，许渊冲的"三美"理论已经成为译文评判的重要标准。张兰在 2001 年的《云梦学刊》上发表的论文《译诗贵在传神达意——中诗英译赏析》中分析了汪榕培的英译乐府诗《青青河畔草》，认为直译不是死译，意译也不是乱译，传神达意则是好的译文。③利用翻译家的翻译理论分析其他人的作品。如谭碧华等 2008 年发表于《三峡大学学报》的论文《从"三美"论角度析英文电影片名的翻译》和夏宏钟等 2008 年刊登于《西南农业大学学报》的论文《谈对联英译"三美"的再现》等。已有的此类研究基本上都忽略了译者的人生经历和其他翻译成果，因而缺乏基础、没有比较，势必难以深入下去。

三、综合研究

　　进入 21 世纪以来，高校博、硕士研究生中对翻译家韦利、宇文所安、杨宪益、许渊冲、汪榕培等的研究呈现出了日趋系统化的良好态势。例如，2009 年王晨的学位论文《翻译家杨宪益研究》采用文本采样分析和点线结合的方法对杨宪益的人生经历、翻译生涯、翻译思想、文学译介进行了研究，并且分析了他翻译事业的局限性，但整个研究并没有构成一个相互关联的、完整的研究体系，每个问题似乎都有纵深研究的余地。2007 年陈橙的学位论文《阿瑟·韦利中国古诗英译研究》采用描述性的研究方法，通过对韦利汉诗英译的时代背景、文本选择、诗体和语言的创新、翻译策略及目的性、译文经典化的形成等要素的分析，揭示了韦利的翻译思想和翻译策略与译者翻译目的和主体文化需求之间的关系。文中还提到了韦利所译的十几首乐府诗，并重点比较了《古诗十九首》之《涉江采芙蓉》的韦利和翟理斯的译文，认为翟理斯的译文重韵律而轻内容，韦利的译文意似而音美，但两种带有时代烙印的译文都有其存在的合理性；论文选例和评析细致，但研究方法和研究结果仍可创新。2008年博士研究生朱明海的学位论文《许渊冲翻译研究：翻译审美批评视角》从翻译审美批评的角度对许渊冲的翻译进行了研究，提出了翻译审美批评的共识真理观这一学术观点，这是对翻译批评研究的一大理论上的突破。还有的论文用一个理论从宏观上研究翻译家，例如，2007年李淑杰的学位论文《从译者的主体性角度看汪榕培的诗歌翻译》。该论文从翻译个案入手，试图探讨译者在文学翻译过程中主体性的彰显，但对译者主体性的本质特征"能动性、受动性和为我性"作为一个整体在译者翻译过程中的辩证结合并没有进行阐释。

四、对未来乐府诗英译的设想

鉴于当前乐府诗英译的研究现状，我们认为未来的乐府诗英译研究可以从以下三个方面展开。

1. 对乐府诗英译版本的研究

首先要对历史上的乐府诗英译版本有一个基于准确考察的详细梳理和整体把握，避免因为缺乏调查而出现重复研究的现象，降低研究价值。另外，目前还缺少乐府诗英译版本专门的、系统的研究，特别是在底本研究方面、在译本比较等方面都还无人涉猎。

2. 对于乐府诗译者的研究

研究人员首先应该制作一份译者的译著和著述年表，这也是研究人员开展全面和深入研究的基础资料。其次要对以往的研究方法和研究成果进行梳理，以便在未来的研究中开拓新的研究视野。例如，译者主体性在哲学解释学、权力话语和目的论等理论映照下，在译者的翻译过程中的表现问题还可以进行深入研究。

3. 对乐府诗英译文本相关问题的研究

要突破目前国内外已有的零星乐府诗英译文本研究几乎都集中在译诗的修辞手法等形式方面这个局限性的范围内，加强对乐府诗翻译的整体性研究，倡导跨学科研究，加深基础理论研究和前沿理论研究。

总之，乐府诗英译研究无论从宏观上还是微观上，未来都还有很大的空间。文学翻译的价值并不仅仅取决于译者的再创作，还受到读者解读和翻译研究人员再解读的影响，而作为中国古文化经典的乐府诗的翻译之中则蕴含着巨大的研究价值。但综合以上对乐府诗英译研究情况的梳理，我们发现当今翻译研究界对乐府诗英译进行的研究存在着缺乏基础性研究和研究欠深入、研究方法陈旧、不成系统等缺陷，这种现状与乐府诗在中国古代文学史上的地位以及它在译语读者中传播的广度是不相匹配的。因此，对乐府诗英译的文献整理、译品评析、美学价值、跨学科研究、整体研究、综合研究、比较研究等方面，都有待翻译研究人员继续努力开创新的局面。

第三节　乐府诗其他语种翻译略述

　　除英语外,乐府诗还被译成其他语言。例如,乐府诗的传播极大地促成了日本文学史上两部最重要的诗歌总集《懐風藻》(かいふうそう)和《万叶集》的形成,同期在朝鲜和越南也出现了许多拟乐府之作。1967 年,铃木修次的《漢魏詩の研究》由东京的 Taishūkan Shortan(音)出版社出版。1970 年,东京的 Kyuko Shoin 出版社出版了中津滨涉(Nakatsuhama Wataru)的《楽府詩集の研究》。法国的朱迪特·戈蒂埃(Judith Gautier)于 1867 年出版了法文版的《玉书》(*Le Livre de Jade*),其中包含几首乐府诗。俄国学者马古礼(Georges Margouliès)也用法文译过一些乐府诗,并附有详细的注解。曾任巴黎社会科学高等研究学院研究所所长的法国汉学家唐纳德·侯思孟(Donald Holzman)对乐府诗两大家嵇康与阮籍的生平、思想、作品等方面都有深入的研究。奥地利汉学家赞克(Edwin van Zach)最初用德语翻译的乐府诗和其他中国古典诗歌多登在德国的《瞭望》(*Deutsche Wacht*)杂志上,后来开始在《汉学文稿》(*Sinologis che Beitrage*)上发表,1958 年,哈佛燕京学社(Harvard-Yenching Institute)集结赞克的这些译诗出版了《中国文选(德文)译本》。1907 年,德国作家汉斯·贝特格(Hans Bethge)出版了译诗集《中国之笛》(*Die Chinesis che Flote*)。《中国之笛》是根据汉斯·海尔曼(Hans Heilmann)1905 年的德译《中国抒情诗》(*Chinesis che Lyrik*)、戈蒂埃 1902 年版的《玉书》和赫维·圣丹尼斯(Marquis d'Hervey Saint-Denys)1862 年版的法译《唐诗》(*Poésies de l'époquedes Thang*)等改译的。而《中国抒情诗》又是海尔曼根据戈蒂埃 1867 年版的《玉书》和圣丹尼斯的《唐诗》等书转译而成。在这里值得一提的还有奥地利作曲家古斯塔夫·马勒(Gustav Mahler)的知名交响曲《大地之歌》,其第一乐章的歌词即取材于《中国之笛》中李白的乐府诗《悲歌行》。法国作曲家鲁塞尔(Albert Roussel)还把张籍《节妇吟》的最后两句"还君明珠双泪垂,恨不相逢未嫁时"谱成了一首美妙的歌曲,使得诗与歌在东与西的交汇碰撞中完美结合在了一起。

第三章

乐府诗英译的历史背景

第一节　欧洲汉学研究的确立

　　欧洲汉学研究的起始阶段通常被称为耶稣会士汉学阶段,代表人物是利玛窦 (Matthoeus Ricci,1552—1610),他的代表作如《天主实义》《畸人十篇》《辩学遗牍》阐释经 典儒学、排斥释儒,以达到宣扬基督教思想的目的。徐光启称其为"补儒易佛"(沈福伟, 1985:369)。因此,出于传教、经商和外交的需要,耶稣会士们编撰了汉语学习字典或汉语 学习手册等实用书籍,对中国地理、历史、思想、中医等方面的译介和研究也逐渐成为汉学 研究的传统项目。但是,对于中国古典文学的研究却长期处于被冷落的状态,直到 1687 年的《中国哲学家孔子》(*Confucius Sinarumphilosophus*)于巴黎面世。该书主要内容包 括《大学》《论语》《中庸》的译文以及孔子生平,用当时的"学术语言"拉丁文写就,在欧洲学 术界影响广泛,使人们对中国思想文化有了基本的了解。

　　1742 年,傅尔蒙(Etienne Fourmont,1683—1745)的《中国文典》(*Linguae Sinamm Mandarinicae-hierogliphicae Grammatica Duplex*)问世,产生的轰动效应持续影响了欧洲 半个世纪的汉学研究,出现了一批规模空前的汉学著作,这些作品为后世的汉学家了解中 国文化起到很好的启蒙作用。但是,直到 19 世纪上半叶,作为诗歌类别的古典文学作品 才开始被零星译介,而且也仅仅涉及《诗经》,其他中国古典诗歌仍处于备受冷落的境地。 此中缘由,陈友冰曾以中国古典文学在英国的流播历程为议题进行过颇具学术价值的分 析。他认为"传教士汉学阶段(18 世纪末至 1840 年鸦片战争前),这是中国古典文学研究 的准备期和萌生期"。这一阶段在欧洲被译介的中国古典文学作品除《诗经》选译外,主要 是一些文字通俗易懂、故事性强的白话小说作品,如《好逑传》《中国故事》《今古奇观》,以 及戏曲唱本如《赵氏孤儿》和《花笺记》等。"作为中国古典文学研究前期准备的作品翻译刚刚萌生,不仅翻译数量少,面也相当狭窄,也缺乏对中国古代文学真正的了解,更谈不上深入地研究。"(陈友冰,2008:35)

1815 年 1 月 16 日,雷慕沙(Jean-Pierre Abel-Rémusat,1788—1832)在法国皇家学院法兰西学院(Collage du Roi)发表了就职演说,这是欧洲汉学史上第一任教授的就职演讲,标志着汉学在欧洲学术界正式成为一门学科。1822 年亚洲学会(Societé Asiatique)在法国成立,其后英国、荷兰、德国、美国、俄罗斯等欧美各国纷纷在大学开设有关中国文化或语言的课程,欧洲经院化汉学研究自此开始。

在欧洲汉学确立这一时期,以传教士为主体的汉学家对中国古典诗歌的研究意识尚未开始。但是随着欧洲汉学研究的日趋成熟与兴盛,越来越多的汉学家开始对作为中国古典文学精华的诗歌产生兴趣,并且开始有足够的能力去译介中国古典诗歌。更多的《诗经》译本,《楚辞》《唐诗》、乐府诗译本相继出现,这其中,英国的德庇时和他的《汉文诗解》是最重要的汉诗译者和第一部系统的汉诗翻译、研究著述。

第二节　英国汉学研究的发展与汉诗英译的发轫

与法国、意大利、德国等欧洲大陆国家相比,英国的汉学研究起步较晚。1823 年,大不列颠及爱尔兰皇家亚洲学会(The Royal Asiatic Society of Great Britain and Ireland)成立,这是英国第一个研究亚洲的学术机构(http://royalasiaticsociety.org)。虽然英国当时已有马礼逊(Robert Morrison,1782—1834)等来华传教士出版了一些汉学书籍,但是直到 1838 年,英国才在伦敦大学设立了第一个汉学教授职位。此后,这个席位时断时续。直到 1875 年,理雅各开始在牛津大学担任汉学教授,这也标志着英国经院化汉学研究的开始。

根据对美国哥伦比亚图书馆所藏《〈汉学文献目录〉索引》的统计,以及法国汉学家高第(Henri Gordier,1849—1925)《汉学文献目录》中所记录,英语汉学文献在 1850 年后数量激增。因此,阙维民认为 1924 年以前多产的西方汉学家以英国籍学者居多,而上述资料"明确而量化地反映出英国汉学在 19 世纪迅速崛起以及在西方汉学界所居重要地位的历史事实"(阙维民,2002:33)。

虽然英国自 17 世纪便与中国有经济往来(负责英国在亚洲贸易的东印度公司成立于1600 年),但英国人对中国语言的学习与文化的接触却要晚得多。造成这种现象的原因"一方面是由于早期接触中国的都是英国商人,他们只热衷于在中国牟取商业利益,对中国文化传统兴趣淡漠。但在另一方面,这一现象也与中国人的文化优越感和排外情绪有关。在中国人眼中,这些外国人不过是未开化的夷狄,无法理解具有数千年历史的华夏文化。因此,他们不愿意、不屑于教外国人汉语,甚至排斥那些主动去学汉语的外国人"(吴伏生,2012:2)。据苏珊·理德·斯蒂夫勒(Susan Reed Stifler,1884—1987)描述,当时

"一位在东印度公司任职的雇员自学掌握中文后,曾直接向北京的朝廷上书。这使广东的地方官员十分震怒。他们将这位雇员驱逐,并处死了他的打字员"(Stifler,1938:48-50)。

两次鸦片战争后,随着《中英南京条约》《中英北京条约》等一系列不平等条约的签署,西方侵略势力逐步扩张到中国沿海各省,中国的大门也被迫向西方打开。西方各国一方面向中国倾销商品、掠夺原料和劳动力,一方面积极在中国传播基督教文化。因此,这一阶段在中国从事经商、传教、外事活动的英国人不仅在数量上急剧增多,旅居时间也大大延长。这些在客观上为他们记录、搜集、整理中国传统文化典籍和风俗志史提供了机会。同时,中华文化博大精深的独特魅力,让他们当中的一部分人"在震惊、激动之余,逐渐对中华文化产生了浓郁的兴趣,逐渐由收集风俗文化典籍资料,转为对这些资料的研究和探求,甚至由业余爱好变成终身追求,从而完成了由传教士、外交官向专业汉学家的身份转换"(陈友冰,2008:35)。在这些人中,德庇时、理雅各、翟理斯为中国古典文学在英国的传播做出了重大贡献,被称为"19世纪英国汉学的三大代表人物"(陈友冰,2008:35)。

德庇时为东印度公司在中国工作过30余年,并于1844至1848年间担任香港总督。由于在华工作多年,他的汉语功底很深,著述丰富,如长达900余页的《中国概览》(*The Chinese：A General Description of the Empire of China，and Its Inhabitants*)和《战争和平后的中国》(*China，During the War and Since the Peace*)。当时的西方读者很难欣赏汉诗的节奏和韵律,"对他们来说,单音节的汉语听起来突兀单调,毫无音乐感,当时的一些论者认为这是原始语言的特征,甚至据此宣称汉语在本质上不适于诗歌创作"(吴伏生,2012:9)。为了消除种种误解和疑虑,1829年,德庇时在英国皇家亚洲协会做了题为《汉文诗解》(*On the Poetry of the Chinese*)的演讲。在这次演讲中,德庇时对中国诗歌的特色和如何翻译汉诗做了较为系统的论述。他指出,汉诗与其他国家的诗歌相同,其魅力也在于"音调的流畅、结构的和谐、情感的得体以及意象的美丽"(Davis,1829:395—397)。他还认为,翻译汉诗时应该用英语诗中的一个音步(foot),而不是一个音节(syllable)来对应汉诗中的一个汉字。这在当时是一个颇具创意的观点,影响了后世很多翻译家的翻译理论。

德庇时认为,英国人对中国文学尤其是诗歌缺少兴趣的主要原因在于译者趣味不高,"他们所选择翻译的汉诗多是些里巷歌谣,并且他们对这些作品的翻译和评论都有失水准,使得原诗的魅力丧失殆尽"(Davis,1829:33)。对于翻译过程,他认为欧洲语言之间有连带关系,所以在一定程度上允许直译。但是,汉语和英语之间差异巨大,逐字翻译只会产生笨拙的译文,读起来令人作呕。因此,他主张以诗译诗,认为只有这样才不会亵渎原文。但是,他也承认在不同场合下,为了不同的翻译目的,译者不妨采用其他的翻译策略。例如,在《汉文诗解》这篇演讲中他就提到了"散文体翻译"(prose translation)、"忠实的格律翻译"(faithful metrical translation)和"坦诚的解释"(avowed paraphrase)(Davis,1829:34)。其中,"忠实的格律翻译"这一提法尤为引人注目,反映出他对汉诗翻译的理想追求。

《汉文诗解》的引文来源极其广泛，从独立成篇的歌谣到小说、戏曲中的诗词、韵文，乃至格言、谚语类作品均有涉及，可见德庇时并未做到他所说的翻译汉诗时应选择最优秀的作品。在全部的 100 则引文中，几乎都没有标注作品来源。经过对照求证，只有《春夜喜雨》（杜甫）、《诗经·召南·鹊巢》、《诗经·邶风·谷风》堪称经典。说明他对中国的诗歌传统还缺乏足够的认识。但是他的翻译和介绍为英国和西方世界了解和欣赏中国古典诗歌打开了一道大门。经由德庇时的翻译、介绍，英国人消除了对汉语和汉诗的许多误解，汉诗在英国读者中也已经不再那么神秘莫测、生僻难懂，而是成为了可以引起他们共鸣的文学作品。

德庇时尤其重视将汉诗中的各种风格及现象与西方文学进行比较，"以便拉近汉诗与英国读者之间的距离"（吴伏生，2012：17）。例如，在讨论李白恃酒作诗时，他谈到英国诗人拜伦、柯勒律治也有同样的习性；在探讨汉诗结构的对仗特征时，他特意举例《所罗门之歌》，提到这也是希伯来语诗歌的重要特征；在介绍中国古代采诗传统时，他引经据典说明英国 16 世纪伊丽莎白时代也有同样的做法（Davis，1829：35—42）。虽然从文本选择上看德庇时的《汉文诗解》显得不够严谨，但是他对汉诗创作技巧和形式特征的分析、对汉诗题材内容和精神风貌的总结显示了他渊博的知识与治学热情。他的专题演讲为未来的汉诗研究打下了基石，在此基础上，理雅各、翟理斯、韦利等汉学家将汉诗翻译乃至整个汉学研究带进英国学术殿堂，并成为英国文化主流。

英语世界经历了一个发现—翻译—研究乐府诗的过程。19 世纪末，英国汉学家逐渐表现出对中国文学的兴趣，一些人开始翻译中国古典诗歌。翟理斯在 1884 年的《古文选珍》中第一次翻译了 3 首乐府诗，在 1898 年出版的《古今诗选》中他又翻译了 11 首。但直到《中国文学史》（1901），翟理斯从未对乐府诗有过任何标注与介绍。可见这一时期的英国汉学家还缺乏对中国古典文学的真正了解。20 世纪初，英国的汉学研究出现了短暂的繁荣。汉学家们搜集整理了大量的中国历史、文学、艺术资料，对中国古典诗歌的了解逐渐加深，发现了乐府这一独特的文学样式，翻译也随之增多。克莱默·宾（L. Cranmer-Byng，1872—1945）的《玉琵琶》（*A Lute of Jade：Being Selections from the Classical Poets of China*，1909）称含乐府的唐前诗歌为"歌谣"（ballad）。韦利在《170 首中国诗》（1918）前言中明确谈及"汉代诗歌大多可吟唱。许多选自官方歌谣集的诗歌被称为乐府（Yo Fu）或乐府诗（Music Bureau poems）"（Waley，1918：前言）。弗莱彻（W. J. B. Fletcher，1879—1933）的《英译唐诗选》（*Gems of Chinese Verse*，1919）中也译有李白等所作的 24 首乐府诗。第二次世界大战后，一些知名的汉学家如修中诚（Ernest Richard Hughes，1883—1956）、白之（Cyril Birch，1925—   ）、韩南（Patrick Hanan，1927—2014）等移居美国，这昭示着英语世界的汉学研究中心由英伦转向了北美。在此期间，乐府的文学身份日益凸显，研究方法日趋专业化与系统化。仍身处英国的比雷尔 1982 翻译出版了《玉台新咏》（*New Songs from a Jade Terrace：An Anthology of Early Chinese Love*

Poetry),称乐府诗为"folk song"与"ballad",到 1988 年的《中国汉代民间歌谣》(*Popular Songs and Ballads of Han China*,1988)时,她改称其为乐府(the Bureau of Music:Yüeh-fu),并且基于史料作《神话生成与乐府:早期中国的民歌与民谣》(*Mythmaking and Yüeh-fu: Popular Songs and Ballads of Early Imperial China*,1989)等乐府研究论文。至此,历经翟理斯、韦利、弗莱彻、比雷尔的乐府诗在英国终于拥有了独立于"早期中国古诗"的专有身份——yüeh-fu,逐渐与《诗经》《楚辞》以及唐诗一起获得了英语世界翻译者们的同等关注。

第三节 美国汉学研究的兴起与汉诗英译的萌动

鸦片战争后,美国垂涎欧洲国家从与清政府签订的一系列不平等条约中获取的好处,在 1843 年 3 月派四艘战舰闯进虎门,以武力要挟清政府给予美国与英国同等的通商条件。最终,《中美望厦条约》签订,美国从中攫取了巨大的利益。为了扩张其在华商业版图、加大对中国的殖民侵略、强化政府官员及商人对中国的了解和认识,美国东方学会(American Oriental Society)于 1842 年在马萨诸塞州成立。这是一个专门研究东方问题的独立的非营利机构,它的成立标志着汉学研究在美国的正式确立。1877 年,耶鲁大学设立了第一个汉学教授职位,卫三畏(Samuel Wells Williams,1812—1884)受聘成为第一位中国语言文学教授,这也标志着美国的经院汉学研究正式开始。

与欧洲一样,美国早期的汉学家也是以传教士为主体,其次为外交官和旅居游历者,有些人具有双重身份,在他们中间产生了许多中国通。如裨治文(Elijah C. Bridgman,1801—1861)、雅裨理(David Abeel,1804—1846)、卫三畏、丁韪良(William Alexander Persons Martin,1827—1916)、柔克义(William Woodwille Rockhill,1854—1914)等都曾经是美国本土汉学研究的先驱。其中,卫三畏在美国汉学起步阶段影响最大,享有美国"汉学之父"的盛誉。

卫三畏的汉学研究走的是一条"自学成才、不断摸索的道路"(顾均,2011:107)。由于青少年时期家境贫寒,卫三畏并没有进入大学接受高等教育,中学毕业后进入了一所技校。1833 年 6 月,卫三畏作为从事印刷工作的传教士由纽约搭乘马礼逊号商船前往遥远的中国广州,自此开始了长达 43 年的中国生活。在顾均看来,美国汉学从大的方面可以分为两个时期——业余汉学时期和专业汉学时期(顾均,2011:105)。那么卫三畏的汉学研究也可以分为两个阶段——业余研究阶段与专业研究阶段,以 1876 年他退休离开北京返回美国为界限。

由于清政府严禁中国人教授外国人汉语,能辅导卫三畏学习汉语的只有马礼逊等少数几个传教士,教材主要是马礼逊的《华英字典》。在做裨治文的出版助手期间,卫三畏的汉语水平得到很大提高。1841 年,他完成了《广东方言唐话读本》的印刷工作,虽然参与写作的内容几近一半,但卫三畏并未在这本书上作为作者或编写者署名。1842 年,他的广州话教材《拾级大成》在澳门出版;1874 年,《汉英韵府》出版,在此期间的三十余年间,卫三畏出版了十多部关于中国的书籍,从简易教材到大部头的字典;从对前人字典的改编补充到自己创造性的修订,从中可以看出卫三畏的汉语研究是一个不断发展、不断深化的过程。《汉英韵府》共计 1 254 页,汉字达到 12 527 个,按照英文字母顺序排列,曾经多次再版、重印,一度是美国来华外交人士的必备工具书。

最能反映卫三畏在汉学研究领域成就的是《中国总论》(*The Middle Kingdom*),其内容大量借鉴于 1832 年创刊的《中国丛报》。该书分为上下两卷,对当时中国的政治、经济、文化、外交、历史、地理、教育、艺术、宗教以及人口民族等各方面做了系统的论述,是一部百科全书式的著作,其中关于中国古代文化成就的篇章包含大量详实的史料。回到美国后,卫三畏又对《中国总论》做了一些修改,修订版与 1848 年的版本相比有很大的改善。《中国总论》把中国文化作为一个整体的文明进行综合研究,这代表了美国早期汉学研究的特点。顾均认为,"《中国总论》完全是卫三畏根据他本人的所见所闻创作的。所以美国汉学从一开始就带有非常强烈的个人色彩。欧洲汉学是在'中国热'的背景下产生的。而美国汉学产生于鸦片战争以后,这也就决定了美国汉学家不可能带着完全赞美的眼光来看中国……将注意力完全集中于中国古代的文明"(顾均,2002:16)。

1881 年,卫三畏出任东方学会主席。在耶鲁大学执教期间,他建立起美国第一个汉语研究室和东方图书馆。"这一举动标志着美国汉学从草创期步入学院派研究轨道的开始"(侯且岸,1997:6)。哈佛大学、加州大学伯克利分校、哥伦比亚大学、耶鲁大学紧随其后,先后成立中文教育机构,开设汉语课程。一些著名的图书馆开始有系统、有计划地收藏汉学研究的图书资料,为教学和研究提供必要资料,汉学逐渐成为美国大学里的一个研究方向。一些汉学研究机构也陆续成立,如美国现代语言学会(Modern Language Association of America,1883)、美国历史学会(American Historical Association,1884)、美国亚洲协会(American Asiatic Association,1898)等。一些大财团为了发展对外贸易,扩大海外投资和资本输出,先后成立了一些基金会,比较著名的有纽约卡耐基基金会(Carnegie Corporation of New York,1911)、洛克菲勒基金会(The Rockefeller Foundation,1913)等,为对远东,特别是中国进行政治、经济、社会文化各方面的战略研究提供资助。"政府和民间倾注的这些研究经费,直接扩展了美国汉学研究队伍的总体规模,为之走上职业化、专业化、科学化的道路做出了必要铺垫"(江岚,2009:12)。

卫三畏的汉学研究颇重实用性,在《中国总论》全书 26 章中,第十一、十二章介绍中国经典,涉及诗歌的论述只占第十二章中的短短 10 页。他把李白、杜甫和苏东坡列为中国最著名的诗人,认为他们构成了中国诗人的基本特征:爱花、爱酒、爱歌唱,同时出色地为政府效劳。他还指出唐代是中国诗歌和文学的全盛期、中国文明最辉煌之日,却是欧洲文明最黑暗之时。

卫三畏还花费很大篇幅翻译了多首中国民间诗歌,虽然他将之称为"miscellaneous

poetry"(杂诗),但从中可见他对这些诗的偏爱。其中的 8 首五言杂诗分别为《高瀑三千尺》《十年不相见》《文彩宜深隐》《恶树何年植》《作客春将暮》《夜中不能寐》《孤寂亦可苦》《披衣起待月》。这些诗卫三畏并未注明出处,据查,这些诗也并未包含在《乐府诗集》或任何一部较著名的中国诗集或文选当中,但感怀、送别、孤寂、待月等主题和偶行押韵的行文特点都表明他们和乐府诗有着千丝万缕的关系。

在对待中国文化的态度方面,卫三畏是同时代西方人中最为客观冷静者之一。在汉学研究的方法上,他是对中国文明整体研究实践做得最好的一个。赖特烈(Kenneth Scott Latourette,1884—1968)称他为"美国第一位伟大的汉学家,《中国总论》是美国公民所写的、最早以学者的眼光看待中国的研究著作"(Latourette,1955:3)。"《中国总论》所开拓的汉学领域和研究特色为卫三畏以后的汉学家所继承"(孔陈焱,2006:79),如美国汉学家卫理(Edward Thomas Williams,1854—1944)的《中国:昨天与今天》(*China:Yesterday and Today*),在内容上是对《中国总论》的延续和深化,方法上也发扬了卫三畏点面结合的研究特色。而"美国人把中国称为'The Middle Kingdom'的习惯也从卫三畏的同时代人至少延续到了当代的费正清"(Fairbank,J.K,1942:130)。

第二次世界大战后,一些知名的汉学家如修中诚、白之、韩南等移居美国,这昭示着英语世界的汉学研究中心由英伦转向了北美。在此期间,乐府的文学身份日益凸显,研究方法日趋专业化与系统化。

欧洲尤其是英国汉学和美国汉学的兴起、发展对汉诗英译起到了良好的推动作用,为更广泛地英译中国诗歌奠定了基础。乐府诗也借此走入了更多汉学家的翻译与研究视野。

第四章

翟理斯的汉学研究与乐府诗英译

第一节　翟理斯简介

翟理斯（Herbert A. Giles，1845—1935），英国著名汉学家，西方现代汉学奠基者之一，出生于英国牛津的一个文人世家。1867 年，他通过竞争激烈的英国外交部选拔考试来到中国，此后 26 年一直作为英国驻华领事馆官员，辗转于天津、宁波、汉口、广州、汕头、厦门、福州、上海、淡水等地，历任翻译、秘书、助理领事、代领事和领事等职。翟理斯个性好与人争斗，且时常就一些颇负争议的事情公开发表一些与政府立场截然相反的言论，以至被频繁调迁，始终未能在英国外交界升迁至更高的职位。1893 年，翟理斯称病返回英国，1897 年，他以全票当选为剑桥大学的汉学讲座教授，成为继威妥玛（Thomas Francis Wade，1818—1895）之后剑桥的第二任汉学教授。在华期间，并不适宜做外交工作的翟理斯整理、研究和翻译了大量中国历史、文学、哲学和宗教典籍，其汉学研究成就对后世产生了很大影响，成为西方汉学界的代表性学者，与德庇时、理雅各一起被并称为英国汉学"三大宗师"。

翟理斯一生著述丰厚，书籍文章计百余种，分为工具书、语言课本、翻译以及杂谈四大类。翻译类有《两首中文诗》（即《三字经》和《千字文》Two Chinese Poems，1873）、《洗冤录》（The His Yuan Lu，or Instructions to Coroners，1874）、《佛国记》（A Record of the Buddhist Kingdoms，1877）、《聊斋志异》（Strange Stories from a Chinese Studio，1878）、《古文选珍》（Gems of Chinese Literature，1884）、《老子遗集：重译》（The Remains of Lao Tzu，Retranslated，1886）、《古今诗选》（Chinese Poetry in English Verse，1898）、《中国神话故事》（Chinese Fairy Tales，1911）、《异域图志》（I yu t'u chi，1916），80 岁高龄时还出版了《中国笑话选》（Quips from a Chinese Jest-book，1925）。这其中的《古文选珍》《古今诗选》和他的另一部著述《中国文学史》中都选译了乐府诗。

第二节 《古文选珍》对乐府诗的译介

一、《古文选珍》的内容

翟理斯在《古文选珍》中第一次翻译了乐府诗。据相关资料记载,《古文选珍》共计有三个不同的版本,本节将要讨论的内容均指第一版。这一版本于 1884 年由翟理斯自费印刷出版,其中汇集了 59 位作家 118 篇散文和诗歌的译文,始于周秦,止于晚清,所有翻译均为首次翻译。该书装帧精美,封面是用篆书题写的书名——"古文选珍",封底为一篇中文自序:

> 余习中华语,因得从观其古今书籍,于今曾十有六载矣。今不揣固陋拣古文若篇译之英文,以便本国士人诵习。观斯集者应念恍然于中国文教之振兴、辞章之懿铄,迥非珸国往日之文身断发、茹毛饮血。此所能仿佛其万一也。是为序。
> 岁在癸未春孟翟理斯耀山氏识。

在前言中,翟理斯谈及写作初衷:"英语读者苦苦搜寻,但都无法找到一些关于中国总体文学(general literature)的文字,哪怕一丁点儿介绍性的文字也好。理雅各博士所做的巨大努力确实使猎奇者可以轻易地得到儒家经典;但是,浩繁的中国作品现在仍是一片有待开发的处女地。因此,我不揣简陋,从所有时期最著名作家的作品中选出了其中一小部分汇编成目前的这本选集。这些篇章都经受住了时间的考验。这些作品按年代排序,跨越的时间段为公元前 550 年到公元 1650 年——长达 2 200 年。"(Giles,1884:Preface)从翟理斯的这一自述可以看出,《古文选珍》在编撰体例上采取了当时西方比较流行的"总体文学"这一概念,即从整体上评价一个国家的文学。从这种意义上说,"翟理斯是第一个将'总体文学'运用于中国文学的英国汉学家"(王绍祥,2004:226)。

二、《古文选珍》中的作者介绍

《古文选珍》包括散文和诗歌两类文体,诗歌共 9 首,计有李白三首,陶潜两首,班婕妤、张籍、杜甫、刘禹锡各一首。其中乐府诗 3 首,分别为班婕妤的《怨歌行》(*The Autumn Fan*)、张籍的《节妇吟》(*The Chaste Wife's Reply*)和李白的《子夜歌·秋歌》(*The Grass-widow's Song*)。

《古文选珍》中的译文并没有原文可对照,标题也很少见到直译,只在诗歌之首以威妥玛拼音标注有作者名称以及生卒年代。翟理斯还尽可能地在每位作者名下加了简单扼要的生平介绍,短则一两句,长则六七句。这些简介并非对生卒年和履历的机械介绍,而是翟理斯根据自己对这些人人生经历的了解进行的描述和评介,语言简洁、生动。例如,

> 班婕妤:皇帝的一位宠妃。她感到她对皇帝的吸引力正在减弱。
>
> 陶渊明:主要为人称道之处在于放弃了一个很好的官员职位。因为据他说,薪水不足以让他"屈下生财有道的膝盖"。他的人生在弄文侍菊中度过。
>
> 张籍:一位籍籍无名的诗人。他的作品只有下面的这首被收录于《唐诗三百首》之中。即使这首也称不上完美,因为它明显违反了严格的汉诗韵律。然而,一位有鉴赏力的评论家最近说过,"作品之美超乎语言结构"。
>
> 李白:中国无数抒情诗人中最广为人知的一位,以作品中精巧的意象、丰富的词汇、索引的典故、诗行的韵律著称。由于长期得许亲近皇帝,太过随意导致他犯了觊觎之忌。诗人被诉犯上,最终被判流放,归来已垂垂老矣,遂逝。

翟理斯文中并未说明诗人评介的文字来源,很有可能是他综合了相关资料撰写的。值得注意的是,在第二版(1923 年)中,翟理斯对同一作者的评介文字做出了较大改动,以李白为例,第二版的介绍如下:

> 李白(705—762):大众视之为中国最伟大的诗人,以"被放逐的天使"之名广为人知。他曾经活跃在放荡不羁的禁苑,自己也是这些荒淫群体的成员之一。他是醉酒俱乐部"竹溪六闲人"的创始人,也是"杯酒饮宴"中八大不朽人物之一。传说他死于大醉之后依着船沿,企图捞起水中倒影的月亮。

第一版对李白的评介比较正式,兼具些许趣味性,对其他作者的介绍也大抵如此。第二版中李白的介绍则比较随意,更具谐趣性、传奇性。翟理斯并未解释改写的原因,也许只是为了增加读者的阅读乐趣。当时有评论者指出,"我们可以从《古文选珍》中获得的乐趣远远超过了翟理斯教授的其他作品,他可以让困顿的商人、疲惫的学生在忙碌了一天之后,重新容光焕发。更重要的是,它将消除我们对中国的错误看法,我们曾经以为中国仅仅是一个商人的国度,是一个没有宗教、没有艺术的国度,但我们错了"(王绍祥,2004:228)。由此可见,这些简短有趣的文字介绍是有助于当时对中国历史和文学一无所知的西方读者了解中国诗人、体会英译汉诗的。

从以上的诗人评介中,我们也可以看到,以翟理斯为代表的英国早期汉学家对诗人的了解还很有限,有时趋于片面。例如,他认为张籍是位没有什么名气的诗人,而事实上张籍为韩(韩愈)门大弟子,其乐府诗与王建齐名,并称"张王乐府"。白居易对他曾有过"尤工乐府诗,举代少其伦"的评价。《节妇吟》语浅情深、平中见奇,是优秀的乐府诗章。但是翟理斯认为这首诗违反了汉诗韵律,并不能称为一首好诗,而事实上乐府诗自有一套押韵

规律。如一般偶句压最后一个字的尾韵,首句一般不入韵。这首诗首句入韵,第一节压/u/韵,第二节压/i/韵,是典型的乐府诗押韵手法。可见翟理斯并不熟悉乐府这种诗体。

在介绍诗人生平时,翟理斯非常重视与西方文学现象进行比较,以便拉近中国诗人与英国读者之间的距离。例如,在谈到陶渊明辞官归隐田园时,他评论中的"屈下生财有道的膝盖"(crook the pregnant hinges of the knee),正是引自莎士比亚《哈姆雷特》的第三幕第二场(Why should the poor be flattered? No, let the candied tongue lick absurd pomp, and crook the pregnant hinges of the knee where thrift may follow fawning.)。在评介张籍时,他引用了当时英国文学评论界的观点:"作品之美超乎语言结构"(the beauty of the piece lies outside its verbal structure)。虽然翟理斯的有些评介表述显得不够严谨,但是对作者生平和作品的精短概括、对西方文学作品的旁征博引都显示了他渊博的知识,这些都吸引了西方读者。《古文选珍》也成为翟理斯最重要的英译诗文选集,不断再版、增订,影响直至当代中国翻译界与西方汉学领域。

三、翟理斯的格律体译诗理念与《古文选珍》中的乐府诗译介

翟理斯是"以诗译诗"的忠实拥护者。在与韦利的争论过程中,翟理斯列举了以诗译诗势在必行的理由:第一,英国普通民众喜欢韵体诗,不接受无韵诗;第二,中国诗几乎都押韵,即使说所有的中国诗都是抒情诗也不为过。他还引用英国诗人史温朋(A. C. Swinburne,1837—1909)的一句名言"英文抒情诗离不开韵律,无韵的抒情诗是残缺不全的"来说明以诗译诗是众望所归的翻译策略。在这样的翻译理念下,翟理斯的译诗也成为以英国维多利亚时期格律体诗歌样式(Victorian Style in poetry)来翻译中国古诗的代表性翻译家。下面是翟理斯所译的一首乐府诗:

原文	翟理斯译文	翟理斯译文回译
节妇吟	The Chaste Wife's Reply	节妇的答复
君知妾有夫 赠妾双明珠	Knowing, fair sir, my matrimonial thrall, Two pearls thou sent to me, costly withal.	英明的先生,您知我已成婚, 仍赠我两颗珍珠,价值不菲。
感君缠绵意 系在红罗襦	And I, seeing that Love thy heart possessed, I wrapped them coldly in my silken vest.	而我,明了您心怀爱意, 将它们凉凉地包入丝绸夹衣。
妾家高楼连苑起 良人执戟明光里	For mine is a household of high degree, My husband captain in the king's army;	因为我的家族地位高贵; 我的丈夫指挥着皇帝的军队;
知君用心如日月 事夫誓拟同生死	And one with wit like thine should say, "The troth of wives is for ever and aye."	像您这么聪慧的人应该明白: "妻子们的誓言一生不变。"
还君明珠双泪垂 恨不相逢未嫁时	With thy two pearls I send thee back two tears; Tears—that we did not meet in earlier years!	送还您两颗珍珠,并两滴泪:这 泪——因我们未能早日相遇!

此诗见录于郭茂倩《乐府诗集》卷九十五：新乐府辞之乐府杂题，为唐代诗人张籍所做，似从汉乐府《陌上桑》《羽林郎》脱胎而来，颇富民歌风味，但较之前者更委婉含蓄。在文字层面上，它描写了一位忠于丈夫的妻子，经过思想斗争后终于拒绝了一位多情男子的追求，守住了妇道；在喻义的层面上，它表达了作者忠于朝廷、不被藩镇高官李师道拉拢、收买的决心。单看表面完全是一首抒发男女情事之诗，实际上却是一首政治诗，题为《节妇吟》，即用以明志。

译诗为等行翻译，双行体（couplet rhyme），联韵（aabb），抑扬格五音步，即每两行押尾韵，每行十个音节。四行一节，双行押韵，外形非常整饬，读来抑扬顿挫，熟悉的译诗结构极易引起英语读者的"同情"之心。从内容上看，首先译者的遣词较浅显易懂，例如，原诗中的"妾"，译者根据作者的语气舍弃了字面的逐字翻译转向内容的对应，指明了女主人公的身份。其次在面对中国传统文化中的文化负载词汇时，译者采用了归化的翻译策略，即让译文向读者靠拢。如翻译"知君用心如日月，事夫誓拟同生死"时，译者如果字对字直译，只会让不了解"日"与"月"二字在中国传统文化中有"光明磊落"之意的英语读者不知所云。翻译成"像您这么聪慧的人应该明白，妻子们的誓言一生不变"（And one with wit like thine should say，"The troth of wives is for ever and aye"），文字上虽然离原作远了，文意上却更加接近，也更明确，不易引起歧义。

对于原作和译文的关系，翟理斯认为，译文只能是月光和水，原作永远是阳光和美酒，因此，无论押韵与否，"精确翻译原诗的意思，在可能的情况下，再现原文的精神，应该是所有诗歌和散文翻译者的主要目标"（Giles，1918：130）。由此可见翟理斯的翻译理想。因此，虽然有人认为翟理斯"一方面强调翻译要忠实于原作，一方面又不惜以改变或删减原诗内容的方式以求押韵。因此很多时候不仅没有达到重现原作内涵的目的，反而每每削足适履，损害了原作的意境，译文也缺乏诗意的丰盈和敏感"（江岚，2009：46）。但是事实上翟理斯不押韵的译诗也很常见，例如，李白的这首《子夜歌·秋歌》：

原文	翟理斯译文	翟理斯译文回译
子夜歌·秋歌	The Grass-widow's Song	弃妇歌
长安一片月	Beneath the light of the crescent moon,	盈盈月光下，
万户捣衣声	While the washerman's *bâton* resounds in every house,	洗衣人的棒槌声回响在每家每户，
秋风吹不尽	How gently blows the autumn breeze! —	秋风吹得多么轻柔！
总是玉关情	But my heart is away in Kansuh,	但我的心已去往甘肃，
何日平胡虏	Longing for the defeat of the Tartars	渴望鞑靼失败
良人罢远征	And the return of my husband from the wars.	我丈夫从战争中归来。

原诗符合乐府诗的一般押韵规律，即偶行押韵。译诗并未过度追求押韵，而是尽量进

行词句间的直接转换。例如,诗末两句的"何日平胡虏,良人罢远征",慷慨天然,颇显乐府民歌本色,表现了古代劳动人民冀求能过上和平生活的美好期望。译文用"longing for"表达了原诗中内心的渴望之情,"the defeat of the Tartars""the return of my husband from the wars"又与"平胡虏""良人罢远征"在词汇上相对应,不改变,不删减,不添加,真正做到了忠实于原作。翟理斯译诗也并不拘泥于字面上的一一对应,例如,第一句的"长安一片月"使用了中国古典诗歌传统的"见月怀人"表现手法,也点明了这首诗"秋月扬明辉"的季节特点。中国古典诗歌中的地名在某种语境下是泛指的,即并不专指某一地点,如"长安"在原诗中并非专指长安城,翟理斯的译文弱化地点把全句意译为"Beneath the light of the crescent moon",满月之下,月明如昼,正好捣衣,译文具有了起兴的意义,也大大提高了普通读者对译文接受的可能性。但是诗人的原意应是把"长安"这一盛唐时期富饶、文明、安宁的象征和诗中处于战乱中萧瑟的"玉门"形成鲜明的对照,简单的省译的确会损害原诗的意境。

翟理斯在回忆录中曾谈及他的翻译对象是"一般英语读者",因此他选择用韵体翻译中国古诗。但这一说法本身就值得商榷,因为无韵体诗(blank verse)在英国源远流长,据统计,英诗中有四分之三都是无韵体诗。英国诗歌史上举足轻重的名人巨匠如弥尔顿、莎士比亚、华兹华斯、丁尼生等,都曾用无韵体诗写下传世杰作。翟理斯自己也并非是"韵体译诗"的坚定执行者,《古文选珍》中的三首乐府诗,其中两首译文都是无韵体,分别为《怨歌行》(*The Autumn Fan*)和《子夜歌·秋歌》(*The Grass-widow's Song*),但因其持久而重要的影响力使他仍然成为韵体翻译的最重要代表。20世纪中期后,由于大多采用韵体翻译,翟理斯被认为落后、保守,他的汉诗翻译在西方开始逐渐被人忽视、遗忘。而其他译者如韦利、庞德等人由于采用新兴的自由体译诗,更加符合现代读者的口味,逐渐代替翟理斯一代成为20世纪汉诗英译的领军人物。

第三节　《古今诗选》对乐府诗的译介与诗人研究

一、《古今诗选》的内容

翟理斯的第一本英译汉诗集《古今诗选》(*Chinese Poetry in English Verse*)于1898年在英国伦敦和上海同时出版。这本译著在国外流传很广,进入21世纪后也为国内学者所熟知,在各类著述中多有论及,但书名的翻译却不尽相同,例如,有《汉诗英译》(赵毅衡,2003:144)、《用英语诗律翻译的中国诗歌》(高玉昆,2003:150)、《中诗英韵》(吴伏生,2012:116)等译名。此外,《中国诗词》《汉诗英韵》《中诗英译》等译名也时有所见。翟理斯曾经以此为标题在1894年发表过一篇文章,到1898年这本书出版时,他即以 *Chinese*

Poetry in English Verse 为名,并题写了中文标题——《古今诗选》,因此当以他自己的命名为准。

《古今诗选》是当时包含中国古诗最多的一部译著,其中还有很多译诗配上了音乐,在问世之初就引起了很大反响,被认为是同类诗集中"涵盖面最广的一部作品"(Fu,1931:83)。出版十年后,英国著名评论家斯特拉齐(Lytton Strachey,1880—1932)重读这本诗集后,还不无感慨地说:"这本诗集已经出版十年了,人们还是忍不住会说,这本诗集所收录的诗歌是我们这一代人读过的最好的诗歌。"(Strachey,1933:138)

《古今诗选》由《诗经》中的《国风·郑风·将仲子》开始,共收录了 102 位诗人的近 200 首诗作,时间上跨越了 18 世纪前中国历史上的各个朝代。后列入 1923 年出版的《古文选珍》第二版第二卷,即《诗歌卷》。译诗没有原文对照,只在末尾注有作者名及大致年代,如李贺,公元 9 世纪(*Li Ho 9th cent. A.D.*)。译诗的题目很少出于直译,多为翟理斯结合自身理解基础上的意译。有些译诗在全书后附有简短的注释或作者介绍。翟理斯并没有谈及为什么选择了这些诗人,在这些诗人的作品中又为什么选译了这些诗,可见在当时的汉诗译介过程中,西方读者所看到的内容很大程度上取决于译者对汉诗文化的了解和自己的偏好。

二、《古今诗选》中的注释

在《古文选珍》的诗歌部分,翟理斯在每位作者名下都附有简洁、有趣的介绍,但对文中词语并未加以特别解释。《古今诗选》中的作者介绍被译者置于全书末,作者索引之前,穿插于其他注释之间。注释共 54 条,既包括作者简介,也有文化背景知识,还有一些名词术语的解释,内容丰富,便于读者参考。

在第一条注释中,翟理斯详述了他对"颂"(Odes)的理解。他认为"颂"是由孔子编订的 300 首古歌谣组成的诗歌集,是每一位想要走上仕途之人必须研习的儒家经典,可见他之所指即《诗经》。但事实上在《诗经》305 首中,"颂"只是其中的一部分,还有"风"和"雅"。"风"是由各地采集的土风歌谣,大部分是民歌;"雅"为宫廷乐歌,即正声雅乐,大部分为文人贵族的作品;"颂"是宗庙祭祀的舞曲歌辞,内容多是歌颂祖先功业,全部是贵族文人的作品。因此用"颂"指代《诗经》有失严谨。而注释所指的第一首诗《将仲子》(*To a Young Gentleman*)属"国风·郑风",从来源、作者、主题来看,都不具备"颂"的特征。注释将其错误地归属为"颂"会成为读者进一步了解《诗经》的障碍。

翟理斯在翻译中国古典文学之前,曾经做了大量的汉语言研究,出版了《华英字典》(*Chinese-English Dictionary*,1892)、《汉言无师自明》(*Chinese without a Teacher:Being a Collection of Easy and Useful Sentences in the Mandarin Dialect,with a Vocabulary*,1872)、《字学举隅》(*Synoptical Studies in Chinese Character*,1874)、《百个最好的汉字:汉字入门》(*How to Begin Chinese:The Hundred Best Characters*,1919、1922)等专为外

国学习汉语者编写的工具书和汉语学习教材，时间跨度 30 余年，由此可知他在汉语言研究方面有很深造诣。这些经历也使他在汉诗研究中能自如地从语言学角度分析汉诗格律。在第一条注释中他指出，考虑到诗意的要求，汉诗语言按照"平"（flat）、"仄"（sharp）这两个声调严格固定在某一位置，就像拉丁语韵文中的"扬抑抑格"（dactyl）和"扬扬格"（spondee）。因此，一节普通五言汉诗的声调规律必定如下：

Sharp sharp flat flat sharp

Flat flat sharp sharp flat

Flat flat flat sharp sharp

Sharp sharp sharp flat flat

但是中国汉诗格律的多样性和复杂性使这个结论的得出显得仓促而且武断。对于乐府诗而言，从格律上可分为古体乐府和近体乐府，这两类中五言都极为常见。古体乐府用韵并无章法可言，可以全诗不用韵，首句可入韵也可不入韵，可以隔行偶句押韵也可连续重复用韵。近体五言乐府发展于隋唐时期，对诗体有了较为严格细致的要求，声调上更多采用"— —|||"组合方式。例如，李白的这首乐府诗《静夜思》，全诗都取这个声调：

床前看月光，疑是地上霜。举头望山月，低头思故乡。（郭茂倩，1979：1274）

— —|||，— —|||。— —|||，— —|||。

翟理斯对中国古典文学的深厚造诣在他的《古今诗选》注释中可见一斑。例如，在第十二条注释中，翟理斯写道：

These last four lines have been imitated by several poets, notably by Chang Chiuling who wrote as follows:

Since my lord left—ah me, unhappy hour! —

The half-spun web hangs idly in my bower;

My heart is like the full moon, full of pains,

Save that'tis always full and never wanes.

这条注释出于汉代徐干的《室思诗·自君之出矣》译诗。原诗为："自君之出矣，金翠暗无精。思君如日月，回还昼夜生。"徐干的《室思诗》为一组六章组诗，主题均为表达妻子对远行不归丈夫的思念。翟理斯选译的是第三首。此诗后世多有拟作，在郭茂倩辑注的《乐府诗集》中，共录有《室思诗》16 首。如宋孝武帝的拟徐干《室思诗》："自君之出矣，明镜暗不治。思君如流水，何有穷已时。"翟理斯在注释中谈到，此诗曾被数位诗人模仿，其中犹数唐代张九龄的这首拟作："自君之出矣，不复理残机。思君如满月，夜夜减清辉。"据我们比照所得，注释中的这首诗为张九龄的《赋得自君之出矣》。尽管徐干的《室思诗》在不同历史时期有多首拟作，翟理斯语气中对张九龄的这首却最为推崇。而《古今诗选》全书不到 200 首的诗作中，唐代诗人作品也占绝大多数，达 105 首，乐府诗仅有 11 首，注释中也没有翟理斯关于中国文学史上这一重要诗歌体裁的只言片语。可见，当时翟理斯的汉诗英译翻译与研究更多出于个人兴趣，远未达到系统化、专业化的程度。

三、《古今诗选》中译介的乐府诗与翟理斯的翻译方法

《古今诗选》中译介的乐府诗共计 11 首。分别为李白 5 首：《静夜思》（*Night Thoughts*）、《宫中行乐辞八首·第一首》（*A Favourite*）、《玉阶怨》（*From the Palace*）、《朗月行》（*Boyhood Fancies*）、《乌夜啼》（*For Her Husband*）；张籍《弃妇吟》（*The Chaste Wife's Reply*）、傅玄（翟理斯误为 *Fu Mi*）（《吴楚歌》*Lovers Parted*）、刘彻（《秋风辞》*Amari Aliquid*）、班婕妤（《怨歌行》*The Autumn Fan*）、徐干（《室思诗·自君之出矣》*An Absent Husband*）和无名氏（《驱车上东门行》*The Elixir of Life*）各一首。

此外还有枚乘两首：《青青园中葵》（*Neglected*）和《涉江采芙蓉》（*Parted*）。这两首原诗最早见于《文选》，是南朝梁萧统从传世无名氏《古诗》中选录的十九首杂诗中的第二首和第六首，这些杂诗被统称为《古诗十九首》。关于《古诗十九首》的作者和时代已无法考证，曾有说法认为其中有枚乘等人的创作，例如，在《玉台新咏》中，《青青河畔草》和《涉江采芙蓉》等八首古诗均题为汉代枚乘所作，但因没有根据，后人多疑其不确。还有说法认为乐府诗和《古诗》无论从写作主体、手法、内容上都不尽相同，因此《古诗十九首》不属乐府诗。国内三个乐府诗专门译本《乐府》（杨宪益，2001）、《英译乐府诗精华》（汪榕培，2008）、《汉英对照乐府诗选》（李正栓，2013）中均有《古诗十九首》选译。郭茂倩的《乐府诗集》中录有《古诗十九首》中的《驱车上东门行》《冉冉孤生竹》和《十五从军征》三首，不含翟理斯所译两首，在此姑且不论。

翟理斯出生在一个学术气氛浓郁的家庭中。他的父亲曾经在牛津大学获得学士和硕士学位，还曾经担任伦敦市立学校校长，是英国 19 世纪最为多产的作家之一。在父亲的督促下，翟理斯自幼就开始学习希腊文、拉丁文，并广泛阅读古希腊、罗马神话和历史书籍，形成了对欧洲经典文学的浓厚兴趣。翟理斯在回忆起自己少年时期的这段学习经历时，曾经感慨地说："十八岁之前，我所接受的教育完全是古典式教育。"（王绍祥，2004：22）古典式的教育造就了翟理斯严谨的英式作风，也培养出他对典雅辞藻和"维多利亚式"句式风格的偏爱，他的这一特点也体现在了他的汉诗英译当中，例如，他对李白的这首乐府诗《朗月行》的翻译：

原文	翟理斯译文	翟理斯译文回译
朗月行	Boyhood Fancies	童年幻想
小时不识月 呼作白玉盘	In days gone by the moon appeared to my still boyish eyes	白日逝去月亮出现在 我依然童稚的双眼，
又疑瑶台镜 飞在青云端	Some bright jade plate or mirror from the palace of the skies.	就像光洁的玉盘或镜子来自 天上的宫殿。

（续表）

原文	翟理斯译文	翟理斯译文回译
仙人垂两足 桂树作团团	I used to see the Old Man's legs and Cassias fair as gods can make them,	我曾经以为"老人"的双腿 和美丽桂树为神所创造，
白兔捣药成 问言与谁餐	I saw the White Hare pounding drugs, and wondered who was there to take them.	我看到白兔在捣药， 不知道谁在那吃这些药。
蟾蜍蚀圆影 大明夜已残	Ah, how I watched the eclipsing Toad, and marked the ravages it made,	啊，我注视着食月的"蟾蜍"， 记录下它造成的破坏，
羿昔落九乌 天人清且安	And longed for him who slew the suns and all the angels' fears allayed.	多么渴望那射杀太阳的人 把所有天使的恐惧消除。
阴精此沦惑 去去不足观	Then when the days of waning came, and scarce a silver streak remained,	当月亏的日子来临， 隐约带有一条银色裂纹，
忧来其如何 恻怆摧心肝	I wept to lose my favourite thus, and cruel grief my eyelids stained.	因为失去所爱我潸然泪下， 悲痛染上我的眼皮。

宋鲍照有乐府诗《朗月行》，属《乐府诗集》卷六十五之《杂曲歌辞》，写的是佳人对月弦歌。李白沿用旧题，但没有因袭旧的内容，而是通过丰富的想象，运用浪漫主义的创作方法，对神话传说巧妙加工，以强烈的情感抒发方式描绘了"月亮"这一瑰丽神奇、意蕴深远的艺术形象。全篇共分四层意思：第一层以孩童时期对月亮的稚气认识开始，"白玉盘"和"瑶台镜"的比喻表现出月亮的形状和月光的皎洁可爱；第二层中的"仙人""桂树""白兔"写出了月亮宛如仙境的景致；到第三层中，"蟾蜍"食月，月亮变得残缺不全，现实中也没有后羿那样的英雄，使天上、人间都清凉、安乐；第四层的结尾中失去光明的月亮已不足观赏，诗人想要离去又担心月亮的结局，表现了诗人起伏不平的内心情感。沈德潜在《唐诗别裁》中认为，"蟾蜍蚀圆影""暗指贵妃能惑主听"，但诗人通篇用隐语，以蟾蜍食月影射现实，深婉曲折地表达了对朝政昏暗局面的忧愤。

翟理斯的译诗从所用标点来看实为四句，这与原诗的四层意思相对应。译诗共十六行，与原诗在外在形式上保持一致。原诗是乐府诗的典型押韵方式——偶行押韵，译者有意让译文的偶行缩进，首字母小写，奇数行首字母大写，给读者以译诗为八句的印象。这样他的双行押韵格式就显得更为整饬：第一、二句押/aiz/韵，第三、四句押/əm/韵，最后四句都押/eind/韵，从中也可以看出他对格律体译诗的执着追求。

对于古题乐府诗，翟理斯喜自拟标题，如《吴楚歌》（*Lovers Parted*）、《怨歌行》（*Autumn Fan*）、《驱车上东门行》（*The Elixir of Life*）、《宫中行乐辞》（*A Favourite*）、《乌夜啼》（*For Her Husband*）、《朗月行》（*Boyhood Fancies*）、《室思诗·自君之出矣》（*An Absent Husband*）等。汉乐府配曲可唱，诗题对应固定的音乐曲调。魏晋时的乐府机构沿用汉代曲调，即古题乐府，但歌词不一样。后世音乐曲调渐渐散佚，但文人贵士还是习惯用乐府旧题，其中一个重要原因是这些题目本身所具有的情感、风格和意味，例如，乐府古题"蒿里行",初为汉代丧仪用乐,后世沿用此题的乐府诗表达的往往也是伤感、悲凉的主题。"朗月行"是中国文人以月寄情,表达孤独寂寞、相思离别、思乡爱国等意象的常用古题。而翟理斯自拟的标题"Boyhood Fancies"与原诗以月寄情泄愤的主题相去甚远。

翟理斯在翻译中会使用希腊、罗马以及圣经中的文学典故,这也是一种他常用的增强译文文学性的手段。例如,《朗月行》最后一句"忧来其如何,恻怆摧心肝"的译文"I wept to lose my favourite thus, and cruel grief my eyelids stained",翟理斯使用了《圣经·约伯记》中的典故"My face is foul with weeping, and on my eyelids is the shadow of death",借用了其中的"哭泣""弄脏""眼皮"意象,令译文更具感染力。在"仙人垂两足,桂树作团团"一句中,翟理斯把"仙人"译为"god",对于有基督教背景的西方读者而言,这样的翻译的确容易因为熟悉而对译文产生亲切感,但却非常容易引起歧义,也没有忠于原文。"仙"是中国古代道家用语,既不同于佛教的佛,更有异于西方的神,是对有特殊能力、可以长生不死之人的称呼。《说文解字》云:"仙:长生仙去。从人从山。"在国内,许渊冲先生(许渊冲,1994:16)、汪榕培先生(汪榕培,2008:41)都曾把"仙人"译作"immortal"。翟理斯也曾在其他两首译诗中把"仙人"译作"immortal"(Giles,1901:173、180),但还是以"god"居多,如《古今诗选》中有 8 首、《中国文学史》中有 19 首译诗都是采取此译法。在内涵意义上,无疑"immortal"更为准确,而"god"会引发西方读者的"同情"之心,更容易被理解;在音节上,"immortal"是三个音节,而"god"作为单音节词更容易与其他词配合形成英式格律体。也许正是考虑到读者接受和英诗韵律的因素,西方译者如翟理斯、韦利、华兹生等在英译汉诗中的"仙"时都倾向于使用"god"。

当《古今诗选》面世之时,翟理斯已经编撰出版了全部三卷《华英字典》,并因辞典《古今姓氏族谱》(A Chinese Biographical Dictionary,1897)荣获法兰西学院"儒莲奖"(Prix Stanislas Julien)、阿伯丁大学荣誉法学博士(LL.D)学位等荣誉。1897 年,他接替威妥玛当选为剑桥大学第二任汉学教授,至此,翟理斯在英国汉学界的声誉和地位已不可动摇。也许因与威妥玛、理雅各、韦利等人之间的是是非非令翟理斯仍然颇负争议,但当时的英国评论界也不得不承认译者的英文水平非常之高。同时,翟理斯的学术经历保证了译文的准确性。他本人在汉学界所取得的瞩目成就和学术权威也令《古今诗选》长久以来被列为汉诗英译的经典文本。

第四节　《中国文学史》对中国诗歌的评述与乐府诗译介

一、《中国文学史》的内容

1901 年,翟理斯的《中国文学史》(A History of Chinese Literature)作为《世界文学简

史》(*Short Histories of the Literatures of the World*)丛书之一在英、美两地同时出版。在回忆录中,翟理斯曾说这本书的写作给予了他"著述生涯中最大的快乐"(Aylmer,1997：42)。这也是翟理斯所有著作中影响最大的一部。他曾在其书序言首句中骄傲地宣称："这是任何语言中,包括中文,第一次书写中国文学史的尝试。"(Giles,1901：Preface)但是,根据现存的文献资料,世界最早的中国文学史并非出自翟理斯之手,而是"1800 年出版的瓦西里耶夫的《中国文学史纲要》"(王绍祥：2004：270)。翟理斯认为自己的《中国文学史》为世界之最跟当时不发达的资讯有直接关系。但是,无疑,翟理斯的《中国文学史》是第一部英文写就的中国文学史,直至 20 世纪 70 年代,《中国文学史》"仍然是英语语言中的唯一正式的中国文学史"(Barroe,1973：vii.)。

《中国文学史》集合了翟理斯对中国语言、历史、文化多年的研究成果,按照西方文学史编写体例,系统地介绍了中国文学史的发展历程。在序言中,翟理斯谈到,"中国的学者们,无休止地评论和鉴赏个体作家作品,从来没有意识到要从一个中国人的视角,达成哪怕是相对成功的中国文学历史的总体研究"(Giles,1901：Preface)。带着向西方读者呈现中国文学几千年发展史的强烈使命感,翟理斯追溯了中国文学从先秦时期直至 1900 年的发展历程。整个文学史的编撰以朝代为经,以诗歌、小说、戏剧等文体为纬,共分为八卷。分别为封建时期(即公元前 600 年—公元前 200 年)、汉代、小朝代(公元 200 年—公元600 年)、唐代、宋代、元代、明代及清代。介绍了各个时期的重要文人及其代表作,并且花费了近半的篇幅译介了很多作品。

在第一卷即封建时期,翟理斯着重介绍了先秦经典"四书五经",诗歌方面主要是《诗经》和楚辞;第二卷汉代的重点放在了重要作家生平和代表作;第三卷的"小朝代"大致相当于魏晋南北朝及隋朝时期,作者选译了建安七子、曹操父子及陶潜等人的作品;第四卷着重介绍了唐代的诗歌成就,翻译了司空图的《二十四诗品》和李白、杜甫、白居易等著名诗人的作品;第五卷宋代部分选译了宋慈的《洗冤录》和欧阳修、苏轼、王安石等名家名作;第六卷重点介绍了元代的戏曲和小说;第七卷评介了明代《金瓶梅》《琵琶记》等著名的小说、戏剧,译介了解缙、赵丽华等人的诗作;第八卷主要介绍了清代的《红楼梦》《聊斋志异》等中国小说。

《中国文学史》长期以来一直是唯一的一部用英文写就的中国文学历史的系统研究,在中国文学向西方传播的过程中发挥了举足轻重的作用。它"第一次以文学史的形式,向英国读者展现了中国文学在悠久的发展过程中的全貌——虽然是尚有欠缺与谬误的全貌,但这无异是向英国读者指点与呈现了一个富于东方异国风味的文学长廊,因此它是 19世纪以来英国译介中国文学的一个重要成果"(张弘,1992：83)。

二、《中国文学史》的局限性

《中国文学史》全书共 448 页,其中引例的文字几乎占一半,有相当篇幅是英译汉诗。

这些诗歌译介多取自 1884 年出版的《古文选珍》和 1889 年出版的《古今诗选》，经年之后，它们已经受住时间的考验，获得了读者的认可。而翟理斯也"有意让中国历代的作家通过他的翻译直接为自己代言"（吴伏生，2012：140）。在这些译文里，读者看到的不是"陌生的、古里古怪的、身着西装的中国人；相反，是这位天才译者用一支化腐朽为神奇的妙笔所展现出来的来自天国的精神和生命。中国文学之精神经过他的提炼，以欧洲语言的'肉身'展现在我们面前，其语言丝丝入扣、优雅大方"（王绍祥，2004：275）。

"总体文学"（general literature）是《中国文学史》中出现频率相当高的一个词组（重复出现 11 次），翟理斯"史"的总体意识奠定了《中国文学史》在中国文学整体研究的英语文献中开拓性经典之作的地位。但他在选题上却带有较强的主观性。虽然全书有大量篇幅在讨论诗歌，但并未提及乐府和宋词，对不同诗体间的传承关系也没有一个清晰的梳理。所选内容也并非某个时期最具代表性的作品类型。例如，对于汉代诗歌，他只提到枚乘、刘衡、刘彻和班婕妤的诗作，对最能代表汉代诗歌艺术成就的民间诗歌只以一首无名氏诗轻轻带过。于全书疏漏之处，郑振铎先生曾经指出，"于小小的二三百页篇幅中，当然不能求其把中国文学讲得完备。但叙述一国的文字，至少也应把所有影响较大的作家与派别都略略的叙出来"。这些被遗漏的作家如刘勰、李清照、陆游、辛弃疾等"或则为一派开山之祖，或则其影响极大，或则其作品粹然精纯，足以自立于不朽之境。无论如何简略的中国文学史，都应把他们包括进去的，而此书则连姓名都没有提及，真未免太疏略了！"（郑振铎，1984：32—35）书中也有一些常识性的错误，例如，翟理斯将屈原的《九歌》和其他作品统称为《离骚》，但实际上应为《楚辞》。还有一些言而无据的评论，如司马相如是一个登徒子（a gay Lothario），"建安七子"之刘祯因胆敢注视曹操宠妾而被处死（who was put to death for daring to cast an eye upon one of the favourites of the great general Ts'ao Ts'ao），宋玉是屈原的外甥（nephew）等。

和翟理斯的其他著作一样，《中国文学史》也基本上没有注明引文来源，这令文献检索变得异常困难。例如，他举例说，一位当代中国学者认为"中国诗始于'颂'，成熟于'离骚'，至唐代大规模涌现并且趋于完美"（Giles，1901：143）。这样的论述大大不同于翟理斯时代的西方人印象当中衰败落后、没有文学的封建中国。但他并没有说明这位学者是谁，也没有注释出处，读者想要进一步探寻却又无处着手。还有"中国人认为剧作家和小说家是文学的寄生虫"（Giles，1901：297），这也与欧洲的文学传统大相径庭。自文艺复兴以来，戏剧就和诗歌一起被认为是文学创作的最主要文类，欧洲也涌现出一大批杰出的剧作家和诗人，剧作家享有很高的文学声誉。但是翟理斯仍未注明所引文献，也失去了对此进一步讨论的依据。再如"诗言志、诗无定法、诗贵言外之意"（Giles，1901：50），所谓的"诗无定法"（Poetry knows no law）也给读者带来了思想上的冲击。但翟理斯并没有注明所引文字的出处，也没有进一步的解释，容易使读者以为中国诗漫无章法。但是熟知中国诗论的人都知道，"诗无定法"即诗歌创作中的化境，即对作诗法则的内化与超越，绝不是"无法"。

三、《中国文学史》中的诗歌评介

翟理斯对每个时期不同的文体各有侧重,但即使是在诗歌存在感较低的元、明、清三代,他也会另辟一章专门介绍诗歌。以下即是各卷中的诗歌评介。

在第一卷中,关于"诗言志、诗无定法、诗贵言外之意",翟理斯论及这是中国诗论中的三个经典观念(canons),而以"诗贵言外之意"为诗歌创作的精粹,也是唯一延续至今(survivied to the present day)的观念。这一说法并不确切,因为"诗言志"是古代文论家对诗的本质特征的认识,时至今日仍是中国诗歌创作和批评的指导思想。此外,他还提到屈原一派的诗歌沉溺于狂放、无序的韵律和想象,就是"发狂"(run mad)的散文,而且诗中多典故和暗喻,至今已不可解读。但事实上,无论是在句式还是在内容上,楚辞都代表了一种全新的诗歌样式。它突破了传统的四言句式,通过幻想、神话等突出了诗歌的浪漫主义气息,对后世李白等诗人的创作产生了深远的影响。

在第二卷第二章,翟理斯翻译了枚乘的《青青园中葵》《涉江采芙蓉》(作者至今存疑)和刘彻的《秋风辞》,这三首诗均为文人乐府。但对这一时期最能代表汉代诗歌成就的民间乐府仅以一句话带过:"公元前一世纪以来出现了很多无名氏诗歌,它们往往包含一些新奇有趣的奇思妙喻"(Giles,1901:100)。

翟理斯认为,汉初诗歌仍以《离骚》(应为《楚辞》)为模板,但是受《诗经》的影响,诗人们又开始重新创作古典的四言、五言、七言诗。这一时期"登徒子"司马相如的作品最为知名。枚乘即深受其影响,创作了优美的五言诗体,可以说是枚乘开创了现代诗。翟理斯还比较了刘衡与刘彻的生平与诗作,把刘衡比作中国的"亨利一世"(Beauclerc),是中国"二十四孝"中的经典范例,而刘彻的文学声望超越了他的祖父。翟理斯还谈到至汉代,女性诗人如班婕妤开始出现在中国文学当中,自她的《怨歌行》之后,"秋扇"即具有了"弃妇"的象征意义。此说非常准确,如成语"秋扇见捐"即源于此诗。

第三卷的第一章即为诗歌——杂体文学。在这一部分,翟理斯翻译了徐干、孔融、王粲、曹操、曹植、傅玄、陶潜、鲍照、萧衍、薛道衡各一首诗,其中《自君之出矣》《短歌行》《君子行》《吴楚歌》和《行路难》均为乐府。

翟理斯认为魏晋南北朝时期对中国文学的成熟并未起到推动作用,但在多年战乱之中,仍然有伟大的作家、作品流传下来,让人们记住。其中最著名的即"建安七子"和"竹林七贤"。翟理斯还介绍了"建安七子"的主要事迹,如徐干翻译过佛经;孔融早慧,却因对曹操不敬而遭满门抄斩;刘桢因目视甄氏而为曹操所杀。对于"建安七子"之首的王粲,翟理斯赞誉有加,认为他擅作"哀歌"(lamentation),继而断言所有的中国诗都以"愁思"(melancholy)为基调,中国诗人偏爱的主题就是生命的短暂、离别与不幸。翟理斯对"建安七子"的评介虽有瑕疵但应该均有所本,对中国诗主题的阐释却有失偏颇,容易误导读者。自古以来,中国诗的创作主题都极为丰富,爱情、田园、山水、送别等等均可入诗,远非单一的"愁思"所能概括。

翟理斯还把曹操、曹植父子列为建安第八、第九子，以示对他们的敬意。对曹操的生平，翟理斯饶有兴味地进行了详细介绍，如他父亲为宫中太监收养之子、"清君侧"事件、扶植女儿成为皇后等。他还选择了"割发代首"的故事生动地刻画了曹操的性格特征。可见，翟理斯有着极为丰富的中国历史知识，而这正是他撰写中国文学史的信心所在。对于曹氏父子的创作，翟理斯选译了曹操《短歌行》一首、曹植《君子行》一首，均属《乐府诗集·相和歌辞》。对于"竹林七贤"，翟理斯重点介绍了刘伶，全文翻译了他的《酒德颂》，其余则一一略述。

本章的最后，翟理斯提到了 Fu Mi（音）、陶潜和鲍照。经检索，这一时期未见有姓名同 Fu Mi 的文人，但对照所举例诗可知 Fu Mi 实为傅玄。翟理斯选译的是傅玄的《吴楚歌》，这也是一首乐府诗。此外，他还全文翻译了陶潜的《桃花源记》及拟古诗《东方有一士》。在简要介绍了鲍照的死因之后，翟理斯翻译了鲍照系列乐府诗《行路难》之中的第三首。再有就是梁武帝萧衍和薛道衡的各一首诗。

第四卷中，翟理斯翻译了王勃、陈子昂、宋之问、孟浩然、王维、崔颢、李白、杜甫、岑参、王建、韩愈、白居易、李贺、张籍、李涉、马自然、徐安贞、杜秋娘的诗作，均选自《古文选珍》和《古今诗选》。翟理斯在这里又增加了一些诗人译作，如白居易的长诗《长恨歌》和《琵琶行》。值得注意地是，翟理斯全文翻译了晚唐诗人司空图的《二十四诗品》，并且附有 32 条注释。《二十四诗品》继承了前朝道家、玄学家的美学思想，囊括了诸多的艺术风格和美学意境，是探讨诗歌创作，尤其是诗歌风格美学的理论著作。它形象生动地概括了各类诗歌风格特点，从创作的角度深入探讨了各类风格的形成，对中国古典诗歌的创作、评论和欣赏等方面具有重大的贡献。对于西方读者来说，也可作为他们欣赏中国古典诗歌的审美依据。

在长达 46 页的唐诗评介中，翟理斯认为唐朝是"中国人心目中的诗歌唐朝。1707 年编订的《全唐诗》（*Complete Collection of the Poetry of the T'ang Dynasty*）收录各类诗歌 48 900 首，共 900 卷。中国学者按照诗歌的发展阶段把唐朝分为初唐、盛唐、晚唐三个时期，每个阶段的特征对应着唐诗的发展过程，即成长、繁盛、衰落期。必须要指出的是，自汉代以后词汇的涵意逐渐趋于绝对稳定，句式结构更加规范、精确，想象力的运用更加自由，语言也更加流畅、更富音乐性，就像在应和着艺术的要求"（Giles，1901：143）。这段叙述表明翟理斯认为诗歌盛行于唐代的最主要原因是由于汉语言自身的逐渐完善与成熟，这大大有别于其他汉学家对汉诗的那种顺便"提及"，而是在详实史料基础上的简明概括。这种精辟的观点正是源自他多年来汉语言研究方面的深厚造诣。但是，翟理斯时代的西方学者主要致力于印欧语系各语种的比较研究，"对作为汉藏语系分支的汉语文字一知半解。汉语由于不同于印欧语系的语法特征而被武断地定义为落后、原始、孤立的语言。这其实是'西方中心论'在学术研究中的体现"（江岚，2009：52）。翟理斯也无法完全摆脱西方这种主流意识的影响。例如，他认为"中国诗通常由成行的五或七个单音节字组成，没有词形变化,没有粘着法构词,没有任何语法指征;读者想要读懂诗行的意思必须通过逻辑、上下文,甚至语法结构才能推断出来"(Giles,1901:144),这些都是中国诗的缺陷。但是汉语本身就有重意合的语言学特点,诗歌语言更是把这一特点发挥到极致,词与词之间的空白给读者留下了充分的想象空间,翟理斯对此的误解也妨碍了他更深入地研究中国诗歌。

翟理斯认为,唐代诗人擅长创作"绝句",他称之为"stop-short",是一种被突然截断的四句诗行,是最难创作也是被诗人们所钟爱的一种诗体,这与古人对绝句的理解非常接近。以平仄对仗而论,绝句确是截取律诗的四句:或截取前后二联,不用对仗;或截取中部二联,全用对仗;或截取前二联,首联不用对仗;或截取后二联,尾联不用对仗。他还认为"绝句"符合中国古人诗歌创作的精神,即"简洁",虽然只有短短的 20 或 28 个字,但这个长度刚好让诗人"立意、深化、润色并结束诗歌的主题"(to introduce, to develop, to embellish, and to conclude his theme)(Giles,1901:146)。这和绝句创作传统中的"起、承、转、合"一一对应,可见翟理斯对中国古典诗歌理解之透彻。

第五卷的第三章是诗歌。翟理斯翻译了陈端、杨怡、邵雍、王安石、黄庭坚、程颢、洪觉范、叶适等人各一首诗,其中无一乐府。但乐府诗在宋代也极为繁荣,由旧题乐府与新题乐府组成。范仲淹、欧阳修、王安石、苏轼、陆游等均著有乐府作品。如"陆游的《剑南诗稿》中录有乐府诗 271 首之多"(王辉斌,2010:67)。郭茂倩的《乐府诗集》成书于宋代,所录均为宋前乐府。宋代乐府大多录于《全宋诗》中。

翟理斯认为宋代诗歌不像唐代诗歌那么引人关注,原因是宋代没有李白、杜甫那么专业的诗人。而且诗歌"在宋代是上流社会教育的一部分,它不再神圣,人们注重的是诗歌的形式,曾经是大师们特权的诗歌成了陈词老调。在宋代,虽然每个学生都可以'作诗',因为他们都曾经'充分地'学习过,但是很明显都是些矫揉造作的作品,令读者失望而且无感"(Giles,1901:232)。很显然,翟理斯并没有把宋代文学最高成就的标志——宋词归类为诗歌,但在其他章节他也并未提及宋词,原因令人费解。事实上,广义的"诗歌"包括了词,词被视为诗的旁支别流,因而有"诗馀"之称。在中国文学史上,宋词和唐诗、元曲都代表了一代文学之盛,缺失了宋词的文学史的学术性也因此大打折扣。

第六卷第一章即为诗歌,翟理斯首先简要介绍了当时的政治背景,谈到元代是中国历史上第一个由外来民族统治的王朝。接下来详细介绍了文天祥的生平和十件爱国事迹,继而谈到王应麟编写的《三字经》(Three Character Classic)。他认为《三字经》持续六百年来都是中国孩子的启蒙读物,是哲学、文学、历史、生物及生活常识的缩影,而且押韵,容易记忆。西方的基督教教士、新教徒和天主教徒都曾深受它的影响,出版过模仿著作。并且翻译了"人之初,性本善,性相近,习相远。苟不教,性乃迁,教之道,贵以专"两句。此外还有刘基的两首绝句译文,但对元代诗歌的创作过程并未评述,也未提及元代乐府。但事实上元代是乐府诗创作与批评都非常活跃的一个时代。《元诗选》中收录的半数以上都是乐府诗,左克明、杨维桢、方回等的乐府诗批评也拓展了乐府诗研究领域。

第七卷的最后一章为诗歌,翟理斯翻译了解缙两首诗,明世宗、薛素素、赵彩姬、赵丽华、方叔邵各一首诗。这些诗人诗作都称不上是明代最具代表性的作家作品。在明代 276 年的历史中,有记载的诗人达 1 600 余位,诗歌体裁和内容多样。其中以李梦阳、王世贞等为代表的"前七子"和"后七子"倡导复古,推崇并模拟汉魏诗歌,创作了大量乐府诗,并出现了与民歌结合的谣谚乐府。

　　而翟理斯认为明代著名诗人要远远少于唐和宋,最著名的一位当属解缙。他对年少成名的解缙进行了简要的介绍,提到他主持编撰了《永乐大典》并且节译了两首他认为作者存疑的诗。翟理斯还谈到明世宗资质平平,但为毛伯温远征安南时所作的送行诗却被中国文学评论家所称道,常被收入各类精选集之中,并且翻译了这首诗。翟理斯还第一次提到了中国的女诗人。他认为古代中国的妓女就像古希腊的妓女(hetairæ)一样,都受过高等教育,她们创作的诗歌甚至戏剧有很多都收录入了当代的文学作品集之中。比较著名的有薛(翟理斯误为"谢")素素、赵彩姬和赵丽华。翟理斯还翻译了她们的两首诗借以说明这些作品的文学价值。

　　第八卷第三章为诗歌部分。翟理斯认为清代的诗矫揉造作,主题都是老生常谈,即使诗人众多,也少有值得一读的诗作。在这些千篇一律的作品中,他翻译了袁枚、方惟诗各一首、赵翼三首诗。在利用 14 页篇幅介绍顾炎武的生平、《日知录》、蓝鼎元的生平以及《女学》之后,直到袁枚,翟理斯才谈及诗歌。他认为袁枚是清代为数甚少的诗人中最为活跃的一个。和所有的中国诗人一样,他也"热爱大自然、冬梅、落叶,这些会令他们诗兴大发"(Giles,1901:408—409)。因一本烹饪书(即《随园食单》),翟理斯称袁枚为中国的布里亚·萨瓦兰(Brillat-Savarin,1755—1826)(法国政治家和美食家,因写有一篇诙谐的关于吃的艺术的论文《口味生理学》而闻名)。

　　在今天看来,《中国文学史》与其说是一部中国文学历史的研究著作,不如说是一部普及性的中国文学入门教材。因为翟理斯写作《中国文学史》时的预期读者不是专业的文学研究者,更不是中国学者,而是正在学习中国语言与文学的英国或欧洲学生,这一点从书中不断出现的"学习中国文学的学生"(the student of Chinese literature)和"欧洲学生"(European student)这些文字中也不难看出。从翟理斯的叙述方式上也可见一斑,如他曾经谈到,虽然"'简洁'(brevity)是中国诗的灵魂,重要的不是它说了什么而是它暗示了什么,中国诗人就像西方绘画中的印象派画师"(Giles,1901:145)。翟理斯这段叙述对中国诗的解读可谓非常透彻,文字表达也具体、形象,容易为一般读者所理解。他还以一定的篇幅介绍了中国古典诗歌的格律,并且举例和英诗进行对比,以便让英语读者对汉诗有更直观的了解。此外,也许是为了维持读者的阅读兴趣,《中国文学史》中颇多诗人其人轶事典故的介绍,但其作品和诗学思想有时会匆匆带过。如第八卷的顾炎武部分,其人生经历有详细介绍,但作品部分仅对《日知录》(Jih Chih Lu)以一句"其中包含了他 30 年阅读经典和历史的笔记"(Giles,1901:391)作结。顾炎武知名诗作颇多,《日知录》涵括了他一生的学术观点和政治主张,不少论述颇具学术研究价值,如"诗主性情,不贵奇巧",此类观点当为中国诗学精髓,未能向西方读者传达终究留下遗憾。

第五章

阿瑟·韦利的翻译观与乐府诗译介

第一节　阿瑟·韦利简介

阿瑟·韦利(Arthur Waley，1888—1966)是英国当代知名汉学家和翻译家，出生于英国伦敦东南部约 60 公里肯特郡(Kent)滕布里奇韦尔斯城(Tunbridge Wells)的一个犹太人家庭，本名阿瑟·大卫·许洛斯(Arthur David Schloss)。他的父母非常重视对子女的教育，为了他们的学习，1896 年举家搬到了离伦敦八九英里远的温布尔登(Wimbledon)。进入大学前，韦利接受了严格的素质教育，学习了法语、希腊语、拉丁语及德语，奠定了深厚的古典文学基础。1907 年，韦利获得奖学金进入剑桥大学国王学院(King's College，The University of Cambridge)。在剑桥读书期间，韦利系统学习了希伯来语、梵语、希腊语和拉丁语等古典语言，接触到了中国诗歌、散文、思想史、文学史和绘画史。1913 年，韦利应聘到大英博物馆东方图片及绘画分部(The Subsection of Oriental Prints and Drawings)，为了工作，韦利开始自学中文和日文。除去语言天赋外，韦利还非常勤奋刻苦，很快掌握了这两门语言。工作之余，韦利渐渐迷上了中国画上的题诗，并着手翻译这些诗歌。为此他阅读了大量馆藏的中国诗歌读本，开始了他致力于一生的东方传统文化译介与研究。

韦利汉学研究的成就主要表现在三个方面：中国诗歌与小说的翻译、中国诗人传记、中国古代哲学思想的译介与研究。诗歌翻译类有《170 首中国诗》(*A Hundred and Seventy Chinese Poems*，1918)、《中国诗文续集》(*More Translations From the Chinese*，1919)、《庙歌及其他》(*The Temple and Other Poems*，1923)、《中国诗集》(*Poems From the Chinese*，1927)、《中国诗歌集》(*Translations from the Chinese*，1941)、《中国诗歌》(*Chinese Poems*，1946)、《大招》(*The Great Summons*，1949)、《九歌》(*The Nine Songs*，1955)等。1953 年，因为在译述方面的卓著成就，韦利荣获英国女王诗歌勋章(Queen's

Medel for Poetry)。《牛津英国文学词典》称其为"诗人及中日文学的权威译者"。国内学者认为他是"英国第二代汉学家中最杰出的人物"(何寅,徐光华,2002:556)。

第二节　《170 首中国诗》的内容与韦利的翻译观

一、《170 首中国诗》的内容与韦利的中国诗歌观

1918 年,《170 首中国诗》由伦敦康斯特布尔出版公司(Constable & Company Ltd.)出版,这是韦利公开出版的第一部翻译作品。这部译诗集出版伊始即广受欢迎,并于同年修订再版,此后的几十年间,不断再版、重印,并被转译成法语和德语等多种语言,深受读者欢迎。韦利曾在 1962 年英国艾伦与昂温公司(George Allen & Unwin Ltd.)出版的此书第二版中写了一个长长的序言,对自己这部译作在 40 多年中所受到的持续关注深感欣慰。他自豪地说:"虽然此书在任何时候都不能算是畅销书,但 40 多年稳步增长的销量足以打破当年出版社最高销量 20 本的预言。"(Waley,1962:Preface)韦利著述涉及面广,数量可观,计有著作 40 余部、译著 40 余部、文章 160 余篇。与其他海外汉学家一样,韦利对中国文化的研究与翻译也曾经历了一个由自发到自觉的过程,文本选择最初也具有阶段性与随意性。但对中国古典诗歌的热情却一直贯穿于其汉学研究生涯始终。《170 首中国诗》之后,韦利的中国诗歌翻译从未间断,他一直利用工作间隙坚持翻译,直至去世。除前述的汉诗专译本外,还有李白、白居易等诗人传记中翻译的诗作,再加上与他人合译的著作、发表于刊物上的译作,数量难以详尽统计。大卫·霍克斯(David Hawkes,1923—2009)认为,"韦利中国诗译者的声望更大一些"(Hawkes,1970:46)。此评价也说明韦利的汉诗英译的确在当时的英语世界产生了很大的影响,同时也让他拥有了很多的读者。

《170 首中国诗》全书分为序言、导言和译诗三部分。在导言中,韦利发表了他对中国文学,特别是中国诗歌的见解。这篇导言包括五个小节,依次为"中国文学的局限性"(The Limitations of Chinese Literature)、"技巧"(Technique)、"中国诗的兴起与发展"(The Rise and Progress of Chinese Poetry)、"翻译方法"(The Method of Translation)、"参考文献简注"(Bibliographical Notes)。译诗正文第一部分共五章,按照时间顺序选译了由先秦至明末的诗歌,第二部分则是白居易的生平、创作介绍及其 59 首诗作的翻译。

韦利对中国文学尤其是诗歌的见解主要体现在《170 首中国诗》的导言部分。这一部分虽然篇幅不长,但却对理解和欣赏韦利的汉诗英译至关重要。同时,由于韦利的汉诗英译影响深远,它因此也成了国内外汉学界认识和研究 20 世纪汉诗英译状况的重要文献。在此文之后,韦利虽然也曾在其他文章、著作和访谈中谈到他对翻译的理解以及翻译理论和技巧,但他的很多观点都和此文没有实质上的差异。

　　韦利认为中国文学具有一定的局限性,他把中国诗歌的某些特征与西方文学进行比较,并提出了很多看法。他认为,西方人不重视中国文学的原因,是因为"中国没有史诗和重要的戏剧文学作品。小说虽然存在而且不乏佳作,但从未成为伟大作家的表达工具"(Waley,1918:17)。这种思想的根源在于西方文学以叙事为主,而中国文学注重抒情言志。因此,在中国文学传统中,篇幅短小的《诗经》备受推崇,而在西方,长篇巨制的《荷马史诗》则被奉为经典。韦利认为中国诗简短的原因在于中国人重反思、轻理论的文化"局限性",但同时他也指出,中国诗中有强烈、坦诚的反思与自我剖析,这是西方文学所无法比拟的。"韦利所处的时代,正值西方列强瓜分世界,鼓吹白人至上。他们往往轻视有色民族,尤其是轻视被视为'东亚病夫'的中华民族"(吴伏生,2012:204)。在当时的历史条件下,韦利能够提出中国文学有优于西方文学的独到之处,这一点是难能可贵的。

　　韦利提出中国诗歌的另一个局限性是题材的选取多集中于"伤离别"。他认为这源于中国诗人的女性观。他们往往把女性看作是传宗接代的工具,男女间的关系仅仅是生理上的需求,情感则要留给友人。诗人吟咏的多是友情主题,友人的注定离去使得"中国诗中半数为离别诗"(Waley,1918:18)。而欧洲诗人则认为男女间的关系极为重要且神秘,爱情才是诗歌中永恒的主题。中国虽然自汉代就有男子向女子求爱的诗歌,但更为人所知的则是一些主人公为失宠女子的"闺怨诗"。韦利从文化对比的角度对中西方诗歌主题的描述对西方读者来说是一种新奇而且深刻的感受,也能给中国学者以启迪。但这种认识未免以偏概全。汉诗中的确有大量吟咏友情的作品,但也从不缺乏或温婉或热烈的爱情诗,尤以乐府诗为甚。如"春蚕易感化,丝子已复生"(《子夜歌》)、"愿作郎马鞭。出入擥郎臂,蹀座郎膝边"(《折杨柳歌辞》)、"与郎相知时,但恐傍人闻"(《黄淡思歌辞》)中的委婉含蓄、深情款款;"天地合,乃敢与君绝"(《上邪》)、"天不夺人愿,故使侬见郎"(《子夜歌》)、"感郎不羞郎,回身就郎抱"(《碧玉歌》)、"但使心想念,高城何所妨"(《淳于王歌》)中的大胆热情、直抒胸臆。"受中西方迥然不同的文化传统影响,文学中的爱情展示存在巨大的差异"(江岚,2009:118),韦利以西方的传统文学观,按照西方文学的体裁或题材来评判中国文学的整体价值并不恰当。

　　在诗人群体的局限性方面,韦利认为女性诗人在诗中几乎总是"弃妇"角色。被夫君休弃返回娘家后,她的父亲不能将她另嫁,非婚女子在社会上也没有容身之处,她们动笔写诗本身就是一个悲剧。自古以来,与男性诗人浩如烟海的数量相比,中国女性诗人的确为数不多。她们即使识文断字,即使才华横溢,也不能在外抛头露面,才名多不出于闺阁。"她们的社会生活层面也大多比较狭窄,作品的内容自然受到局限。韦利在这个问题上的论断自有他的道理"(江岚,2009:119)。但这也涉及他对中国诗歌史的一些误解,例如,他认为自公元4世纪后,中国再未出现过伟大的女诗人。但事实上,魏晋南北朝时期的诗歌总集《玉台新咏》中可考的女性诗人有15位。《全唐诗》女性诗人作品十二卷,诗人有120多位。宋代有"千古第一才女""中国文学史上最伟大的女词人"李清照。正是因为这些女性诗人的作品极为出色,这些名字、这些作品才得以在以男性为主导的封建秩序中留存下来。

　　韦利还对中国诗歌的产生和发展做了描述。其阶段划分与翟理斯的《中国文学史》大致相同。不同的是翟理斯以朝代为纲,而韦利以中国诗歌发展各阶段的代表性文体为脉络展开讨论。韦利的陈述平实而简洁,因为他的预期对象是普通读者。他在序言中谈到:"这篇介绍是为普通读者所写。因此我尽量简单而且直截了当地陈述我的观点,并没有探讨那些只有少数专家感兴趣的问题。"(Waley,1918:Introduction)韦利认为中国诗歌创作始于由孔子修订的《诗经》,而理雅各(James Legge,1815—1897)的译本(*The She-King*,1871)是当时最好的英译本。但《诗经》305首中只有30首值得现代读者关注,这30首诗本质上都是抒情诗,其中美妙之处很难在英语中等效重现。出于这种偏见,韦利在1918年版的《170首中国诗》中并未翻译《诗经》诗篇。但是有感于《诗经》的影响力,1937年,韦利仍然出版了《诗经》全译本,以爱情、婚姻、战争等17种主题分类,视野独特,对后世的影响力可与理雅各的译本等同。

　　韦利认为在《楚辞》(*Elegies of the Land of Ch'u*)的形成时期,屈原的《离骚》对"楚辞"这种文体的形成有重大影响。屈原借爱情主题讽喻与君王之间的关系,瑰丽奇幻的场景描写和狂放激荡的修辞方式吸引了很多模仿者,但这些模仿者的作品都只能是法国作家龚古尔(Edmond de Goncourt,1822—1896)所谓"神经质"(névrosité)的作品,远远不能和屈原狂想曲一般的诗歌创作相比。但事实上,从总集名称来说,《楚辞》是西汉刘向在前人基础上辑录的一部"楚辞"体的诗歌总集,收入战国屈原、宋玉的作品以及汉代贾谊、淮南小山、严忌、东方朔、王褒、刘向诸人的仿骚作品。正因为后人的推崇、模仿和名篇的相继出现,才使得《楚辞》成为继《诗经》之后的我国古代又一部具有深远影响的诗歌总集。此外,和翟理斯一样,韦利也认为宋玉是屈原的外甥(nephew),此说是参考了翟理斯的说法还是基于汉语文献他并未说明,难以辩考。关于宋玉的生平,众说纷纭,但一般认为他师承屈原,绝非其外甥。

　　韦利谈到《170首中国诗》中所选的汉代诗歌选自官方的歌谣集,即乐府诗(Yo Fu or Music Bureau poems)。这些诗歌均配乐可唱,总量达28首,从中可见韦利对其偏爱程度。在原文本的选择方面,韦利有自己独特的见解。例如,就盛唐诗人而言,中国历代最推崇的莫过于"诗仙"李白和"诗圣"杜甫,但韦利所译以白居易最多。《170首中国诗》中未见李白、杜甫诗作,第二部分共59首全部是白居易的诗作。取舍之间难免会给英语读者造成唐诗代表以白居易为首的假象。对此,韦利在1946年版的《中国诗选》(*Chinese Poems*)中不得不向读者坦承了如下事实:"我把白居易的诗翻译十次,并不意味着他的诗就比别人的好上十倍……也不表示我对唐代及宋代的诗人不熟悉。我也曾试图翻译李白、杜甫、苏轼的诗,但结果并不令人满意。"(Waley,1946:5—6)可见,韦利翻译时尽量避免选择那些用典较多、暗喻明显的诗歌,而是更偏爱一些平实、易于直译的诗歌,"具有深刻意义需要过多注释的诗歌不包括在内"(Waley,1946:5)。此外,由于他擅用跳跃性节奏来表现汉诗的音节,所以所选文本多五言,少七言。乐府诗多为五言诗,而且语言通俗朴素,情感浑朴真挚,正与韦利的旨趣契合,因此,《170首中国诗》中共译有58首乐府诗,占第一部分选诗的二分之一有余。

对于晋代诗歌,韦利谈到"吴歌"多为"爱情警句"(Love-epigrams),其结构与西班牙民谣(*coplas* of Spain)的平行结构非常接近,可见韦利对诗歌包括汉诗有着敏锐而精确的感受。韦利还认为陶潜是晋代最伟大的隐士,他的哲学思想均体现在《形影神三首》(*Substance*,*Shadow*,*and Spirit*)诗中。《形影神三首》是陶潜创作的一组五言诗,体现了作者的生命价值观,表达了崇尚自然的道家思想。全诗创作手法较为浅显、明晰、生动、亲切,如话家常,非常符合韦利的选诗标准,因此不难理解他为什么选择陶潜这首在传统文学界并不太受重视的诗。

韦利所指的梁和小朝代(Liang and Minor Dynasties)即相当于中国历史上的南北朝时期。韦利认为在这一时期,除了鲍照等少数几个诗人,其他诗人诗作均乏善可陈。但事实上南北朝时期是汉诗在艺术风格上由单一走向丰富的一个重要时期,尤其是这一时期的乐府民歌,或朴直刚劲,或婉曲华丽,反映了普通民众的感情和爱憎,对后世文人的文学创作产生了重要影响。《敕勒歌》《木兰诗》和韦利所译《子夜歌五首》均为流传至今的南北朝乐府民歌名篇。在诗体方面,南北朝民歌开创了五言、七言绝句体,成为后世唐诗的重要表现形式。

韦利认为唐诗"形式远大于内容""自我禁锢在狭窄的旧题材范围之内""作家们满足于为旧主题披上新形式的外衣"(Waley,1918:26)。最糟糕之处是,不论形式或内容,唐诗都要借助于唐以前的诗歌和历史。他举例说,战争诗描述的必然是汉代的场景,而不是当下的事件;爱情诗里那些失宠的姬妾必出于汉代宫廷。诗人们诗中描写的细节可能并不相同,但其中反映出来的情绪却极为相似。他还认为唐代诗人惯用典故使得"诗歌因此变成展示诗人古典文学素养的工具,而不是表达他们自身情感的载体"(Waley,1918:26)。就连伟大的诗人李白也不例外。当读者认为他是在表达他的奇特幻想的时候,事实上他只不过是巧妙地利用了陶潜、谢朓的诗作而已。江岚认为,韦利对唐代诗人的误解和偏见是由于韦利对唐诗并非像有些译者那样"满腔热情,满怀景仰地沉醉于其中,也不像翟理斯那样站在一个学者的角度,平和客观地审视。他是以局外人的姿态,居高临下地用自己的准则去审视、剖析,然后判别其优劣"(江岚,2009:120)。吴伏生则认为并非如此,"他那些大胆唐突的言辞,乃是年轻人初生牛犊不怕虎的莽撞和轻率"(吴伏生,2012:209)。由于刚刚涉足汉诗不久,韦利的某些看法未免有失偏颇,甚至于违背史实,他本人在后期的汉学研究中也深刻认识到了这一点。在1960年此书重印时,韦利删除了初版的序言,在新作序言中,韦利承认,他当初应该讨论的是他本人的局限,而不是中国文学的局限,更不应该以自己当时有限的知识,对中国文学进行"庞大的概括"(enormous generalization)(Morris,1981:131)。尽管如此,由于之后很少见韦利关于中国文学的宏观评论,《170首中国诗》的前言始终是学者了解韦利对中国文学传统认识的重要来源。

二、韦利的翻译观

韦利的一生"作品多,话语少"(more works,less words)(Waley,1970:7),此描述指

的是他的著述很多,但对自身却很少提及。他对中国诗歌的理解和译学理念多存于其著述、译文的前言中。在《170首中国诗》的前言的"翻译方法"一节中,韦利利用三页篇幅阐释了他的选诗标准和翻译原则。

韦利说,大家通常认为如果一首诗被字对字直译出来,译文将不能称之为诗。正因如此,他对汉诗的选择并非完全出于个人喜好,而是选择了那些他相信经过翻译仍能保留诗歌基本特征的作品。他明确地否定了意译,"我的目标是直译,而不是阐释。对于一位诗人来说,借用异域诗歌中的意象或素材似乎是合情合理的,但这不能称为翻译"(Waley,1918:Introduction)。他认为意象是诗歌的灵魂,在翻译过程中,原文的意象不能添加也不能减少。译诗的节奏和韵律要尽量和原诗类似,因此可以使用与原诗相似的节奏:以一个重音代替一个汉字,同时在重音间插入非重读音节,以达到与原诗相似的节奏效果。但是在英汉两种语言中,有些诗行韵律和节奏的完全对等不可能做到,但译者不能用一些不必要的废话去拼凑音节,从而损害原诗语义。韦利还谈到他的译诗不押韵的原因有两个,一是因为英译诗不可能达到汉诗的押韵效果,因为汉诗有时会一韵到底;二是追求韵脚押韵必然会损害译文语言的活力,也会影响译文内容的文学性。但是,韦利同时也反对用"无韵体诗"(blank verse)翻译汉诗,因为他认为所谓的"无韵体诗"的本质是"顿的位置可以不断地变化,而汉诗的停顿位置总是在偶数行末"(Waley,1918:Introduction)。这也是韦利坚持散体译汉诗的另一个原因。

韦利的译诗观还体现在他与同期的英国汉学家翟理斯的纷争中。在翟理斯的汉学生涯中,"好斗"是其性格中非常突出的一个特征,也是关系到他汉学成就成败、荣辱的关键,而最突出的表现形式就是对其他汉学家的无情批评。对于自己的"好斗"和"批评成性",翟理斯有自己的解释。例如,他曾经多次重申自己对汉学研究宗旨的认识,认为"汉学家首要的、最根本的任务在于忠实、正确地翻译中文文本"(Giles,1885:356)。为了实现这一宗旨,就应该"不留情面地更正错误、逻辑,以及乱七八糟的译文,这本身就很有价值……对于此类所有错误,我们都要无情地加以揭露,只有这样,我们对中国文学的认识,对中国的认识才有可能进步"(Giles,1888:240)。他批评的真正目标不是个别汉学家,而是他们的翻译。在他看来,翻译的根本原则是"让读者明白译者表达的是什么。如果读者看不懂译文,那么译文就是错误的"(Ferguson,1935:134)。这是翟理斯汉学研究中对翻译的评判依据。但是他那些过于激烈的措辞也引起了其他汉学家的质疑与反击,这其中就包括韦利。二人争论的焦点当然是如何译中国诗。这场论争是两代汉学家不同文学观与翻译观的交融与碰撞,也关乎韦利在汉学界权威地位的确立。

韦利与翟理斯的争论始于韦利1918年发表的《论中国诗歌的韵律》(*Notes on Chinese Prosody*)一文。文中对翟理斯的中国诗歌韵律观点提出了异议,认为他的观点具有误导性。韦利也不认同翟理斯必须韵译中国古诗的观点。对于散译亦或韵译中国古诗,韦利认为如果直译汉诗,韵脚不押韵的英译汉诗从某种程度上来说也是押韵的诗歌,因为"韵律是原诗强加于译诗的,当你逐字逐句翻译时,你会发现三句译文中就会有两句的明确音调变化与原诗一致"(Waley，1918：Introduction)。因此，读者能感受到与原诗类似的听觉效果。而翟理斯认为要用英语中的十个或十二个音节的翻译来表现中国的五言或七言诗是相当困难的。他还把自己的九首译诗与韦利的译诗一一并列比较，以此来说明韦利的散体译诗并没有忠实于原文。对此，韦利在1962年版《170首中国诗》和《中国诗歌集》(1941)中有进一步的阐释。经过对中国古诗和英语诗歌的韵律节奏进行比较研究后，韦利认为，中国古诗字数固定，必须用韵，这一点很像传统的英语诗歌。但译诗却不能用韵，因为英美读者真正感兴趣的是诗歌的内容，而且今天欧美的自由体诗也不用韵。和押韵相比，韦利更看重译诗的内在节奏(inner rhythm)。他还使用了英译汉诗的"跳跃性节奏"(sprung rhythm)，即用英语译诗中的一个重读音节来代表一个汉字，使每行译诗中都有一定数量的重读音节和不定数量的非重读音节。他将这种译诗格律比作英诗的无韵体。1963年，著名的英国诗人、作家、BBC的记者福勒(Roy Fuller，1912—1991)采访了韦利，此次访谈记录稿后来收入《山中狂吟：阿瑟·韦利纪念文集》(Madly Singing in the Mountains：An Appreciation and Anthology of Arthur Waley)。韦利当时坦言他所采用的跳跃性节奏是他在长期翻译中国诗歌的实践中逐渐形成的，是"中国五言诗的形式启发了他的创造力"(Morris，1981：145)。而从篇章的角度，韦利认为译诗还应该在"各行之间的节奏上有恰当的联系"(Waley，1941：Introduction)。可见，韦利认识到了"因韵损意"是汉诗英译中的一大弊端，而诗行内在节奏的功用远大于押韵。韦利"很少翻译七言诗，较多翻译五言诗；较多翻译明确易懂并能引起兴趣的诗(如白居易诗)"(朱徽，2009：120)。可见，正是基于以上的韵律观，韦利有选择地翻译了一些中国古诗文本。

　　韦利在《170首中国诗》的前言中曾谈到他翻译的目标是直译而不是阐释中国诗。翟理斯由此把韦利归类为直译者，并且断言，严格意义上的直译是不可能的。为了说明这一论断，他"随意挑选"(Giles，1918：130)了《170首中国诗》中《古诗十七首》(Seventeen Old Poems)的第三首《青青陵上柏》(Green，green，the cypress on the mound)进行分析，认为韦利并非他自认的"直译者"。韦利的《古诗十七首》选自《昭明文选·杂诗·古诗一十九首》，这十九首诗是乐府古诗文人化的显著标志。对于省译了其中两首诗的原因，韦利自叙，"是因为这两首诗质量很差"(Waley，1920：595—597)。翟理斯认为这两首诗并不比别的差，而且，"其中一首是枚乘留给后人的九首诗中的一首"，另一首则如刘勰所言：为"古诗佳丽"，是傅毅所做，"傅毅的诗作非常少，我们一行也不能丢弃"(Giles，1921：286—288)。以下是《青青陵上柏》原文：

青青陵上柏，磊磊涧中石。
人生天地间，忽如远行客。
斗酒相娱乐，聊厚不为薄。
驱车策驽马，游戏宛与洛。
洛中何郁郁，冠带自相索。

长衢罗夹巷，王侯多第宅。

两宫遥相望，双阙百馀尺。

极宴娱心意，戚戚何所迫？（李春祥，1990：93）

韦利的《青青陵上柏》译文：

Green, green,

The cypress on the mound.

Firm, firm,

The boulder in the stream.

Man's life lived within this world,

Is like the sojourning of a hurried traveller.

A cup of wine together will make us glad,

And a little friendship is no little matter.

Yoking my chariot I urge my stubborn horses.

I wander about in the streets of Wan and Lo.

In Lo Town how fine everything is!

The "Caps and Belts" go seeking each other out.

The great boulevards are intersected by lanes,

Wherein are the town-houses of Royal Dukes.

The two palaces stare at each other from afar,

The twin gates rise a hundred feet.

By prolonging the feast let us keep our hearts gay,

And leave no room for sadness to creep in.

（Waley，1918：60）

　　翟理斯认为《青青陵上柏》原诗全篇没有标点，但韦利译文全文使用了标点，这在外形上就不是直译，也剥夺了中国古诗所固有的想象空间；原诗只有 80 个汉字，而且都是单音节汉字，而韦利的译诗 129 个英文单词共 168 个音节，音韵上的不对等根本无法表现原诗的韵律；"斗酒相娱乐，聊厚不为薄"一句意为"区区斗酒足以娱乐心意，虽少却胜过豪华的宴席"，此句为全篇的诗眼所在。但韦利的翻译反倒给人以享受生活、享受友情之惑，并未突出"斗酒"对于贫者的意义，因此在意义上也并非"直译"。翟理斯从韦利上述译诗的形、音、意三个方面证明直译一首中国诗是相当困难的，韦利也并非他自认的"直译者"。韦利则辩称，他的目标曾经是直译中国诗，但是在《170 首中国诗（续）》（*More Translations from the Chinese*，1919）的引言部分，他告诉读者，该书的目的在于翻译更完整的文学样式,也就是他采取的就不一定是直译方法了。因此,韦利认为翟理斯因为自己在另一本书中说过自己翻译的目的是"直译而不是阐释",就说自己是一个严格的直译者是"不公平的"。韦利还认为"要想将中国诗译成英语诗通常不能只翻译字面意思,还要译出原诗的隐含之意"(Waley,1920:591—597)。"汉诗英译中还应注意意象的翻译,意象是诗歌的灵魂,应避免增加原诗中没有的意象,或删除原文中已有的意象"(Waley,1918:Introduction)。可见,韦利把努力保留和再现汉诗中的意象作为了汉诗英译的一项重要的任务。

韦利与翟理斯的争论实际上是以翟理斯为代表的传统诗学和以韦利为代表的新诗学观念上的冲突,这种冲突的结果并未产生替代性的结果,而是促成了20世纪90年代英国诗歌的多元化。韦利的译诗打破了英诗经典的韵律模式,大胆采用散体译诗,这对当时的英国诗坛造成不小的冲击。韦利的译诗也使他成为新诗运动的一分子。赵毅衡认为,"韦利杰出的工作是新诗运动接受中国影响的主要途径之一"。他以一系列的统计数据说明"很多受中国诗影响的当代美国诗人的启蒙老师都是韦利"(赵毅衡,2003:78—79)。可见韦利的译诗在英、美都产生了较大影响。与翟理斯的争论加快了刚刚在汉学领域崭露头角的韦利翻译观的成熟,也更加巩固了韦利中国诗歌翻译的权威地位。1934年,二人合译的《中国诗精选》(*Select Chinese Verses*)出版,标志着两个人对彼此诗歌翻译成就的认可,也为这场英国汉学史上最著名的纷争画上了圆满的句号。

第三节　韦利的乐府诗翻译方法

翻译方法是翻译研究中的一个重要概念,与翻译策略、翻译技巧一起构成翻译系统构建的核心要素。但长期以来,学界一直在这三个术语上存在着概念混淆、使用混乱的问题。翻译研究领域的著名学者,原芬兰赫尔辛基大学(University of Helsinki)现代语言学系教授切斯特曼(Andrew Chesterman,1946—　)曾经专门撰文讨论了造成这种混乱的原因及解决办法。他认为翻译方法体现的是一种"翻译中概括性的处理方式,而非具体的、局部的处理方法"(Chesterman,2005:17—28)。熊兵结合国内外关于翻译方法的论述,基于"方法"的词典定义给"翻译方法"做了如下定义:"翻译方法是翻译活动中,基于某种翻译策略,为达到特定的翻译目的所采取的特定的途径、步骤、手段"(熊兵,2014:83)。可见,翻译方法是属于翻译策略之下的一个范畴。一般而言,翻译策略可分为两大类,分别为异化策略和归化策略。异化策略下最常见的翻译方法是直译法,而归化策略下最常用的翻译方法是意译法。韦利的翻译方法主要表现在直译及对"跳跃性节奏"的运用上。下面我们以《170首中国诗》和《中国诗选》中的乐府诗译介来分别探讨韦利的这两种翻译方法。

一、《170 首中国诗》中的乐府诗译介

《170 首中国诗》为奠定韦利欧美汉诗英译权威地位的成名之作,在韦利的汉诗译著中影响最为深远。自 1918 年初次印刷出版后,至 1946 年,已重印十二次,并被转译成法语、德语等多种语言,极受读者欢迎。其中有些译诗被德国剧作家、诗人布莱希特(Bertolt Brecht,1898—1956)改编,还被音乐家谱写成歌曲,在欧美颇具影响。

《170 首中国诗》全书选译有乐府诗 58 首。其中无名氏作品 40 首,分别为《孤儿行》(The Orphan)、《病妇行》(The Sick Wife)、《鸡鸣歌》(Cock-crow Song)、《十五从军征》(Old Poem)、《相逢行》(Meeting in the Road)、《战城南》(Fighting South of the Castle)、《东门行》(The Eastern Gate)、《有所思》(South of th Great Sea)、《隔谷歌》(The Other Side of the Valley)、《上邪》(Shang Ya)、《薤露》(The Dew on the Garlic-leaf)、《蒿里》(The Graveyard)、《驱车上东门行》(I Drive My Chariot up to the Eastern Gate)、《乌孙公主歌》(Lament of Hsi-chün)、《子夜歌》(Five "Tzŭ-yeh" Songs)五首(实为四首,其中一首应为《莫愁乐》)、《莫愁乐》(I Heard My Love was Going to Yang-chou)、《青溪小姑曲》(The Little Lady of Ch'ing-hsi)、《拔蒲》(Plucking the Rushes)、《西洲曲》(Ballad of the Western Island in the North Country)、《石城乐》(Song)(韦利误为臧质(Tsang Chih)所作)。《古诗十九首》中除《冉冉孤生竹》和《客从远方来》两首之外的十七首。此外还有文人、帝王及贵族乐府 18 首,如汉武帝的《秋风辞》(The Autumn Wind)和《李夫人歌》(Is It or isn't It?)、卓文君的《白头吟》(Song of Snow-white Heads)、宋子侯的《董娇饶》(Song)、曹丕的《短歌行》(On the Death of His Father)、曹植的《斗鸡篇》(The Cock-fight)和《五游》(A Vision)、嵇康的《秋胡行》(Taoist)、傅玄的《豫章行·苦相篇》(Woman)、缪袭的《挽歌》(Bearer's Song)、谢朓的《入朝曲》(Song of the Man of Chin-ling)、鲍照的《苦热行》(The Red Hills)和《夜坐吟》(Dreaming of a Dead Lady)、梁武帝萧衍的《有所思》(People Hide Their Love)、梁简文帝的《乌栖曲》(The Ferry)和《洛阳道》(Lo-yang)、徐陵的《陇头水》(The Waters of Lung-t'ou)、隋炀帝的《春江花月夜》(Flowers and Moonlight on the Spring River)。全书没有中文原文对照,原作者名为威妥玛拼音标注,译诗标题多为意译,文献检索起来颇有难度。有些译诗未加标题,如《上邪》《驱车上东门行》《莫愁乐》《李夫人歌》,此类英文标题皆为我们依据韦利译诗首句所加。

韦利偏爱风格浅近、简洁明了的诗篇,这与乐府诗的诗风极为契合。因此,乐府诗占《170 首中国诗》第一部分的二分之一有余,第二部分均为白居易诗。在尝试翻译中国诗歌的初期,韦利对诗歌内容的把握并不十分准确,这一点在此书中表现得甚为明显。例如,他翻译的《孤儿行》,原诗为:

孤儿生,孤子遇生,命独当苦!父母在时,乘坚车,驾驷马。父母已去,兄嫂

令我行贾。南到九江,东到齐与鲁。腊月来归,不敢自言苦。头多虮虱,面目多尘。大兄言办饭,大嫂言视马。上高堂,行取殿下堂,孤儿泪下如雨。使我朝行汲,暮得水来归。手为错,足下无菲。怆怆履霜,中多蒺藜。拔断蒺藜,肠肉中怆欲悲。泪下渫渫,清涕累累。冬无复襦,夏无单衣。居生不乐,不如早去,下从地下黄泉。春气动,草萌芽。三月蚕桑,六月收瓜。将是瓜车,来到还家。瓜车反复,助我者少,啖瓜者多。愿还我蒂,兄与嫂严,独且急归。当兴校计。乱曰:里中一何饶饶,愿欲寄尺书,将与地下父母,兄嫂难与久居。(郭茂倩,1979:567)

韦利译文如下:

To be an orphan,

To be fated to be an orphan.

How bitter is this lot!

When my father and mother were alive

I used to ride in a carriage

With four fine horses.

But when they both died,

My brother and sister-in-law

Sent me out to be a merchant.

In the south I travelled to the "Nine Rivers"

And in the east as far as Ch'I and Lu.

At the end of the year when I came home

I Dared not tell them what I had suffered—

Of the lice and vermin in my head,

Of the dust in my face and eyes.

My brother told me to get ready the dinner.

My sister-in law told me to see after the horses.

I was always going up into the hall

And running down again to the parlour.

My tears fell like rain.

In the morning they sent me to draw water,

I didn't get back till night-fall.

My hands were all sore

And I had no shoes.

I walked the cold earth

Treading on thorns and brambles.

As I stopped to pull out the thorns，

How bitter my heart was!

My tears fell and fell

And I went on sobbing and sobbing.

In winter I have no great-coat；

Nor in summer，thin clothes.

It is no pleasure to be alive.

I had rather quickly leave the earth

And go beneath the Yellow Springs.

The April winds blow

And the grass is growing green.

In the third month—silkworms and mulberries，

In the sixth month—the melon-cart

And just as I was coming home

The melon-cart turned over.

The people who came to help me were few，

But the people who ate the melons were many，

All the left me was the stalks—

To take home as fast as I could.

My brother and sister-in-law were harsh，

They asked me all sorts of awful questions.

Why does everyone in the village hate me?

I want to write a letter and send it

To my mother and father under the earth，

And tell them I can't go on any longer

Living with my brother and sister-in-law.

(Waley，1918：45)

原诗共五十一句，分为层次明显的三部分。①首三句孤儿慨叹自己偶然生在世上，偏偏数他命苦。"遇"是"偶"的假借，"遇生"意思谓偶然而生。以慨叹之语带起全篇，一开始就引人进入充满悲剧气氛的情境之中。②"父母在时"至"当兴校计"，历数孤儿年年月月、无休无止地遭受兄嫂种种虐待，是诗的主体部分。③"乱"词为结尾四句，以孤儿不堪兄嫂折磨的绝望心绪作结,既贯连第二部分的叙事,又与第一部分慨叹之词遥为呼应。全诗语言浅俗质朴,句式长短不齐,押韵较为自由,具有明显的民间乐府诗特征。

韦利的译诗共三节,第一节为首六句,第三节为后三十三句,这与原诗并未对应。译者忽略了前三句在全诗中的起兴作用,且令全诗的语意层次模糊不清,冲淡了全诗的悲凉气氛。诗中还有一些字、词的省译和误译。例如,"拔断蒺藜肠肉中"一句,意为"脚中肉里扎着蒺藜,拔断了还有一半长在肉中"。"肠"即"腓肠",是足胫后面的肉。韦利译为"As I stopped to pull out the thorns","肠肉"省略未译,"拔断"则被误译为"pull out"——"拔出来","孤儿"疼痛的程度在译文中被减轻。"乱"词部分"里中一何饶饶"一句意为"村中怎么这么吵闹","里中"犹言"家中","饶饶"即吵闹声。这句是说孤儿远远就听到兄嫂在家中叫骂。韦利的译文为"Why does everyone in the village hate me?",意为"为什么村中人人讨厌我?"文意与原诗相去甚远。

韦利的第一部英译汉诗集并非《170首中国诗》,而是1916年由他个人出资印制的《中国诗选》(*Chinese Poems*)。这本书只印了大约50册,供韦利赠给友人们传阅,这其中就包括当时的诗界名流叶芝(William Butler Yeats,1865—1939)、罗素(Bertrand Arthur William Russell,1872—1970)、艾略特(Thomas Stearns Eliot,1888—1965)和庞德等人。全书仅16页,共收录了先秦至宋的五十二首诗,其中十三首被重新收录于《170首中国诗》。有些诗有不同程度的改译,从中可以窥见韦利翻译理念和翻译方法的发展及演变。例如,韦利对汉武帝刘彻《秋风辞》(The Autumn Wind)的翻译,以下是1916年版《中国诗选》中的译文:

	原文	韦利译文	韦利译文回译
1	秋风起兮白云飞	Autumn wind rises: white clouds fly;	秋风升起:白云飞翔。
2	草木黄落兮雁南归	Grass and trees wither: geese go south.	草木凋零:群雁南行。
3	兰有秀兮菊有芳	Orchids all in bloom: chrysanthemums smell sweet.	兰花盛开:菊花芬芳。
4	怀佳人兮不能忘	Thinking of lovely lady, not can forget!	怀念佳人:永不能忘。
5	泛楼船兮济汾河	Floating-pagoda boat crosses Fēn River;	飘荡的楼船跨过汾河。
6	横中流兮扬素波	Athwart the mid-channel are aspen-leaf waves.	白杨叶状波浪中流横。
7	箫鼓鸣兮发棹歌	Flute and drum keep time to the sound of the rowers' song.	笛声、鼓声合着船歌。
8	欢乐极兮哀情多	In the midst of revel and feasting, my thoughts sad.	居于欢宴,吾心戚戚。
9	少壮几时兮奈老何	Youth's years how few! Age, how sure!	韶华何其少! 衰老何其笃!

《170首中国诗》中的译文相较上述译文改动主要在第四句、第六句和第八句。我们来

比较一下这两组译文：

原文	韦利 1916 年译文	韦利 1918 年译文
4 怀佳人兮不能忘	Thinking of lovely lady, not can forget!	I think of my lovely lady; I never can forget.
6 横中流兮扬素波	Athwart the mid-channel are aspen-leaf waves.	Across the mid-stream white waves rise
8 欢乐极兮哀情多	In the midst of revel and feasting, my thoughts sad.	Amidst revel and feasting, sad thoughts come;

　　首先,韦利的这两种译文都属直译,都是在尽量还原原诗的外在形式:原诗为九句,译诗也均为九句;原诗每句用语气助词"兮"字隔开,译诗每行译文中多用标点表现"兮"字结构,以呼应原诗节奏。原诗前三句为完整的主谓和动宾结构,符合英语的一般句式结构,转换起来比较简单,因此两首译诗也一一进行了字对字的直译。但是,原诗的第四句省略了主语,这在汉诗中是一种普遍的现象。汉诗,尤其是古典汉诗,很少或几乎不出现人称代词,主语"我"往往是省略的。诗中没有表明的主语令诗人不会让自己的个性侵扰诗境,使诗歌进入充满想象空间的"无我之境",达到言简而意丰的美学效果。

　　在 1916 年的译文中,韦利采用异化翻译策略,即让读者向原文靠拢,套用原文结构,省略了句子的主语。同时颠倒了英文句式结构,以"not can forget"和"不能忘"字对字一一对应。这种翻译虽然不符合英文句法,但却在很大程度上保存了原诗的异国风味,凸显了汉诗不同于英诗独特的"陌生化"美感。韦利所处的时代,正值西方列强瓜分世界之时。西方人鼓吹白人至上,歧视被称为"东亚病夫"的中华民族,对中国历史、文化几乎一无所知,对于诗歌创作更是具有各自民族的优越感,因此很难让他们接受与印欧语系特征截然不同的汉诗行文结构。在当时的历史条件下,韦利能够大胆尝试重现汉诗的无代词结构,不能不说是难能可贵。

　　但韦利 1916 年的《中国诗选》在读者中反响并不是很好。有一位朋友曾经表示看不懂他的翻译。当时的著名评论家斯特拉齐(Lytton Strachey,1880—1932)在读过韦利寄给他的小册子之后,热情洋溢地回信鼓励韦利写一部关于中国文学的著作,因为当时的英国"太需要了"(badly wanted)。但是,斯特拉齐私下里居然模仿韦利的译诗以戏谑之(Waley,1962:6)。韦利对斯特拉齐一直怀有崇敬之情,他希望斯特拉齐能够欣赏他的译诗,虽然斯特拉齐的本意并不想让韦利看到这些戏仿诗,但知道这件事之后的韦利还是倍感痛苦。

　　在 1918 年的译本中,韦利对此诗的第四句进行了修改,采用归化策略补出了句子的主语"I",句式也由倒装结构修改为更符合英语语法习惯的主谓结构。韦利翻译策略上的巨大转变无疑是一种妥协,是为了获得读者的认同,得到权威的承认。在之后的汉诗翻译中,韦利的译诗在句式上开始严格遵从英诗句法,再无汉诗的句式特色,泯然于其他译者矣。这又不能不说是一种遗憾。

韦利对第六句的修改则是由于 1916 年译文的误译。"扬素波"中的"扬"最初被韦利译成了"白杨树叶"(aspen-leaf)。"扬素波"意为"扬起白色的波浪"。韦利的误译应非理解错误,而是知识性错误。作为英国传统汉学界的"边缘者",韦利被誉为"从未到过中国的中国通",并且因为不能用汉语进行口语交流而被称为"哑巴汉学家"。直至 1913 年,韦利应聘进入大英博物馆东方图片部工作后,他才开始自学汉语和日语。在此之前,他自称对"东方艺术和语言一无所知"(Waley,1912:133)。因此也不难理解他会混淆"扬""杨"二字。第八句的译文韦利主要改译了后半句,补出了初译中省略的谓语动词。韦利在第八句和第四句中补出句子成分的处理方法表明了他今后汉诗翻译的方向和策略选择。1916 年至 1918 年两年的时间似乎让韦利意识到:读者接受才是最重要的,他必须对汉诗迥异于英诗的结构部分进行归化处理。韦利《170 首中国诗》问世的曲折经历也让我们了解到赞助人对于一个译本生命的操控作用,看到了当时社会文化语境对一种异国文化的态度和接受之路。

二、《中国诗选》中的乐府诗译介

《中国诗选》(*Chinese Poems*,1946)由英国伦敦的艾伦与昂温公司(George Allen and Unwin)出版。书中译作大多选自《170 首中国诗》、《中国诗歌续集》(*More Translations*,1919)和《庙歌》(*The Temple*,1923)等旧作。出版后多年间不断被重印,1963 年被译为德语出版,是韦利最重要的汉诗英译作品之一。

《中国诗选》共分为两部分。第一部分为先秦至唐的 128 首诗,第二部分是白居易诗113 首。除《170 首中国诗》中的 58 首乐府诗被选录其中外,韦利还增加了"乐府双璧"《孔雀东南飞》(*A Peacock Flew*)、《木兰诗》(*The Ballad of Mulan*)和长诗《陌上桑》(*The Song of Lo-fu*)的翻译,均由韦利首次译为英文。

韦利在初涉翻译时是直译观的奉行者。他在《170 首中国诗》1918 年版的序言中谈到他的目标是直译,而不是阐释,即意译。但在这里需要说明的是,韦利所说的直译并非一般意义上字对字的翻译,而是与韵律有关,即译诗的节奏和韵律要尽量和原诗类似。诗之为诗,与散文、小说的最大差别就是形式上的押韵。如果译诗不再具有韵律特点,那也就不能称其为诗了。因此韦利认为,一首译诗如果能在意义上与原诗对应,同时又能够创造与原诗相近的节奏感,那么这首诗就属直译。但是他自知中英文字的诸多差异,实际上无法完全按原诗的韵律翻译,只能在节奏上加以补充。他提出的补偿性策略就是使用与原诗相似的节奏:以一个重音代替一个汉字,同时在重音间插入非重读音节,以达到与原诗相似的听觉效果,即韦利多次谈到的"跳跃性节奏"。

韦利创造的"跳跃性节奏"源自英国古代诗歌的一种节奏形式——"突兀的韵律"(abrupt rhythm)。这种韵律强调重读音节的重要性,忽略轻读音节,音节的长短并不重要。音步也不再严格按照轻重音的排列来设置,一个重读音节即可算做一个音步,有时是一个重音与数目不等的轻音节合成一个音步。这一韵律形式深受中古英语头韵诗的影响。"突兀的韵律"为诗歌的节奏效果找到了另一条出路,运用此韵律形式,英诗创作不必再拘泥于格律诗古板的清规戒律,自然灵活,便于吟唱。莎士比亚、德莱顿等诗人都运用过此韵律形式,弥尔顿的《力士参孙》也是以这一形式写成。

在翻译中国诗的过程中韦利发现,中国古诗诗体形式固定,最常见的有三言、四言、五言和七言诗。翻译时若能将英语的重读音节和中诗的音节数对应,就可以在诗歌翻译的韵律上达到对等效果,进而产生和原诗类似的节奏感。借由"突兀的韵律",韦利创造了英译汉诗的"跳跃性节奏",即以一个重音代替一个汉字,同时在重音间插入非重读音节。相比传统的音节构成,"突兀的韵律"必须依靠一些标记或大声的朗读来突出诗歌的重读音节。但韦利并未在他的"跳跃性节奏"翻译方法中用额外的符号为他的译诗做标识,使得很多读者和评论家误认为韦利的译诗为散体。例如,吕叔湘认为韦利"用散体为之,原诗情趣,转易保存"(吕叔湘,1980:10)。但实际上韦利的译诗只是不押尾韵,他的译诗诗行仍然采用"跳跃性节奏"来再现原诗韵律。例如,这首《中国诗选》中的乐府诗《陌上桑》(*The Song of Lo-fu*)的翻译,原文如下:

> 日出东南隅,照我秦氏楼。秦氏有好女,自名为罗敷。罗敷喜蚕桑,采桑城南隅。青丝为笼系,桂枝为笼钩。头上倭堕髻,耳中明月珠。缃绮为下裙,紫绮为上襦。行者见罗敷,下担捋髭须。少年见罗敷,脱帽著帩头。耕者忘其犁,锄者忘其锄。来归相怨怒,但坐观罗敷。
>
> 使君从南来,五马立踟蹰。使君遣吏往,问是谁家姝?"秦氏有好女,自名为罗敷。""罗敷年几何?""二十尚不足,十五颇有余"。使君谢罗敷:"宁可共载不?"罗敷前致辞:"使君一何愚!使君自有妇,罗敷自有夫!"
>
> "东方千余骑,夫婿居上头。何用识夫婿?白马从骊驹,青丝系马尾,黄金络马头;腰中鹿卢剑,可值千万余。十五府小吏,二十朝大夫,三十侍中郎,四十专城居。为人洁白皙,鬑鬑颇有须。盈盈公府步,冉冉府中趋。坐中数千人,皆言夫婿殊。"(郭茂倩,1979:410)

长篇叙事诗《陌上桑》是汉乐府民歌名篇,一名《艳歌罗敷行》,见于《宋书·乐志》;又名《日出东南隅行》,见于南朝徐陵的《玉台新咏》。郭茂倩录此诗于《乐府诗集》之《相和歌辞·艳歌行》。全诗五十三句,均为五言,用韵较为自由。

全诗共分三解。解为乐府歌辞的段落。第一解从开始至"但坐观罗敷",主要叙述罗敷的美貌。第二解从"使君从南来"至"罗敷自有夫",写太守觊觎罗敷容姿,要跟她"共载"而归,遭到罗敷严辞拒绝。第三解从"东方千余骑"至结束,写罗敷在太守面前夸赞自己丈夫,用意在于彻底打消太守的邪念,并让他对自己轻佻的举止感到羞愧。(https://so.

gushiwen. org)

韦利的译文如下：

The sun has risen on the eastern brim of the world,

Shines into the high chambers of the house of Ch'in.

In the house of Ch'in is a lovely lady dwelling,

That calls herself the Lady Lo-fu.

This lady loves her silk-worms and mulberry-trees;

She's plucking leaves at the southern corner of the walls.

With blue thread are the loops of her basket made.

Her soft hair hangs in loose plaits;

The pearl at her ear shines like a dazzling moon.

Of yellow damask is made her skirt beneath;

Of purple damask is made her coat above.

The passer-by who looks on Lo-fu

Doff his luggage and twirls his beard and moustache.

The young men when they see Lo-fu

Doff their caps and tie their filets on their broes.

The laboring ploughman thinks no more of his plough,

The hind in the field thinks no more of his hoe.

When they come home there is temper on both sides:

"You sat all day looking at Lo-fu!"

The Lord Prefect drives his coach from the south;

His five horses suddenly slow their pace.

He's sent his officer: "Quickly bring me word

Of what house may this lovely lady be?"

In th house of Ch'in the fair lady dwells;

She calls herself the lady Lo-fu."

"Oh tell me, officer, tell me how old she may be!"

"A score of years she has not yet filled;

To fifteen she has added somewhat more."

The Lore Prefect sends to Lo-fu:

"Tell me, lady, will you ride by me or no?"

She stands before him, she gives him answer straight:

"My Lord Prefect has not ready wits.

Has he not guessed that just as he has a wife

So I too have my husband dear?

Yonder to eastward a band of horse is riding,

More than a thousand, and my love is at their head."

"By what sign shall I your husband know?"

"His white horse is followed by a black colt,

With the blue thread is tied the horse's tail;

With yellow gold is bridled that horse's head.

At his waist he wears a windlass-hilted sword

You could not buy for many pounds of gold.

At fifteen they made him the Prefect's clerk;

At twenty they made him a captain of the guard.

At thirty he sat at the Emperor's Council Board,

At forty they gave him a city for his very own—

A wholesome man, fair, white and fine;

Very hairy, with a beard that is thick and long.

Proudly and proudly he walks to his palace gate;

Stately, stately he strides through his palace hall.

In that great hall thousands of followers sit,

Yet none but names him the finest man of them all."

原诗具有汉乐府民歌的口语化特征,文字简洁,生动明快,不包含典故,用韵较自由。但声韵和谐,便于吟唱,这些特征都非常符合韦利的选诗旨趣。五言诗体也便于韦利使用他的"跳跃性节奏"翻译方法。例如,前四行重音节奏可标识如下:

The sún/has rísen/on the éastern/brím/of the wórld,

Shínes/into the hígh/chámbers/of the hóuse/of Ch'ín.

In the hóuse/of Ch'ín/is a lóvely/lády/dwélling,

That cálls/hersélf/the Lády/Ló/-fú.

他的译文各诗行的音节虽然不同,看上去也长短不一,但是基本上都具有与原诗汉字数相同的重读音组,即每行五个重读音节,一个重读音节对应原诗的一个汉字。各诗行间相似的内在节奏表现了原诗的五言结构。

再如韦利所译《古诗十九首》之十二首《驱车上东门》一重读音节对一汉字可回译为:

原文	韦 利 译 文	韦利译文回译
驱车上东门	I dríve my cháriot up to the Eástern Gáte.	我驾车上东门。
遥望郭北墓	From afár I sée the gráveyard nórth of the Wáll.	远我看墓北墙。
白杨何萧萧	The whíte áspens hów they múrmur, múrmur;	白杨何其喃喃，
松柏夹广路	Pínes and cypresses flánk the bróad páths.	松柏夹广路。
下有陈死人	Benéath líe mén who díed lóng agó;	下卧人死久；
杳杳即长暮	Bláck, bláck is the lóng níght that hólds them.	暗暗长夜留。
潜寐黄泉下	Déep dówn benéath the Yéllow Spríng,	深深下黄泉，
千载永不寤	Thóusands of yéars they líe without wáking.	千年卧不醒。
浩浩阴阳移	In ínfinite succéssion líght and dárkness shíft,	永续阳阴移，
年命如朝露	And yéars vánish like the mórning déw.	岁逝如朝露。
人生忽如寄	Mán's lífe is like a sójourning,	人生如旅，
寿无金石固	His longévity lácks the fírmness of stóne and métal.	寿无固石金。
万岁更相送	For éver it has been that móurners in their túrn were móurned,	久悼者转被悼。
贤圣莫能度	Sáint and Ságe——áll alíke are trápped.	贤圣皆被困。
服食求神仙	Séeking by fóod to obtáin immortálity	觅食获长生
多为药所误	Mány have been the dúpe of stránge drúgs.	多被骗怪药。
不如饮美酒	Bétter fár to drínk góod wíne	不如饮美酒
被服纨与素	And clóthe our bódies in róbes of sátin and sílk.	衣身袍缎丝。

　　此诗是把生死作为一个哲学课题来思考的游子吟，初见于萧统《文选》，为《古诗十九首》之第十二首。徐陵《玉台新咏》收入《古诗八首》中。谢维新《古今合璧事类备要》引作"古乐府"。郭茂倩《乐府诗集》收入《杂曲歌辞》，题作"《驱车上东门行》"。关于《古诗十九首》的时代背景有多种说法，如宇文所安认为中国早期诗歌是一个复制系统，找不到古诗早于东汉末建安时期的确凿证据，但通常认为其作者是东汉末年的下层文士。《古诗十九首》是否属乐府诗学界一直存在争论。朱乾的《乐府正义》曾说"古诗十九首，古乐府也"。严羽、胡应麟等人"疑十九首率皆乐府之辞"。郭茂倩的《乐府诗集》选录其中三首，分别为《驱车上东门》《冉冉孤生竹》和《客从远方来》。余冠英《乐府诗选》中录有四首，分别为《驱车上东门行》《冉冉孤生竹》《青青陵上柏》和《迢迢牵牛星》。他的选录依据为"唐宋文人引用时明明称为'古乐府'"（余冠英，1953：11）。本书仍以郭茂倩《乐府诗集》为本，认为其中三首属乐府诗。

　　《古诗十九首》在中国诗歌发展史上占据着重要的地位。它将五言抒情古诗发展成为一个独立的体系，为五言诗的发展奠定了牢固的基础。它的语言浅近自然、精炼准确，没有艰涩难懂的典故，不用生僻冷门的词语，用最明白浅显的修辞道出真情至理。此外，《古诗十九首》还较多使用叠字来描写景物、刻画形象或叙述情境,增加了诗歌的节奏和韵律之美。《古诗十九首》的上述特点吸引了国外很多译者,翟理斯、王红公(Kenneth Rexroth,1905—1982)、华兹生、宇文所安等译者均翻译过《古诗十九首》。韦利在《170首中国诗》和《中国诗选》中均选译了其中的十七首。未译另外两首的原因在他与翟理斯的争论中曾提及,是因为他认为这两首诗(《冉冉孤生竹》和《客从远方来》)不重要。

原诗共十八行,韦利译诗为等行翻译。基本为每行五个重读音节,由回译可见,韦利译文诗行中的每个重读音节都与原诗的一个汉字对应。

在英语语篇中,一般实词重读。因此韦利所指重音应为实词当中的重读音节。如单词"longevity"有四个音节,但重读的仅是第二个音节/dʒe/。它和前面一个、后面两个非重读音节/lɔn/、/vi/和/ti/一起组成跳跃性节奏当中的一组重读音节。再看《驱车上东门》最后两句每组重读音节与原诗汉字的对应情况:

Bétter fár to drínk góod wíne
不　　如　　饮　美　酒
And clóthe our bódies in róbes of sátin and sílk.
衣　　　身　　袍　　缎　　丝。

译诗中的一个重读音节代替原诗中的一个汉字,同时在重音间插入了非重读音节如/ənd/、/finət/、/sək/、/ʃn/、/ðə/等,达到了节奏韵律上的一一对应。韦利认为,使用跳跃性节奏的一个优势在于译者不必用一些不必要的废话去拼凑音节,以形成所谓的"格"与"音步",从而损害原诗语义。在翻译汉语古诗时过度追求"某某格"或若干"音步"而增加原诗没有的词汇也是译者在翻译中国古诗时容易陷入的怪圈。另一个优势是跳跃性节奏法翻译的译文已经具有了和原诗类似的内在节奏韵律,因此译者不必再强求韵脚押韵。的确,过分追求韵脚押韵必然会损害译文语言的活力,也会影响译文内容的文学性。而且乐府诗用韵较自由,基本不压尾韵,尤其适合跳跃性节奏翻译方法。

第四节　韦利英译《孔雀东南飞》的异化倾向与"再创造"

《孔雀东南飞》作为中国古代文学史上最早的一首长篇叙事诗,历来被众多学者所关注。20世纪90年代以来,学术界对它的解读跳出了模式化,渐趋多元化并逐渐深入,运用语言学、美学、心理学等学科的理论,在女性主义、精神分析、宗教、礼俗、服饰文化等诸多研究视角下提出了新的观点。

相较《孔雀东南飞》底本研究数量上不断增加、论述更为详备的趋势,它的译本研究却并未如期涌现,搜索中国知网可知以《孔雀东南飞》英译为主题的研究论文仅有3篇。但事实上,《孔雀东南飞》的英译由来已久,到目前为止已知的已有国内 5 种和国外 3 种共 8 个版本。韦利译本是已知的世界最早译本。韦利兼具汉学家与翻译家的身份,他的译本、翻译理念和翻译策略以及翻译方法的选择对西方译者有着很大的启迪作用,其他《孔雀东南飞》的译者也表现出与韦利大致相似的审美倾向。国外译者倾向散体翻译《孔雀东南飞》,多采用异化策略,但因其译者主体的局限性造成译文中存在多种误解误译。

国外《孔雀东南飞》的英译起步比国内要早,可见于韦利的 *Chinese Poems*(《中国诗选》,1946)、华兹生的 *The Columbia Book of Chinese Poetry*(《哥伦比亚中国诗集》,1984)和比雷尔的 *Chinese Love Poetry—New Songs from a Jade Terrace*(《玉台新咏》,1995)。

以上三位译者均为国外知名汉学家,他们对中华典籍的整理和译介在中国近代史上对"东学西传"起了重要作用。揭开历史的百年面纱,今天的我们仍能触摸到这些学者们对中华古文化的敬畏与热爱。例如,韦利对中国诗歌的翻译和研究贯穿了他的一生,除了"词"以外,他尝试过中国诗歌的各种表现形式,翻译了从先秦到清代我国文学史上的诸多经典之作。而华兹生在他《哥伦比亚中国诗集》的每章之首都会以几百字的篇幅介绍诗歌产生的时代背景和源流,译诗的题目之下还往往会有对诗歌体例、作者、内容的附加说明以及文本外注释。比雷尔英译中国古诗的特征是注释极为详尽,几乎占全书篇幅一半,可称之为"学者之译"(J. H. Prynne 语)。韦利等人的汉诗翻译让 20 世纪的西方人重新认识了中国,读到了世界另一端古老的东方文明。

一、国外《孔雀东南飞》英译版本及其特点

国外译者英译中国古诗文本主要有三个特点。

第一个特点是散体译诗。也许宇文所安之言能较好地阐释英美学者们采用散体译中国古诗的原因,他说:"中国古典诗歌的翻译不必强求押韵,因为现代英国诗,并不追求押韵,相反差不多所有押韵的现代诗都是反讽的(ironical)。我知道很多中国人把中国古诗翻成押韵的现代英语,可是这种翻译在美国很少有人愿意读。"(Owen,2006:66)这反映了大多数海外学者考虑到读者的接受而对中国古典诗歌英译采用散体而非韵体的原因。海外学者散体译中国古诗是近年来国内学者们较关注的译学问题之一,对此持否定态度的人则认为"借助非韵体译法只能汲汲乎有所缺损的瓷瓶,借助韵体译法就有可能把完整的艺术品奉献于世"(卓振英 2002:36)。对同样是古诗经典的《孔雀东南飞》而言,因为它属非格律诗,在押韵、平仄、字数上没有严格的规定,不押韵的译诗在音韵上也就于"忠实"与否无碍了。

其二是尽量采用异化方法。在认同汉英两种语言和文化之间的差异并选择保存这种差异的基础上,国外译者多采用直译或直译加注释等翻译技巧,译文呈现出更多不同于译入语文化的异质因素。在翻译"结发同枕席,黄泉共为友"两句诗时,华兹生采用的是异化策略中的直译加注释法,译诗为:"From the time we <u>bound our hair</u>, we've shared pillow and mat，and we'll go together to the Yellow Springs．Annotation One：Men bound up their hair at 20，women at 15，as a sign they had reached maturity．Annotation Two：The land of the dead．"（Watson，1984：82）因为"结发"和"黄泉"这两个典故无法让读者从字面了解其含义，所以译文采用了直译加注释的翻译方法。注释给出了能够让读者理解的必要内容，而且用词准确，语句简洁，堪称注释译诗的范例。

第三个特点是译文对原诗随处可见的误译、"吞噬"与"再创造"。华兹生对"初七及下九，嬉戏莫相忘"的译文和注释如下："When the seventh and the twenty-ninth come round，/remember the games and good times we had together．"（Watson，1984：85）注释为："Annotation：On the 7th and 29th days of the month，women were allowed to rest from their work．Some commentators take the 7th to refer to the festival of the Herdboy and the Weaving Maiden held on the night of the 7th day of the 7th month，when girls prayed for skill in weaving and needlework．"从篇幅上能够看出译者是在本着认真的态度解释"初七"和"下九"两个典故，但因其冗长不免有喧宾夺主之嫌。注释中出现的错误进一步影响了注释的准确性。七月初七是七夕，古时妇女在这天晚上供祭织女，乞巧。每月的十九是"下九"，妇女们停止劳作集聚在一起游戏玩耍，叫"阳会"，而不是"the 29th days"，这明显是因为考证不足。韦利译诗中有意无意的大量漏译、创译等也频遭后世诟病。这类译文带有很大的随意性，彻底违背了翻译的"忠实对等"原则，最终会导致译诗的面目全非。海外译本的这一通病固然出于译者的缺乏自我克制，但很大程度上还是由于对中国古典文学的理解不够深入。"西方译者因文化背景不同，每得中国诗文译之，或未竟辄解，或随解辄译，或对原著之文化蕴含未作深究，或对原著者用词造语，拘而未化，凡西方译者，大率都有此病"（奚永吉 2000：175）。

二、韦利英译的《孔雀东南飞》及其异化倾向

对影响了宇文所安等后世汉学家的韦利而言，他独特的成功之路与惊人的译作数量足以使他享有各种盛誉。韦利著作等身，据他的学生莫里斯统计，"从 1916 年到 1964 年写了 40 部著作、80 篇文章、大约 100 篇书评，仅仅著作加起来就有 9 000 多页"（Morris 1970：76）。

韦利是剑桥大学培养起来的经院式汉学家，被誉为从未到过中国的"中国通"。阴差阳错间，他对中国古诗着了迷，也从此成就了他的事业。1918 年他的《170 首中国诗》由英国伦敦的艾伦与昂温出版有限公司出版，次年美国纽约的阿尔弗莱德·诺普公司（Alfred A. Knopf）也购买到了该书的版权，此后由两家出版社一版再版，到"1946 年已是第二十一次印刷"（李冰梅 2009：28）。稳步增长的销量充分显示出当时它在英语读者中的广泛接受情况。但是在奠定了韦利中国诗歌翻译权威地位的《170 首中国诗》中我们并未发现《孔雀东南飞》的身影，直至 1946 年韦利《中国诗选》在伦敦的出版。《中国诗选》共 213 页，

收入 241 首诗歌的译文,其中包括了《孔雀东南飞》。这也是世界范围内的第一个《孔雀东南飞》英译版本。

韦利兼具汉学家与翻译家的身份,他的译本、翻译理念和翻译策略以及翻译方法的选择对西方译者有着很大的启迪作用,其他《孔雀东南飞》的译者也表现出与韦利大致相似的审美倾向。而这种相似性正是我们以韦利为代表研究国外译者翻译《孔雀东南飞》的过程、策略、效果及影响的基础。

韦利译《孔雀东南飞》的其中一个特征是在翻译策略的选择上能异化时尽量异化。异化策略能最大限度地保留原文的"异域情调"之美,同时丰富译入语的语言和文化,因此一直是中外译者所青睐的翻译策略。在翻译策略上,异化与归化可以看做是把翻译从语言层面提高到文化层面的重新审视。"采用异化翻译意味着译者不仅可以不受目标语言和文本习惯的限制,而且可以在适当的时候,采用不流畅、不透明的言语风格,刻意保留出发语言的文化色彩,从而给译文读者以别样的阅读体验"(王东风 2002:26)。异化策略的种种优越性也让韦利难以抵挡其中之诱惑。对此,我们选取韦利《孔雀东南飞》中的译文加以分析。

① 十五弹箜篌,十六诵诗书。
At fifteen I could play the small lute,
At sixteen I knew the Songs and Book.

这是《孔雀东南飞》的第 5、6 句。原诗中的"诗"与"书"指的是《诗经》与《书经》,原本就叫"诗"与"书",正式使用《诗经》《书经》的名称应该始于南宋初年。韦利在 1937 年曾经出版过英译《诗经》,名为 *The Book of Songs*,与 1946 年《孔雀东南飞》中本句的 Songs 相呼应。而中国古代的"诗"与"歌"本属一脉,吟诗中的"吟"即为"唱"。这句诗暗示刘兰芝很有教养,也为后文做好铺垫。韦利采用异化策略中的直译方法翻译"诗"与"书",把解读权留给了读者,同时又对等传达了原诗的未尽之意,较忠实地保留了源语的文化特征。相比韦利的翻译,归化之下的另一种译文"knew how to read and write"(汪榕培 2008:52)实属灵活的"达意"。

但若异化下的译文含有的源语文化信息过多、读者心理反应的差异过大时,一味地直译则容易造成译文的晦涩难懂或引起歧义,从而损害译文的可读性和翻译的意义。这时韦利会对其翻译策略适当调适,辅以归化策略中的增益法,如下面的例子:

② 结发同枕席,黄泉共为友。
Our hair was plaited, we shared pillow and mat,
Swore friendship until the Yellow Springs of Death.

　　"结发"古时指成年,也有"成婚"之意。中国自古以来就把首次结婚的男女称为"结发夫妻",结婚时要举行束发合髻仪式。彼时男左女右并坐在一起,拆散各自头发,共洗一盆水,再将两缕长发相互绾结缠绕起来,以誓结发同心、永不分离。"黄泉"在中国文化中指人死后所居住的地方。本句诗的意思是指"结发夫妻生时同床共枕,死后愿能在地下相依相伴"。这是焦仲卿在母亲面前表述自己对兰芝的感情,希望母亲改变对兰芝的偏见时所说的话。原诗采用直陈法直抒胸臆,但又不是一览无余。如"黄泉""结发""为友"都是委婉的语气,分别指代"死后""成婚"和"合葬",这也是原诗值得继承的风格特征。韦利的译文选择直译,在"Yellow Springs"之后加了定语"of Death",属异化策略中的逐字对译辅以归化策略的增益法,这样的翻译对原文而言传达了足够的文化信息,对于西方读者来说也不会产生阅读理解上的负荷,当属佳译。对具有浓厚的民族文化色彩的汉语表达,使用增益法能弥补译语读者的背景知识缺陷,使理解成为可能。增益法总体上属于归化翻译策略,但其操作过程却是一种隐性的异化翻译策略,是在直译基础上通过补充向目的语读者靠拢的一种翻译方法。

　　但在这里需要指出的是韦利对"共为友"的理解存在着偏差。"共为友"实为"合葬",韦利仍仅仅根据表义释译为"friendship",这样机械的转化难免会造成语义传达上的错误。因此,当在表层结构上无论如何也无法传达出汉诗中的深层语意的时候,异化策略中的直译加注释法就作为一种补偿性的手段出现在了许多译作中,这也是韦利等西方译者在翻译汉诗中的文化负载词汇时常用的一种技巧。例如,韦利对下面这句诗的翻译:

③ 三日断五匹,大人故嫌迟。
In three days I would finish five bits,
And yet the Great One chid me for being slow.
Annotation：The mother-in-law.

　　"大人"在古汉语中词义的外延很广,搜索《辞海》可知达十二种。可分别指代在高位者、德行高尚者、年长者等。本句诗中的"大人"是晚辈对父母叔伯等长辈的敬称,在这里指焦仲卿的母亲。它所承载的文化信息是在古汉语的特殊语境中所独有的,在现代汉语中它的词义已基本缩小固定为成年人。因此它在现代汉语体系内已属文化负载词汇,在英语中也没有同样词语与之相对应。而学习汉语中的文化负载词汇正是了解中国文化不可或缺的途径。韦利译文中大写的处理方式首先暗示了这个词汇的独一无二性,随后的注释又能够让读者理解必要的内容,而且用词准确,语句简洁,堪称注释译诗的范例。直译加注释法能介绍足够的背景知识,加深读者对原文的理解,也是一种行之有效而不易引起歧义的翻译方法。

三、韦利翻译中"再创造"的实质

韦利在长期的翻译实践中形成了自己独特的翻译理念。他认为,"传统英语诗歌(尤其是格律诗)在普通读者看来很'特别'、很'艰涩'",他要"通过汉诗英译在普通读者与诗歌之间建立起一种互相接受的关系"(Waley 1962:135—136)。因此,他采用散体翻译的中国古诗平实、具体而形象。同时,由于东西方人在思维方式、生活习惯、地理环境、意识形态等方面的差异,多数西方译者只能依据自身的文学修养和文化知识来想象和理解中国古诗中的文化与智慧,因此在西方思维的想象与中国文化的现实之间存留着一段空白。既是读者又是译者的韦利就在这个存在文化空缺的空间里发挥着自己的想象力和创造力,将自己认识的中国古诗介绍给西方读者。因此,韦利的翻译中存在着这样那样的"再创造",这也是韦利英译《孔雀东南飞》的第二个特征。但《孔雀东南飞》翻译中表现出的"创造性"很大程度上是种无意识的"创造",是因理解错误而造成的文化偏离,例如,

④ 着我绣袷裙,事事四五通。
She puts about her a broidered, lined gown,
Takes what she needs, four or five things.

此句描写兰芝在离开焦家时着意打扮,每穿戴一件衣饰,都要更换好几遍。"通"意指"遍、次",四五通即"好几次"。她要把自己最美好的形象展现给仲卿,让他记住自己。中国本土译者倾向把后一句译为,"And did each thing again and again"(李正栓 2013:137)。准确传译的同时暗示了兰芝的依依不舍之情。而让一个身体和思想植根于西方土地和文化中的读者和译者理解这种情感是很困难的。对他们来说,"既然兰芝已决意离开,自然要带走属于自己的东西"。所以有了上面韦利的译文:"Takes what she needs, four or five things"(带走她需要的四、五样东西)——译者错误的"再创造"却更易被读者理解的译文。

如果说韦利译文中的此类"再创造"是囿于东西方意识形态的差异,可以姑且称之为译者的个人风格的话,那么下面这种由于对古汉语中典故的缺乏深入考量造成的"再创造"就让人无法坦然接受了:

⑤ 初七及下九,嬉戏莫相忘
Those seventh-days and last days but one,
Do not forget what nice romps we had!

本句是兰芝叮嘱小姑的话:"农历七月七日和每月的十九日,在玩耍的时候不要忘记

我."对"初七"的翻译韦利的处理尚属中规中矩,但是用"last days but one"(倒数第二天)来翻译"下九"实属韦利的望文生义,是缺乏考证的妄自揣测,这正是翻译工作者的大忌。的确,翻译总会失去一些东西,无论采用哪种方法都会留下某种遗憾。但以牺牲准确性来"创造"的译文也就失去了翻译的意义。韦利翻译中的此类"创造"还有下面的例子:

⑥ 举言谓新妇,哽咽不能语。

He lifted up his voice to speak with his young bride,
But his breath caught and the words would not come.

　　此句描写仲卿面对母亲的震怒,唯有默默忍受。他一方面不敢违抗母命,一方面又不忍休遣爱妻,内心极度矛盾和痛苦,张嘴想对妻子说话,却抽抽咽咽话不成句。"举"字在诗中是"提出,举出"之意,如"举一隅不以三隅反"中的"举"也为此意。"举言"意为发言,开口说话。韦利的翻译僵守在了逐字对译中,用"提高嗓门"(lifted up his voice)来翻译的"举言"不可避免地破坏了原诗的艺术特色,属望文生义的错误传译,难免会造成源语在向目的语过渡过程中的文化缺省。

　　此外,韦利的《孔雀东南飞》未译诗前小序。"诗序"多用来交代所咏故事的有关内容或作诗的缘起,承担着帮助读者更好地理解内容的任务。白居易的《琵琶行》、姜夔的《扬州慢》等,前面都有一段序。《孔雀东南飞》的这段小序不但告诉了我们故事的梗概,发生的年代、地点,主角的姓名、身份,并且也记录了这首诗的来源,说明是仲卿夫妇死后,当时的人为了哀悼他们所作。历来文人都依据这个说法,肯定《孔雀东南飞》是一曲基于事实而形于吟咏的悲歌,流行于建安时代。因此这段小序对全诗来说非常重要。译者的漏译无外两种原因,一是因疏忽,考证不足因而所参考原诗即漏掉了诗序;二是随心所欲地砍掉了译者认为不重要或难译的部分。无论哪种原因的漏译都会令翻译质量大打折扣。

　　韦利是英国20世纪最伟大的汉学家之一,他对中国古典文学的翻译得到了国内外众多学者和读者的极高评价。他翻译的中国古诗也是得到了西方读者高度认可的版本,扩大了中国文化在西方世界的传播与影响。对这样一位重量级的汉学家和翻译家进行深入研究对中华文化典籍外译具有一定的启示意义。韦利翻译中带有明显的异化倾向与个人创作痕迹,这一点从韦利的英译《孔雀东南飞》中可见一斑。在翻译过程中,韦利采用了直译以及直译加注释等技巧来传达《孔雀东南飞》中独特而丰富的文化内涵,其中不乏历经了时间检验的妙笔佳译。韦利的"创意英译"即"再创造"也是近年来韦利研究中较受关注的内容之一。的确,译者在翻译中的再创造存在着一定的合理性、必然性和独特性。因为翻译的性质决定它给予了译者足够的阐释空间,作品会不可避免地融入译者的审美倾向从而造成对原文的掠夺或过度补偿。但"创造"不是"伪造",导致译文偏离原文的"创造"也就失去了翻译的价值,因为翻译始终要把客观事实放在首位,努力寻求真实。这也是翻译工作者所应持有的唯一态度,毕竟,翻译是翻"意"和翻"艺"的高度结合。韦利治学过程中也注重资料的搜集与版本的考证,但仅仅靠自学中文的韦利很难与国学功底深厚的国内典籍英译者相比。因此,只要涉及典籍学术典故,韦利就难免惨遭修正。这也是以韦利为代表的海外中国典籍英译者共处的尴尬境地。与之相比,国内译者在这方面显然占据着得天独厚的优势。

第六章

弗莱彻的《英译唐诗选》《英译唐诗选续集》与乐府诗译介

第一节 弗莱彻简介

弗莱彻(William John Bainbridge Fletcher，1879—1933)出生于英国，20 世纪初来华，任英国驻华领事馆翻译。清光绪三十四年(1908 年)起，任上海、广州、福州、海口等地副领事、领事。在与中国文化界人士的交往过程中，弗莱彻了解了中国古典诗歌，并对之产生了浓厚兴趣。著名诗人、翻译家苏曼殊(1884—1918)曾邀请时任英国驻上海领事的弗莱彻为他的《拜轮诗选》撰写序言。在序言中弗莱彻提出诗歌翻译对于启迪读者、激发思想和促进东西方思想文化的交汇融合很有必要。朱徽认为，"弗莱彻继承理雅各和翟理斯以格律体翻译汉诗的传统，是英美格律体译诗的代表性翻译家之一。其译作不仅在当时产生了很大影响，在今天，仍然具有欣赏和研究价值"(朱徽，2009：71)。与翟理斯、韦利等职业汉学家涉猎多种中国文学样式不同，弗莱彻的翻译集中在唐诗。已发现的也只有两部译著《英译唐诗选》(*Gems of Chinese Poetry*，1918)和《英译唐诗选续集》(*More Gems of Chinese Poetry*，1919)，它们是最早的断代唐诗英译专集，是英语世界唐诗译介"从起步阶段走向纵深发展阶段的里程碑"(江岚，2009：138)。退休后，弗莱彻并未像其他外交官一样返回英国，而是留在广州，在中山大学教授英语，1933 年在广州去世。

第二节 《英译唐诗选》的内容

《英译唐诗选》的封面为并置的汉英语书名"英译唐诗选"和"Gems of Chinese Verse"，其下为一行字号略小的"Translated into English Verse"。因此，虽偶见其他译名,如《汉诗精华》(朱徽,2009：72),我们仍以《英译唐诗选》为名进行讨论。序言为耶鲁大学英国文学博士、翻译家哈格洛夫(H. L. Hargrove)所作。哈格洛夫对本书给出了极高的评价,认为弗莱彻为汉诗翻译所做的贡献可与济慈(John Keats,1795—1821)和查普曼(George Chapman,1559—1634)翻译荷马(Homer)的重要性相提并论；即便是因为不懂汉学因而无法判断译文的准确性,仍能看出这些译文是"真正的诗"(true poetry)。此序言为 1918 年所作,可见弗莱彻开始翻译这些唐诗的时间要远早于此书的出版时间。此外还有作者自撰的前言。在前言中,作者首先把译诗与绘画做比,"画花不易。因为颜色易寻,香气难觅。翻译也是这样"(Fletcher,1918：Introduction),表明译诗不可能达到与原文的完全对等(never eaqual the original)。因此,他通常会模仿原诗的形式,即保留原诗格律(keeping their meter)。可见,弗莱彻认为韵体译诗是靠近押韵的中国古典诗歌的最佳方式。

在浩如烟海的中国文化典籍中,弗莱彻独选了其中的唐诗进行翻译,其原因在他的千字前言中曾被着重提及。他认为唐诗的主题正是中国人的理想境界——和谐(peace)："战争主题的诗是为了表达对战争的厌恶,没有对毁灭的狂热,没有对财富的极度渴望,也没有社会等级的差别,只有对人类生活的自然描绘。因此,如果读者能够把自己想象成为中国古代的一位诗人,或静静地顺着长江泛舟而下,或于空寂古寺中看月上枝头,如同曼弗雷德(Manfred)在追寻彩虹女神(the Iris of the Waterfall),那么他终将发现唐诗的价值——和谐。"(Fletcher,1918：Introduction)

全书正文以作者 1917 年作于福州的一首小诗"致李白与杜甫"(To Li Po and Tu Fu)开篇,共分三部分。分别为李白诗 36 首、杜甫诗 45 首和其他诗人诗作 100 首,共 56 位唐代诗人的 181 首作品,内容十分丰富。每首诗皆有原题、作者、原文与译文,非常便于检索,这在当时是非常难得的。很多诗后还附有注释,对诗中涉及的地名、人名、典故有详尽的介绍,一首诗的注释竟会长达一页。在译诗最后,弗莱彻有时还会加上思想内容相近的英文诗歌或戏剧中的语句,以资比较。

《英译唐诗选》最早由上海的商务印书馆出版,受到读者和评论界的一致好评。此后多次再版重印,传播甚广。2017 年,英国伦敦的 Forgotten Books 出版社再次出版发行了本书,为已知的最新版本。

1919 年,上海的商务印书馆出版了《英译唐诗选续集》。此书与前书体例完全相同。封面为汉英双语,正文也以一首"致李白与杜甫"的四行小诗开篇,并有一首"致大唐"(To Tatung)的诗体献辞。目录与正文也和前书一样为英汉对照、原题、原文、作者、译文与注释齐全,便于查考。全书共选译 30 位诗人的 105 首诗,均为经典之作。

第三节　《英译唐诗选》与《英译唐诗选续集》中的乐府诗

唐代是中国古典诗歌发展最为光辉灿烂的时期。其间,乐府诗的创作也进入了一个繁荣阶段,涌现出了许多拟乐府旧题的仿乐府或新题乐府。创作乐府较多的诗人如李白、孟郊、元稹、白居易、刘禹锡等在自编或后人所编诗集中,都把乐府诗单列成卷。如李白诗全集《李太白集》中,前四卷均制名为"乐府"。《全唐诗》第 585 卷有《唐乐府》十章。郭茂倩的乐府诗集所收唐代诗人乐府诗数量最多,计有二百九十多人的三千一百多首,占全书的二分之一强。至于选诗标准,在《乐府诗集》1979 年版的"出版说明"中,郭茂倩表明:"新乐府辞是唐代新歌,辞拟乐府而未配乐,或寓意古题,刺美人事,或即事名篇,无复依傍。"在《乐府诗集》卷九十至一百《新乐府辞》小序中他明确说:"新乐府者,皆唐世新歌也。"从郭茂倩在新题乐府的判定上可见其持谨慎态度。《乐府诗集》所录唐代乐府诗大致有两个比较明显的特点:一是与旧题乐府诗有一定关系;二是唐人明确标为"乐府"字样。

综上所论,考虑到今人对唐新乐府与其他唐人古诗区分界限较为模糊,而本书需要对新题乐府与其他唐人古诗进行区分的事实,更兼郭茂倩所编《乐府诗集》历来被看作是收集乐府诗的详备之作,本书只把郭茂倩《乐府诗集》中所列唐新乐府辞纳入研究范围,对其他一些颇具乐府特征但是否为乐府仍有争议的唐人作品排除在外。这样处理大体上符合学术传统。

《英译唐诗选》中选译有唐诗 181 首,其中 11 人所作乐府诗 24 首。计有李白十一首:《宫中行乐》(*Delights of the Palace*)、《塞下曲其一》(*On the Frontier 1*)、《塞下曲其二》(*On the Frontier 2*)、《子夜吴歌》(*Absence*)、《乌夜啼》(*The Crows That Caw by Night*)、《将进酒》(*The Feast of Life*)、《乌栖曲》(*Hsi Shih's Wedding*)、《静夜思》(*The Moon Shines Everywhere*)、《渌水曲》(*The Boating Party*)、《玉阶怨》(*The Steps of Disappointment*)、《清平调》(*Lost*);杜甫三首:《后出塞》(*The Reinforcements*)、《兵车行》(*The Chariots Go Forth to War*)、《哀江头》(*The River's Brim*);王维一首:《观猎》(*The Hunt*);沈佺期一首:《巫山》(*The Gorges of the Yangtze*);温庭筠一首:《杨柳枝》(*Sprigs of Willow*);张籍一首:《节妇吟》(*The Retort Courteous*);张若虚一首:《春江花月夜》(*Moon Thoughts*);张仲素一首:《汉苑行》(*The Spring*);王昌龄两首:《长信秋词》(*Beauty in Disgrace*)和《从军行》(*Longing*);李益一首:《宫怨》(*Yang Kuei-fei in Disgrace*);李端一首:《拜新月》(*Desire*)。

在《英译唐诗选》出版的次年,1919 年上海商务印书馆又出版了弗莱彻的《英译唐诗选续集》。选译唐诗共计 105 首,其中乐府诗 9 首,计有李白六首:《长干行》(*That Parting at Ch'ang Kan*)、《关山月》(*The Moon over the Pass*)、《蜀道难》(*Hard Are the Ways of Azechuen*)、《长相思其一》(*The Man*)、《长相思其二》(*The Woman*)、《行路难》(*Hard Is the Way*);孟郊一首:《游子吟》(*The Song of the Wandering Son*);沈佺期一首:《杂诗》(*The Moon of the Harem*);杜秋娘一首:《金缕衣》(*Riches*)。它保持了前书体例,与前书选诗完全不重复,内容十分丰富。

第四节　弗莱彻的翻译方法

早在 20 世纪 40 年代,已有关于弗莱彻的译诗评介。吕叔湘在《中诗英译比录》前言中谈到弗莱彻以诗体译诗,但"以诗体译诗之弊,约有三端。一曰趁韵;二曰颠倒词语以求协律;三曰增删及更易原诗意义"(吕叔湘,1980:9),并以此指出了弗莱彻译诗中的两处错误。黄福海认为,弗莱彻是"唐诗英译家中格律派的主要代表"(黄福海,2011:1—7)。朱徽认为"弗莱彻继承了由理雅各和翟理斯开创的格律体翻译中国诗的传统,力求译诗符合传送英诗的格律,力求押韵,且忠于原诗的意旨"(朱徽,2009:72)。江岚则认为,"关于'押韵'和'忠实于原文',弗莱彻原则上和翟理斯的观点一致"(江岚,2009:142)。可见,当代学界认为弗莱彻的翻译风格基本上是韵体直译。弗莱彻本人也曾在《英译唐诗选》的前言中谈到在译诗中他通常通过保留原诗的形式即格律(meter)来靠近原诗。但是,如何保留中国古诗的形式一直是一个非常重要也相当棘手的问题。下面通过一首译诗来看弗莱彻的翻译方法:

原文	弗 莱 彻 译 文	弗莱彻译文回译
渌水曲	The Boating Party	泛舟相聚
渌水明秋月	The River clear—the Autumn Moon so bright—	河清秋月明
南湖採白蘋	We pluck the South Lake's bridal flowers white.	我们采南湖白色婚礼花。
荷花娇欲语	The maiden water lilies seem to speak:	纯洁的荷花好像要说话:
愁殺荡舟人	And tinge with shame each boat borne wanton's cheek.	乘船荡妇面带羞惭。

《渌水曲》是李白诗中流传最广的佳作之一。此诗描写的是一幅迷人的胜似春光的秋景。首句写景,诗人先写所见之水碧绿澄彻,映衬得秋月更明。次句叙事,言女子泛舟南湖采撷白蘋。三、四两句构思别致精巧,"荷花"不仅"娇美"而且"欲言又止",十分美丽动人。荡舟采蘋的姑娘不由感慨秀色难及,哀婉惆怅起来。整首诗清丽柔美,极富江南情韵。

原诗为四行诗,译文为等行翻译。原诗押"仄仄平平仄/平平仄平平/平平平仄仄/平平仄平平"韵,并非严格格律诗体。押韵也不符合律诗规则,第二、四句押相同的尾韵/n/,其余两句不押尾韵。译诗为英语格律诗体,押"aabb"韵式,行末韵分别为/t/和/k/,非常齐整。各行均为十音节、抑扬格五音步,读来十分严谨典雅,可以作为传统格律体英译汉诗的范例。

与原诗韵律相比,弗莱彻用韵较为自由。虽然他谈到要尽量靠近原诗韵律,但在他的译文中已难觅原诗韵律的身影,取而代之的均是英诗格律,多为随韵(aabb)或交韵(abab)韵式。在诗歌格式上,原文为五言诗,译诗第二行重音数为六个,第四行重音数为七个,不似原诗简洁明快,但却是标准的抑扬格五音步英诗格式。可见,相对于保留原诗的韵律格式而言,弗莱彻更注重的是保持译诗的英诗格律格式。

与翟理斯、韦利一样,弗莱彻译诗也以直译为主。但他习惯于意译诗题,这一点在本章第二节中有明显表现。如本诗标题中的"渌水曲"属琴曲歌辞,郭茂倩的《乐府诗集》中录有四首。最初为南朝江总所作，李白袭用其题，以写所见，实则为《采莲》《采菱》之遗意。译诗诗题为意译，但"party"一词破坏了全诗的含蓄、静谧、悠远意境，也暗示了弗莱彻对全诗诗意的曲解。

弗莱彻的译文还原了原诗中的几个主要意象，如"清水""秋月""荷花"。第一行的"water clear"和"Moon bright"用词简洁明快，设定了全诗静谧空旷的环境。"so"字在"Moon"与"bright"间显得极为多余，应是译者为了凑韵所致。第二行译者采用了英译中诗的惯常做法，即补出了原诗没有的主语。但英译中诗的谬误也往往由此而起。原诗主人公应为一人，但"we"字表明他认为湖中采蘋人并非一两个，这从诗题的"party"一词也可见端倪，与原诗孤寂悠远的意境相去甚远。在词汇的翻译上，弗莱彻也有诠解讹误之处。如对于"蘋"字，弗莱彻在诗后注释为"for merly used in bridal rites"（Fletcher，1918：25），意为"仅用于婚礼仪式"。姑且不论古代中国人绝不会用白色的花来装饰婚礼，白蘋也绝非极少见之物，在中国各地均有分布，因此经常入诗。委实不该误解误译。"蘋"是一种多年生浅水草本植物，根茎在泥中，叶子浮在水面之上，能入药，初生可食，也可以作猪饲料。诗中的主人公在月下采蘋，正是为生计之故。弗莱彻却理解为一群人在月夜的湖上玩耍嬉戏，那么最后一句中"荡妇"的产生在他看来就顺理成章了。"荡舟人"为一动宾结构的短语，意为"驾船之人"。弗莱彻译"荡"为名词"wanton"（荡妇），"荷花娇欲语，愁杀荡舟人"的语义就变成了"纯洁的荷花令放荡的泛舟人面带羞惭"。自此，译文语义与原诗渐行渐远，终至不复本来面目。

长期以来，学界似乎并没有针对弗莱彻的专门研究，各类资料中对他的生平经历介绍多是寥寥数语。我们很难从点点蛛丝马迹中窥见他于翻译中的成长轨迹。但定论已于不知不觉中形成："弗莱彻为韵体译诗的重要代表""弗莱彻崇尚直译"。也许是受翟理斯、韦利的影响，也许只是他本人所持翻译价值观，因其自述类文献历历可数，根源已不可溯。但翻译案例批评中弗莱彻身影频现。在国内，七十余年前吕叔湘即重视弗莱彻的翻译，在《中诗英译比录》中所举译文达十五例。2009 年，江岚的《唐诗西传史论》以一章篇幅介绍了弗莱彻的唐诗英译。同年出版的朱徽的《中国诗歌在英语世界》也为弗莱彻单辟一章，小标题即为"弗莱彻：继承格律体译诗传统"。有感于弗莱彻鲜为人知的学术轨迹，2011 年，黄福海创作发表了学术论文《唐诗英译家弗莱彻行迹钩沉》。以上种种表明学界对弗莱彻的认可与喜爱，关于他的研究则方兴未艾。本节内容只是在吕叔湘、江岚、朱徽、黄福海等人的研究基础上，针对弗莱彻英译乐府的初步研究。弗莱彻共译乐府诗 33 首，本节意图以一首译诗概括全貌势必会有失偏颇。这只是一个开始。

第七章

比雷尔的乐府诗研究与译介

第一节　比雷尔简介

比雷尔（Anne Margaret Birrell，1942—　），即白安妮。她曾在密歇根大学（University of Michigan）学习，并获得助学金。20 世纪 70 年代，她在剑桥取得了经典文学学士学位，熟练掌握法语、拉丁语和德语。此后，她的兴趣转向中国，并进入复旦大学中文系进修，师从王运熙与顾易。返回英国后，她受聘于剑桥大学克莱尔学院（Clare College），曾经在剑桥大学和城市大学（City University）教授中国文学。她的研究主要集中在乐府诗与中国神话领域。著作与研究论文也主要集中在这两方面。著作类有《玉台新咏》（*New Songs from a Jade Terrace：An Anthology of Early Chinese Love Poetry*，1982）、《中国汉代民间歌谣》（*Popular Songs and Ballads of Han China*，1988）、《中国神话》（*Chinese Mythology：An Introduction*，1993）、《诗人之戏：读古代中国诗》（*Games Poets Play：Readings in Medieval Chinese Poetry*，2004）等。论文类主要有《神话生成与乐府：中国早期民歌与民谣》（*Mythmaking and Yueh-Fu：Popular Songs and Ballads of Early Imperial China*，1989）、《蒙尘之镜：南朝诗女性的宫廷画像》（*The Dusty Mirror：Courtly Portraits of Woman in Southern Dynasties Live Poetry*，1985）、《中国神话研究（自 1970）》（*Studies on Chinese Myth Since 1970：An Appraisal*，1994）、《理雅各与中国神话传统》（*James Legge and the Chinese Mythological Tradition*，1999）。与大多直接照搬或转述国内成果的英美学者不同，比雷尔的这些专著与研究论文有对国内研究成果的借鉴，也有对国外乐府研究的承袭，同时也提出了一些很有价值的见解，是研究中国典籍尤其是中国古典诗歌的重要文献资料。但国内学者甚少注意到比雷尔，研究汉诗英译的专家如较近期的江岚、朱徽的著作中也未见专门的讨论。

第二节　《玉台新咏》的内容及其译介研究

1982 年,伦敦的艾伦与昂温出版社出版了比雷尔的《玉台新咏》英译本。在第一卷"早期民歌与歌谣"中选译乐府诗 40 首。全书 400 余页,译诗部分占 260 余页,其余为注释、介绍、背景资料,序、跋齐全,包括徐陵原序的英译与注解。可谓编选审慎,注释详尽,体例完整。著名汉学家、哥伦比亚大学翻译中心金质奖章获得者华兹生为之作序,对其做出了极高的评价。他认为比雷尔以其卓越的介绍与翻译,使英语读者首次进入《玉台新咏》的世界。这些译文既保存了中国诗特有的魅力与传统,又带有普适性的爱情诗特点。通过这些译诗,英语读者可以把中国诗人对爱情的描写与其他文化领域内诗人的描写加以比较。剑桥大学终身院士普林(J. H. Prynne,1936—　　)为之作跋,他认为,比雷尔的翻译与其说是诗人之译,不如说是学者之译。意即其译文不仅忠实于"原诗",而且忠实于"原诗集"。作为汉学研究界稀有的女性汉学家,比雷尔对不同时代与国别的文化有着独特而敏锐的感悟。她以极具女性特色的视角解读了《玉台新咏》中的男女闺情诗,在《玉台新咏》的研究方面具有开拓作用。

1988—1991 年间,李贻荫曾经在《读书》《中国翻译》《外语教学》《长沙水电师院学报》《外语与外语教学》等期刊上发表了七篇学术论文,对比雷尔的英译《玉台新咏》有一个较为详细的梳理。在 1988 年刊登于《读书》上的《谈〈玉台新咏〉英译本》和 1989 年刊登于《中国翻译》上的《评介〈玉台新咏〉英译本》中,李贻荫认为比雷尔在翻译过程中对诗人进行了尽可能多的介绍,这一点对英译读者很有帮助。另外,通过比较《青青河畔草》之"盈盈楼上女"一句的翻译,李贻荫教授认为,比雷尔对叠词的处理比韦利、华兹生、翟理士(即翟理斯,Giles)和庞德的翻译更贴切。在双关和隐喻的英译方面,他认为比雷尔采用直译加注释法能简单而行之有效地使译诗读者深窥其义。在典故的翻译上,作者通过举例也认为译者的翻译大有可圈可点之处。但作者同时指出,译者在处理原作时,有些地方有得其"形"而失其"神"之憾。在 1989 年刊登于《外语研究》上的文章《再谈〈玉台新咏〉英译本》中,李贻荫着重分析了比雷尔对徐陵序的翻译,认为徐序难译,比雷尔的译作偶有失误,但仍是瑕不掩瑜。在 1989 年发表于《外语教学》的文章《三评〈玉台新咏〉英译本》中,李贻荫主要比较了《孔雀东南飞》一诗之比雷尔和 Eric Edney and Cao Dun 的两个译本,同样对比雷尔所译给出了较高的评价。李贻荫还在 1989 年发表于《长沙水电师院学报》的文章《英译〈玉台新咏〉对性、数、主语的处理》中指出,对于整部诗集中难译的性别隐晦、数字模糊和主语缺失现象,译者选择了知难而上,而且精雕细琢,大多可信可取。在 1990 年的《英译〈玉台新咏〉与"同性恋爱"诗》中,李贻荫认为比雷尔英译同性恋爱诗时以朦胧译朦胧、以准确译准确、以曲折译曲折,可谓字字紧跟,不失原意。1991 年刊登于《外语与外语教学》的《英译〈玉台新咏〉童谣的难译性》基于《玉译》中的六首童谣翻译探讨了童谣中讽喻意的翻译方法。

总体来说,李贻荫对《玉台新咏》之比雷尔英译本的集中评介已自成一家,这填补了国内对《玉台新咏》英译版本研究的空白,为以后的翻译研究人员提供了大量可供借鉴的资料。这些学术论文从不同侧面反映了比雷尔对《玉台新咏》的理解和翻译情况。但《玉台新咏》编纂的宗旨是"选录艳歌",即主要收男女闺情之作,内容主题较为单一,仅以此来评介比雷尔对乐府诗的解读和诠释未免有失偏颇。而《中国汉代民间歌谣》选诗主题达十一类,对全面了解比雷尔的翻译理念更具参考价值。

第三节　《中国汉代民间歌谣》的内容

1988 年,比雷尔的《中国汉代民间歌谣》由伦敦昂温·海曼(Unwin Hyman)出版社出版。这是乐府诗最重要的整体性翻译与研究著作之一。虽然该书并非以"乐府"为名,但比雷尔在前言中已明确表明她所研究的这些歌谣即为"乐府"(yüeh-fu)。比雷尔对乐府的认识经历了一个发现—质疑—承认的过程。在翻译了大量汉代无名乐府诗的同时,她比较了乐府分类的冲突之处,并结合西方关于歌谣起源的文学批评论,认为乐府的内涵与外延存在矛盾,也没有证据表明乐府是采集民间流行歌谣的机构。因此,她建议停止使用"乐府"这一术语,改为更为准确的"中国古代无名氏歌谣及其仿作"。(anonymous popular songs of early imperial China and their literary imitation)(Birrell,1988:235)。比雷尔的推断打开了西方世界研究乐府的新思路,但这一建议基本无法实施,因为尽管缺乏完整的资料来还原乐府活动的范围,但可以肯定的是,乐府的制度化由来已久。因此,比雷尔自己也承认,存在已久的"乐府"这一名称会被继续使用下去。

《中国汉代民间歌谣》正文首页标明"献给傅汉思,乐府研究的先驱"(To Hans H. Frankel, pioneer of yüeh-fu studies)。在致谢部分,比雷尔感谢了英国社会科学院(British Academy)和傅汉思。傅汉思还为此书作序,认为比雷尔是为数不多的能够将学术准确性与地道、流畅和诗意在英语中结合起来的译者之一。他还热情地赞扬比雷尔没有绕过困难的诗篇不译,不掩饰原文粗俗之处,也不去修饰那些看似不合逻辑的诗歌,而是诚实地呈现原文。这些是许多翻译者做不到的。

为了让读者更直观地了解乐府的产生与存在背景,比雷尔绘制了中国朝代更替表和汉代中国地图,还借用了日本学者增田清秀(Masuda kiyohide)的《长安城乐府机构空间分布图》。前言部分达 28 页,内容包括汉代歌谣的文献属性、汉代文化、乐府机构、乐府分类、郭茂倩《乐府诗集》选诗来源、汉乐府的口头性、汉乐府的艺术性、汉乐府的音乐性、汉代乐府歌者以及选诗标准共十个专题,范围十分广泛。作者的研究思路虽略有些发散,但汉乐府的面貌已在层层描述之中浮现在读者面前。

全书选译诗歌 77 首,按类型以十一章节分类,分别为赞美诗(*Hymns*,10 首)、寓言诗

（*Fables in Verse*，14 首）、游仙诗（*the Elixir of Life*，6 首）、行乐诗（*Carpe Diem*，6 首）、丧葬诗（*Burial Songs*，3 首）、讽政诗（*Political Broadsides*，9 首）、反战诗（*Anti-war Ballads and Songs*，4 首）、家庭剧（*Domestic Drama*，5 首）、思乡诗（*Homeward Thoughts*，5 首）、爱情诗（*Love Songs*，10 首）、幸福诗（*the Ideal Home and Perfect Marriage*，5 首）。以诗歌内容分类译诗并非比雷尔首创，但以此来翻译乐府诗这还是第一次。在前言中比雷尔曾谈到她并未按郭茂倩《乐府诗集》以曲调分类，因为这些乐府诗的乐谱已散佚，很多诗的内容和标题并不相符，很难在没有音乐创作背景的情况下讨论这类作品。

第四节　《中国汉代民间歌谣》中的乐府诗

比雷尔认为，若想全方位展现汉代民间歌谣产生、成型、发展、演变的整体景观，就要从最早的文献来源中引用文本。《中国汉代民间歌谣》中包括汉代佚名诗作 77 首，占汉乐府总量的三分之一有余。这些作品并非全部来源于某部诗集，而是选自汉至明间约十三种文献。沈约《宋书·乐志》（*Treatise on Music*）是最主要的选诗来源，达 24 首，其次是郭茂倩的《乐府诗集》16 首，班固《汉书·礼乐志》12 首，《玉台新咏》和《艺文类聚》共 11 首，其余来自萧统的《文选》等。此外还有许多各个时期的诗歌片段包含其中。详细情况如下。

班固《汉书》12 首：练时日（We Have Chosen a Timely Day）、帝临（Lord God Draws Nigh）、青阳（Greening Yang）、朱明（Scarlet Brilliance）（郭《乐府诗集》未录）、西颢（West White-light）、玄冥（Darkness Obscure）、惟泰元（Lo! Holy Creator）、天马（The Horse of Heaven）、汉元帝时童谣（Well-water Overflows）、汉成帝时歌谣（Crooked Paths）、汉成帝燕燕童谣（Swallow, Swallow）、郑白渠歌（The Song of Cheng-Pai Ditch）。

司马彪《续汉书》4 首：后汉时蜀中童谣（Straight as a Bowstring）、后汉桓帝初小麦童谣（Short Wheat）、后汉桓帝初城上乌童谣（Crows on City Walls）、董逃行（The Ballad Tung Flees!）。

崔豹《古今注》2 首：薤露（Dew on the Shallot）、蒿里（Artemisia Village）。

沈约《宋书》24 首：江南可采莲（South of the River）、东光（Light in the East）、鸡鸣（Cocks Crow）、乌生八九子（A Crow bore Eight or Nine Chicks）、平陵东（East of Flat Mound）、董桃歌（The Ballad Tung Peach（Flees!））（未录入郭《乐府诗集》）、塘上行（Along The Embankment, long version Ts'ao Ts'ao）、善哉行（How Wonderful! A Ballad）、东门行（East Gate Ballad, long version）、艳歌罗敷行（A Yen Song, The Lo-fu Ballad）、西门行（West Gate Ballad, long version）、折杨柳行（The Ballad of Breaking Willow）、艳歌何尝行 2 首（A Yen Song, The Whenever Ballad）、满歌行（Song of

Melancholy)、雁门太守行（The Ballad of the Prefect of Goosegate）、白头吟（The White Head Lament，long version）、淮南王篇（The King of Huai-nan Ballad）、朱鹭（Vermilion Ibis）（未录入郭《乐府诗集》）、战城南（We Fought South of the City Wall）、巫山高（Mount Wu is High）、上陵（Up the Mound）、有所思（The One I Love）、临高台（I Lean from the High Terrace）。

萧统《文选》3首：饮马长城窟行（Watering Horses at a Long Wall Hole）、伤歌行（Heartache，A Ballad）、长歌行（A Long Song Ballad，no.1）。

徐陵《玉台新咏》6首：相逢行（They Met，A Ballad）、陇西行（The Lunghsi Ballad）、艳歌（A Yen Song，A Ballad）、白头吟（The White Head Lament，short version）、飞来双白鹄（Flying This Way Two White Swans）、塘上行（Along The Embankment，short version）。

欧阳询《艺文类聚》5首：长歌行（A Long Song Ballad，no.2，不完整）、长歌行（A Long Song Ballad，no.3，片段）、（The Pomelo，An Old Poem，片段）、艳歌行·南山石嵬嵬（A Yen Song，A Ballad）、豫章行（The Yü-chang Ballad，片段）。

李善《文选注》2首：枣下何纂纂（The Old Song of Sighs，The Date-Tree）、猛虎行（The Old Fierce Tiger Ballad）。

徐坚《初学记》1首：蛱蝶行（The Butterfly，片段）。

李昉《太平御览》2首：古歌（An Old Song，片段）（郭《乐府诗集》未录）、古八变歌（An Old Song，Eight Changes，片段）（郭《乐府诗集》未录）。

郭茂倩《乐府诗集》16首：十五从军征（At Fifteen I Joined the Army）、箜篌引（The Harp Lay）、长歌行（A Long Song Ballad，nos.2 and 3）、豫章行（The Yü-chang Ballad）、长安有狭斜行（In Ch'angan There is a Narrow Lane）、步出夏门行（Walking out of Hsia Gate，A Ballad）、西门行（West Gate Ballad，short version）、东门行（East Gate Ballad，short version）、上留田行（The Ballad of Shang-liu-t'ien）、孤儿行（The Ballad of the Orphan Boy）、妇病行（The Ballad of the Ailing Wife）、梁甫吟（The Lament of Liang-fu）、蛱蝶行（The Butterfly）、悲歌行（The Sad Song Ballad）、枯鱼过河泣（A Withered Fish）。

冯惟讷《古诗纪》2首：橘柚垂华实（The Pomelo，An Old Poem）（郭《乐府诗集》未录）、高田种小麦（If in a High Field）。

张之象《古诗类苑》3首：古八变歌（An Old Eight Changes Song）（郭《乐府诗集》未录）、艳歌（An Old Yen Song）、古歌（An Old Song）。

从以上所列目录可以看出，比雷尔选择的是已经被普遍认可的作品，以及那些最常被后世诗人模仿的乐府本辞，大多是作者佚名之作。所涉曲辞种类十分丰富，有助于读者了解汉乐府歌谣的多样性。作者在前言中提到选诗中不含颂歌、清商曲辞和铙歌。颂歌是受限于篇幅，后两者则是由于盛于南朝，因此未录入本书。

第五节 《中国汉代民间歌谣》中的乐府诗分类及译介

乐府分类自古以来都是乐府研究的重要组成部分。郭茂倩《乐府诗集》的十二类分法代表了传统乐府分类的思路。但西方学者对于这种分类多持反对和批评的态度,如傅汉思就指出郭茂倩的分类"大部分遵循的是音乐而非文学的标准,因而缺乏实用性"(Frankel,2006:71)。周文龙认为"最初划分乐府的音乐背景皆以湮灭,今已无从还原"(Allen,1992:44-45)。因此,西方学者大多认为音乐或曲调已不应是现代乐府类型的划分标准。比雷尔认为"这些乐府诗的乐谱已散佚,很多诗的内容和标题并不相符,很难在没有音乐创作背景的情况下讨论这类作品"(Birrell,1988:Introduction)。因此她也并未对她所选汉乐府按曲调分类,而是按内容划分为十一类。

第一类为赞美诗,即颂歌。郭茂倩《乐府诗集》十二章均为此类,属郊庙歌辞,是汉代统治者祭祀天神地祇和歌颂祖宗功德的郊庙祭祀乐章,祀天地、太庙、明堂、籍田、社稷时所用,其主要作用是为了"迎神""娱神""敬神",进而满足统治者以祭祀仪式加强国家政权的需要。代表"神"的字眼在这些歌辞中反复出现,比雷尔的翻译如下:

原文	比雷尔译文	比雷尔译文回译
灵之游(《练时日》)	To the God's banners	上帝
帝临中坛(《帝临》)	Lord God draws nigh to the altar of the center.	上帝吾主
惟泰元尊(《惟泰元》)	Lo! Holy Creator is adored.	神圣造物主

"灵""帝"和"泰元"在诗中均指"天神","引出万物者也"(《说文解字》)。它在中国古籍中的内涵相当丰富,在上述诗中指的是具有超能力,人们难以预测、驾驭之"神"。比雷尔采用归化翻译策略,选择英语文化中内涵意义对应的"上帝""造物主"而不是小写的"神"(god)来翻译这些词汇,突出了中国文化中"神"的天地万物主宰者这一身份,十分易于英语读者理解。

第二类为寓言诗。郭茂倩《乐府诗集》十二类中没有近似类别。这些诗长短不一,有五言、七言、长短句。作者以动植物为喻,生动有趣地讲述一定的生活道理。比雷尔认为,在中国,寓言诗并非一种易辨别的文学形式,也没有专门的文学术语。中国没有伊索(Aesop),没有菲德拉斯(Phaedrus),没有巴布里乌斯(Babrius),但中国人书写寓言的历史很早,如庄子、韩非子。比雷尔所选十首寓言诗多可见于郭茂倩《乐府诗集》第十六卷《鼓吹曲辞·汉铙歌》。这些寓言诗通常以拟人化的动植物或其他事物的故事来寄托意味深长的道理。我们来看比雷尔的翻译。

《朱鹭》诗末句"将以问诛者"意为"还是要问问击鹭鸟鼓的进谏者","诛"即"谏"。古代朝廷上树立一面大鼓,上面装饰有一只红色的鹭鸟。这面鼓,就是面谏皇帝时用的。朝臣向皇帝进谏时,就要先击鼓。此诗假借咏鼓,以勉励进谏者要敢于向皇帝尽情吐露忠言。比雷尔译为"Let's go and ask the executioner",对"诛"字的词汇意义未进行转义翻译,属于异化策略下的直译方法。但这很有可能是由于译者未理解"诛"字在这里的深层语义,因而错误翻译成了"刽子手"。

再如《相和歌辞·相合曲·乌生八九子》中的"各各有寿命,死生何须复道前后"一句,意为"人的寿夭由命,死的迟早又何须计较"。"死生"是复词偏义,即"死","生"在这里只是个衬字。比雷尔译为"In human life each has his allotted years,so why must we ask in life or death whose turn comes first or last",仍是异化策略下的直译方法。但两个矛盾的字眼"life"和"death"摆在一起只会让没有偏义复词这一文化背景的英语读者混淆全诗的语义指向。如果采用归化策略下的减译法,译文将更加简明易懂。如"All men have their allotted span of life,/Then why complain whether death comes soon or late?"(杨宪益,戴乃迭,2001:134)。

《猛虎行》属《相和歌辞·平调曲》。全诗短短四句:"饥不从猛虎食,暮不从野雀栖。野雀安无巢,游子为谁骄。"以"猛虎"和"野雀"起兴,又以反问手法作结,谨于立身的意旨十分明显,很有教育意义。"猛虎"比喻强盗,"野雀"比喻娼女,赞美了游子洁身自好的志向和操守。后两句意为"野雀难道没有个巢供游子栖息吗? 游子为谁而自重自爱呢?"比雷尔译为"Wild birds are content to have no nest. For whom would the traveller feel pride?"可以看出"安"字被直译成"安心于、满足于"(are content to),而非诗中所指"难道"的反问之意;"无巢"直译成"没有巢"(have no nest),至此,译文已与原诗语义大相径庭。

第三类为游仙诗。我国第一部文学作品集《文选》把"游仙"列为文学体裁之一,一般为五言,10句、12句、14句、16句不等。比雷尔认为古代中国人渴望"得道成仙或与仙人为伴,最初是秦始皇、士大夫之类的杰出人物,逐渐地普通人也开始求仙,追求长生不老"(Birrell,1988:64-65)。汉代文人对"仙"的存在深信不疑,诗歌创作中出现了大量的仙人形象。游仙诗多存于郭茂倩《乐府诗集》之《鼓吹曲辞·铙歌》,"仙"字为其中出现频率最高的字符。比雷尔的翻译如下:

原文	比雷尔译文	比雷尔译文回译
仙人下来饮(《上陵》)	Immortals came down to drink.	神仙
仙人骑白鹿(《长歌行》)	The fairy riding a white deer.	精灵
服此药可得神仙(《董逃行》)	Eat this drug, it will make you divine.	神圣
卒得神仙道(《步出夏门行》)	At death he attains the way of holy immortals.	神仙

在中华民族悠久的历史进程中,逐渐积累了很多独具中国特色的表达方式,这些"标志某种文化事物的词、词组和习语反映了特定民族在漫长的历史进程中逐渐积累的,有别

于其他民族的、独特的生活方式,这些表达方式就是文化负载词"(廖七一,2000:230)。"仙"字即属中国文化中的独特表达,它是中国古代道家用语,既不同于佛教的佛,更有异于西方的神,是对有特殊能力、可以长生不死之人的称呼。《说文解字》云:"仙:长生仙去。从人从山。"国内外都曾有译者把"仙"译作"immortal",更多的是"god",两种译法均属归化策略下的转换法。

第四类为行乐诗。行乐即"及时行乐",源自拉丁语"carpe diem",英语通常译为"seize the day",汉译为"把握今天""珍惜时光"等。这是一个具有普遍意义的概念,广泛流传于所有时代,反映了人类世界的一个重要的哲学焦点问题。古罗马诗人贺拉斯(Horace,65—8B.C.)最早在他的《颂歌》中使用了这一术语,此后,成为西方抒情诗中的常见主题,强调生命短暂,时光飞逝,一个人应该注重的是现实生活的乐趣。

虽然"carpe diem"这一词汇最初出现在古罗马诗歌中,但这一主题并非西方文学所独有。中国古代诗歌中的"及时行乐"主题发端于先秦时期,《诗经·国风》中有"蟋蟀在堂,岁聿其莫。今我不乐,日月其除"。诗人因岁暮感叹岁月的无情,人生的短促,因此要及时行乐,充分享受人生。"及时行乐"主题的真正滥觞是在汉末魏晋时期,历年的征战杀伐,造成了中下层士子举步维艰的现实处境,他们仕宦无着,命运多舛,再加上"秉承前人忧患意识的心理积淀,经过现实中切身感受的撞击,笔下自有《诗经》难及的自觉意识"(陈斌,1999:95—98),发出了很多类似"不如饮美酒,被服纨与素"(《驱车上东门》)、"为乐当及时,何能待来兹?"(《生年不满百》)、"今日不作乐,当待何时?逮为乐!逮为乐!当及时"(《西门行》)的感喟。

比雷尔认为,汉代的行乐诗中仍有游仙诗的痕迹,在这些诗中,诗人痛苦地承认了这个残酷的现实:"自非仙人王子乔,计会寿命难与期。"放弃了长生不老的猗念之后,诗人们转向世俗的安慰——感官愉悦,"弹筝、饮酒、放歌"(Birrell,1988:79)。这些诗中多处使用了叠词。叠词是中国古诗常用的创作手法,它可使诗的音律和谐,还能加强感情色彩。我们来看比雷尔行乐诗中叠词的翻译:

原文	比雷尔译文	比雷尔译文回译
芝草翻翻《善哉行》	Fungus whirls, whirls.	卷卷
青青园中葵《长歌行·青青园中葵》	Green, green mallow in the garden.	青青
戚戚多思虑《满歌行》	Sad, sad my many pensive cares.	戚戚
耿耿殊不宁《满歌行》	grieved, grieved I am restless.	哀哀
奈何复老心皇皇《艳歌何尝行》	What to do with my troubled, troubled heart?	惶惶

首先,上述例子均是叠词叠译,这在外形上非常靠近原文。其次,选词也非常贴切。例如,庞德曾译"青青"为"blue,blue",尽管"blue"有"忧郁"之意,但与植物的绿(青)色相

距甚远。叠词叠译属异化翻译,这种方法能最大限度地保留原诗的"陌生化"美感,韦利、弗莱彻、华兹生、许渊冲、汪榕培等翻译家翻译古诗叠词时均采用此法。

第五类为丧葬诗。比雷尔认为,周朝诗人羞谈失败,忌论死亡,但至汉代,死亡已成为诗歌中一大主题。汉代悼亡诗的存在方式是前朝难以比拟的。这些诗中既有对生命有限的觉醒,又夹杂着要"及时行乐"的提醒(Birrell,1988:94)。比雷尔选译了三首丧葬诗,其中的《梁甫吟》出现了较多的典故,这在乐府诗中并不多见。中国本土译者处理典故的翻译时大多采用归化策略下的解释法,比雷尔对典故的翻译方法是异化策略下的直译方法,但不同于绝大多数西方译者的直译加注释法,她是在译文之后以叙议结合的长段落形式对全部典故加以详细介绍,这也是她全书的写作特点。如标题中"梁甫"的介绍:

> 诗歌标题中的"梁甫"是一座圣山,在今山东境内,泰山附近。据传说,如果被安葬在那里,人的灵魂可获安息,他的歌也会和他一起被埋葬。(Birrell,1988:98)

前半部分的介绍准确而详细,"葬诗"之说应是源自郭茂倩《乐府诗集》解题:"按梁甫,山名,在泰山下。《梁甫吟》盖言人死葬此山,亦葬歌也。""亦葬歌也"是说这首诗也是一首"丧葬之歌",并非"也会埋葬歌",比雷尔的"葬歌"之说让人啼笑皆非。

"里中有三墓,累累正相似。问是谁家墓,田疆古冶子"两句中有著名的"二桃杀三士"典故。比雷尔的介绍如下:

> 田疆,即田开疆,他和公孙接、古冶子事齐景公,以勇力闻名于公元前六世纪。齐景公的首相名叫晏婴,他想解除三位英雄的权力,就设计了一个狡猾的计谋:他将二桃赠给三士,让他们按照功劳大小食桃。公孙接自报他为救君上曾搏杀猛虎,田开疆自报曾杀死君上的仇敌,二人各取一桃。最后古冶子说,他曾随君上渡黄河,河怪拖走君上的战马,是他跳入河中逆流而行三英里,捉住了马和河怪,岸上的人都以为他是河神。也许,他才最有资格吃桃子?另外两人向他道歉之后羞愧自尽。古冶子悔恨之极,不愿成为这可怕阴谋的独活者,也自刎而死。这就是"二桃杀三士"典故的由来。(Birrell,1988:99)

比雷尔的此番解释详考典故中人物姓氏、别号、官名、出生年代以及重要事件等,除个别瑕疵(如河怪应为大鼋)外,叙述准确、生动,用功之深,可以想见。

第六类为讽政诗。中国人自古就有写讽政诗的传统,如《诗经·国风》中的"硕鼠硕鼠,无食我黍。三岁贯女,莫我肯顾"。"硕鼠"比喻贪婪的剥削阶级。至汉代,一些不祥预兆对政治的影响达到顶峰,彗星、日食、地震、滑坡等自然现象都会被认定为不祥之兆;怪胎、蝗灾、意外都会被解读为天地对统治者的批评。不谙世事、住在都城的儿童会传唱这些寓言歌谣（Birrell，1988：102）。这些歌谣见录于郭茂倩《乐府诗集·杂歌谣辞》中,包括俗谚、谶辞等,属自歌合乐。

《汉成帝时歌谣·邪径败良田》最初见于《汉书·五行志》,后被收录于《乐府诗集·杂歌谣辞》中,揭露了西汉末年汉成帝统治时期外戚王氏一门骄横枉法、广树私党、排挤忠良的黑暗现实。它是中国最早出现的五言诗,已注意到对偶的运用,如一、二两句就对得相当工稳,显示了中国古代劳动人民的艺术首创精神。

> 原文：邪径败良田,谗口乱善人。
>
> 比雷尔译文：Crooked paths ruin fine fields, twisted words confuse good folk.

译文与原文句式对应,词性、词义一一对应,堪称佳译。

第七类为反战诗。虽然当时的汉帝国疆域向东已扩张至朝鲜,北至西伯利亚,西至中亚,南至越南,但无名歌者们似乎并不赞同帝国的野心,创作的歌谣不赞美战争,不庆祝胜利,没有军功的概念,没有勇武不朽的概念,甚至听起来没有爱国之情。西方诗歌中常见的对战争的呼唤和对英勇行为的赞颂在汉代乐府诗中是缺席的（Birrell，1988：116）。比雷尔的以上考证还是有一定根据的。

比雷尔的翻译多属直译,她会花费几十倍于译文的篇幅对不易被读者理解的民间风俗背景加以解释。如《相和歌辞·饮马长城窟行》中的"客从远方来,遗我双鲤鱼。呼儿烹鲤鱼,中有尺素书"两句诗,比雷尔译为"A traveller came from far away, he brought me a double-carp. I call my boy to 'cook the carp'. Inside there is a white silk letter"。比雷尔对于"双鲤鱼"做了如下解释：

> "双鲤鱼"是信的委婉说法,两块鲤鱼形状的木板内夹着信件,打开木板也婉
>
> 称为"烹鲤鱼"。"鲤鱼"象征丰饶,暗示了诗中女子还非常年轻。这个象征具有
>
> 反讽意义,因为她丈夫离家上战场前她还没有孩子,但是她却再也见不到他了。
>
> （Birrell，1988：124—125）

这段陈述生动而感人至深。比雷尔关于"鲤鱼"暗示女子年轻的说法非常独特,令人印象深刻。关于"没有孩子"之说,比雷尔在第七章的注释中引经据典后表明,"呼儿"中的"儿"既可以是儿童,也可以是儿子,而她认为是诗中女子的仆童。比雷尔对乐府诗的认识与把握远胜许多学者,她的研究视角在西方学者中也极具代表性,可以说许多西方学者都在分享着一些共同的兴趣点和方法论,以及隐藏其后的种种假设。

第八类为家庭剧。比雷尔认为这类诗与西方吟游诗人所唱的叙事歌谣接近：背景都是家庭,境况都很糟糕。诗歌标题即是主题,如《孤儿行》《妇病行》。孤儿和不幸的妻子是

这类诗中反复出现的人物形象（Birrell，1988：128）。如下面这首《相和歌辞·瑟调曲·东门行》：

> 出东门，不顾归。
>
> 来入门，怅欲悲。
>
> 盎中无斗储，还视桁上无悬衣。
>
> 拔剑出门去，儿女牵衣啼。
>
> 他家但愿富贵，贱妾与君共餔糜。
>
> 共餔糜，上用仓浪天故，下为黄口小儿。
>
> 今时清廉，难犯教言，君复自爱，莫为非。
>
> 今时清廉，难犯教言，君复自爱，莫为非。
>
> 行！吾去为迟，平慎行，望君归。（郭茂倩，1979：549）

这是一首充满悲哀气氛的诗，虽然作者没有直接描写主人公的悲惨结局，但通过对男主人公生活处境和神态心情的描写，一个善良的家庭被贫困逼迫到绝路的画面却清晰地呈现在读者眼前。尤其是男女主人公的对话，更像一幕生活剧，将两个人的性格特点刻画得栩栩如生。"今时清廉，难犯教言，君复自爱，莫为非。今时清廉，难犯教言，君复自爱，莫为非"为妻子言语，她善良而软弱，不愿让丈夫外出犯险，因而反复相劝。最后一句的"行！吾去为迟，平慎行，望君归"，在乐府研究界一直存在争议，尚无定论。如"望君归"还是"望吾归"？（郭《乐府诗集》作"君"）还有标点断句方面的问题。比雷尔译为："Get away! I'm late leaving!""Mind how you go.""Watch for my return!"语意竟很顺畅。但比雷尔所选版本并非《东门行》的汉乐府本辞，而是晋乐所奏。作者百密一疏，把晋代作品误认做了汉代乐府。《东门行》的本辞应为：

> 出东门，不顾归。
>
> 来入门，怅欲悲。
>
> 盎中无斗米储，还视架上无悬衣。
>
> 拔剑东门去，舍中儿母牵衣啼。
>
> 他家但愿富贵，贱妾与君共餔糜。
>
> 上用仓浪天故，下当用此黄口儿。
>
> 今非，咄！行！
>
> 吾去为迟，白发时下难久居。（郭茂倩，1979：549）

第九类为思乡诗，第一首为《古歌》。此诗郭茂倩《乐府诗集》未录，沈德潜的《古诗源》称为"汉乐府古辞"，逯钦立《先秦汉魏晋南北朝诗》将其归入"乐府古辞"类，余冠英的《乐府诗选》收入《杂曲歌辞》。与《乐府诗集·杂曲歌辞》中所录《悲歌行》一样,特色都在于通篇托物起兴,藉物抒情。两首诗均以"心思不能言,肠中车轮转"收尾,写游子心中纷烦复杂、无限愁怅的思绪难以倾诉,就好像有车轮在肠中转动。比雷尔译为"Thoughts of love I cannot tell. In my guts carriage wheels turning, rolling"。对于两首诗结尾完全相同的这组对偶句,比雷尔认为乐府中有些诗会共用诗句或词汇,宇文所安则认为这类特征说明汉魏乐府有"拼合"的痕迹。

　　第十类为爱情诗。比雷尔认为,汉代爱情诗多以女性视角来叙述,表达女子对男子的思念之情、忠贞之意、失去的感伤或不信任的犹疑。其丰富的内容和忧郁的情感基调暗示了中国爱情诗的发展趋势,至三世纪后的南朝时达到了顶峰(Birrell,1988:145)。比雷尔所言并无夸大成分,的确,至南北朝时期,儿女之情在南朝民歌题材中占有压倒性优势,郭茂倩《乐府诗集》中的《清商曲辞》所录南朝民歌多为爱情主题。爱情诗也是乐府诗翻译者必然会涉及到的一种类型,这其中,《白头吟》是几乎每位译者的必选篇目,韦利、宇文所安、杨宪益、许渊冲等都曾翻译过这首诗。比雷尔与许渊冲的译文对比如下:

原文	比雷尔译文	许渊冲译文
白头吟	The White Head Lament	Song of Hoary-hair Love
皑如山上雪	White as mountaintop snow,	Love is pure and white as mountain snow,
皎若云间月	White as the moon between clouds.	And bright and clear as unveiled moon.
闻君有两意	I hear you have two loves,	Hearing with a new love you will go,
故来相决绝	That's why you have broken from me.	I've come to say our parting will be soon.
今日斗酒会	Today a keg of wine at a party,	Today we drink at home or on a boat;
明旦沟水头	Tomorrow dawn the top of the canal.	Tomorrow we may find our love has ceased.
蹀躞御沟上	I trudge along the royal canal,	When I walk along the palace moat,
沟水东西流	Canal water east then westward flows.	I see relentless waters flowing east.
凄凄复凄凄	Bleak, bleak, ever bleak, bleak.	Sob and cry, alas, sob and cry;
嫁娶不须啼	A bride at her wedding must not weep;	The bride need not weep on her wedding day.
愿得一心人	She longs to get a man of one heart,	If the man is faithful to the nuptial tie,
白头不相离	Till white-headed time he would not leave her.	They'll live together till their hair is grey.
竹竿何袅袅	Bamboo rod so supple, supple!	The man is courting with a fishing-rod;
鱼尾何簁簁	Fishtail so glossy, glossy!	The wife responds like fish with nimble tail.
男儿重意气	When a man prizes the spirit of love,	When the man is sacred as the god,
何用钱刀为	What need has he of dagger-coins?	Gold and silver will be of no avail!

　　本篇最早见于徐陵《玉台新咏》,郭茂倩《乐府诗集》收入《相和歌辞·楚调曲》中,全篇对偶齐整,韵律和谐。虽然还不具备后世五言律诗的规范格式,但已初具雏形,是一首极为成熟的五言诗。比雷尔与许渊冲译文均非格律体,但许译押韵,为 abab 交韵格式,更贴近诗体,比雷尔译文为散体。首二句为全篇起兴,对偶且双关,欲抑先扬,定下全诗决绝之基调。比雷尔的译文更简洁干脆,杨宪益对此句的处理方式与比雷尔接近:"Plain as snow on the hills, clear as moon among the clouds"(杨宪益,戴乃迭,2001:55),更符合诗中主人公的干练个性。与几乎所有中国传统古诗一样,这首诗全篇隐藏主语,但女主人公的身份呼之欲出,统领全文。"闻君有两意,故来相决绝"意为"我听说你已怀二心,另有所爱,所以我特来同你告别"。比雷尔理解成了"我听说你已另有所爱,所以同我分了手",语义错误,也失去了决绝的意味。与之相比,许译精当而准确。"今日斗酒会,明旦沟水头"与"竹竿何袅袅,鱼尾何簁簁"二句比雷尔仍采用她一贯的直译方法,忠实而流畅;而许译则是意译方法,传达的是原文的深层语义,直白的表达失去了原诗中比兴自带的神秘魅力,留给读者的想象空间也大大缩小。"蹀躞御沟上,沟水东西流"句比雷尔与韦利一样,都是误解了偏义复词"东西"之所指,韦利译为"Where its branches divide / East and west"(Waley,1919:77),以"东流一去不复返"为"向东西两个方向流去",因而语意不接。这也是比雷尔等西方译者在面对一些言浅而意深的熟词、熟语时常犯的错误。

　　第十一类为幸福诗,共有译诗五首。比雷尔认为这些诗从不同角度反映了人们心目中理想家庭和完美婚姻的模样:妻子美丽、机智、年轻、忠贞、衣饰华丽;丈夫英俊、富有、成功、衣着光鲜。诗中有一本正经的说教,还有对唯利是图、厚颜无耻的讽刺,写作手法与法国中世纪的探险歌谣(chanson d'aventure)类似,极具艺术性。(Birrell,1988:162)

　　国外学者多会继承与接受国内乐府诗的研究成果,但比雷尔对乐府的理解与认识均带有她本人的观点。例如,学界对《鸡鸣》的主题一直有不同的解读,桀溺(J. P. Diény,1927—　　)认为篇首五句("鸡鸣高树巅"至"刑法非有贷")代表了汉王朝的一个良好开端,余篇则通过对穷奢极欲的大量描写暗示了它的衰落。另外有些学者则认为这首诗是在讽刺汉元帝时五大外戚臭名昭著的奢侈生活方式。还有人认为是在讽刺汉王朝的新贵,前六行诗起警示作用,中心部分描写了这些暴发户的浮华,结尾部分是他们必然的衰落。余冠英则从另一个角度剖析了这首诗,认为全诗应该由三段碎片拼合而成。此假设与明冯惟讷考据后的结论不谋而合,他也认为此诗三部分之间缺乏关联性。从冯惟讷到余冠英再到桀溺,这三位都是古今中外乐府诗研究的权威学者,但比雷尔仍对其所持观点提出了质疑。她认为,事实上,《鸡鸣》诗展现了诗歌内在的连贯性设计,即使在现代标准看来,这种连贯性略显粗糙。诗篇的含义也是以宣扬伦理道德为出发点的,同时还有政治隐喻包含其中:"如果国家的政治实体和社会有机体都和平而稳定,那么这个国家必定和平而稳定。国家的成功取决于家庭——国家的缩影,还取决于家庭内部的和谐关系。家庭在诗中还被比喻成一棵树,成员间彼此分裂就会造成树的枯萎。对财富和奢侈生活的描述是对家庭发出的警告,这些欲望会使"树"生病。"(Birrell,1988:163—164)

　　比雷尔的《中国汉代民间歌谣》介绍了乐府诞生的历史条件,作为文学类型的乐府的分类与特征,汉乐府与西方歌谣的相似之处与差异,汉乐府的音乐性及其音乐的制作与演唱者等。诗篇的翻译秉持直译法,不增删,不矫饰,较好地还作品与原貌。各诗皆有详细的背景介绍与解读,每每会有全新的视角和独特的发现,其中闪现的智慧与努力使她完全有资格跻身于乐府研究的行列之中。

第八章

乐府诗研究理论的形成：宇文所安的乐府诗研究与译介

第一节　宇文所安简介

宇文所安，即斯蒂芬·欧文（Stephen Owen，1946—　　），生于美国密苏里州圣路易斯市（Saint Louis），成长于美国南方小镇。1959 年移居至马里兰州的巴尔的摩，在那里的市立图书馆中沉湎于诗歌阅读，并初次接触到中国诗。那是一本由英裔学者白英（Robert Payne，1911—1983）编译的英译汉诗集——《白驹集》（*The White Pony*：*An Anthology of Chinese Poetry*，1947）。此译诗集共 356 页，按照周、汉、战乱期、唐、宋、清、当代的阶段划分，翻译了自《诗经》始，包括屈原、刘邦、陶渊明、李白、杜甫、苏东坡、李清照、纳兰性德、闻一多、毛泽东等的多人诗作，译者除白英外，还有浦江清、袁家骅、卞之琳等。白英在序言中谈到，他在昆明西南联大工作期间选编这本书时曾经得到闻一多等学者的指点，选材都是各时代著名诗人的代表性作品。此书因选材广泛、质量上乘在英语读者中产生了很大的影响。虽然这些诗只是英文翻译，但却为宇文所安打开了通往中国诗歌的大门，使他自此爱上了这种与欧美诗歌完全不同的文学样式。1964 年，他以优异的成绩考入耶鲁大学，主修中国语言文学，兼修日语、法语、德语和西班牙语，为深入研究中国文学打下了扎实的语言基础。1968 年，获得文学学士学位后，他进入耶鲁大学研究生院，师从著名汉学家傅汉斯（Hans Frankel，1916—2003），专攻汉诗研究。1972 年，宇文所安获得耶鲁大学东亚系博士学位，并于 1975 年正式出版了博士论文，也是他的第一部著作，即《孟郊和韩愈的诗》（*The Poetry of Meng Chiao and Han Yü*）。博士毕业后，他留校执教于耶鲁大学东亚语文系，历任讲师、副教授、教授。在此期间，他的主要精力在唐代文学的整体研究方面，于 1977 年出版了《初唐诗》（*The Poetry of the Early Tang*，New Haven：Yale University Press，1977），1980 年出版《盛唐诗》（*The Great Age of Chinese Poetry*：*The High Tang*，New Haven：Yale University Press，1980）。1982 年，哈佛大学中国文学讲座教授海陶玮(James Hightower，1915—2006)退休，宇文所安从众多竞争者中脱颖而出，成为哈佛大学中国文学和比较文学系教授，1997 年起担任詹姆斯·布莱恩特·柯南德(James Bryant Conant University)特级讲座教授至今。

在哈佛大学执教期间，宇文所安对中国古典文学进行了更为深广的研究，由作家研究推向诗歌史、翻译、文学理论、诗学理论。《中国"中世纪"的终结：中唐文学文化论文集》(*The End of the Chinese "Middle Ages"：Essays in Mid-Tang Literary Cultue*. Stanford：Stanford University Press，1996)、《晚唐诗》(*The Late Tang：Chinese Poetry of the Mid-Ninth Century (827—860)*. Cambridge：Harvard Asia Center，2006)与前期出版的《初唐诗》与《盛唐诗》一起奠定了宇文所安唐代诗歌史整体研究的权威地位。其他著作还包括《中国传统诗歌与诗学：世界之兆》(*Traditional Chinese Poetry and Poetics：An Omen of the World*. Madison：the University of Wisconsin Press，1985)、《追忆：中国古典文学中的往事再现》(*Remembrance：the Experience of the Past in Classical Chinese Literature*. Cambridge：Harvard University Press，1986)、《迷楼：诗和欲望的迷宫》(*Mi-lou：Poetry and the Labyrinth of Desire*. Cambridge：Harvard University Press，1989)、《他山的石头记》(*Borrowed Stone：Selected Essays of Stephen Owen*，南京：江苏人民出版社，2002)等。

宇文所安对中国古典文学的翻译大致分为文学作品与文学理论两类。前者主要是他编译的《诺顿中国文学选集：从初始至 1911 年》(An Anthology of Chinese Literature，Beginnings to 1911，Norton & Company，1996)。"这部被盛赞为'里程碑'的皇皇巨著共1200 多页，所收 600 余篇作品从《诗经》至清代文学，时间跨度达 2500 多年，几乎全部由宇文所安一人翻译。这部译文集在全世界的文学界学术界产生巨大影响，出版次年即获得由美国文学翻译协会颁发的'杰出翻译奖'(Outstanding Translation Award)。这部译文集几乎涵盖了中国古典文学所有文类：诗词曲赋、散文、小说和评论等，在范围和文类等方面都超过以前出版的类似选集"(朱徽，2009：275)。文学理论类译文主要囊括在《中国文论读本》(*Readings in Chinese Literary Thought*，Harvard University，1992)中。2006 年，《中国早期古典诗歌的生成》(*The Making of Early Chinese Classical Poetry*)由哈佛大学东亚研究中心出版。此书由中国古典诗歌生成的背景、发展的过程论及乐府诗的创作程式，是海外目前为止最新的乐府诗翻译与研究的系统性著作，对国内的乐府诗研究也有启迪与借鉴作用。

第二节　《中国早期古典诗歌的生成》中的乐府诗研究

一、《中国早期古典诗歌的生成》的内容

2006 年，《中国早期古典诗歌的生成》由哈佛大学东亚研究中心出版，2012 年 6 月，三

联书店出版了它的中译本。中译本由宇文所安的夫人田晓菲等三人翻译,田晓菲校对。2014 年 3 月三联书店对其再版重印,可见这部著作在中国学界的影响和受重视程度。关于本书的内容,宇文所安在序言中曾概括道:

> 从许多方面来看,这本书都在展现文学研究中不那么可爱的一面:研究诗歌的内在运作机制(internal mechanisms)以及它的片段(broken pieces)是如何被挑选出来从而组合成一个美丽的整体。在五世纪初,无名氏"古诗"已经有了某种"光环"(aura),到六世纪时,这种光环依然存在,但其性质已经发生了根本性的变化:这种光环部分来源于无名氏作者,但一种新的文学史叙事将它们置于汉代某个模糊的时期。我希望,阐明文本及文化叙事的神秘之处不会减损这些古诗的光环,而是令它重焕一种新的美感。(Owen,2006:Introduction)

从这段叙述中可以看出,本书的研究内容既有诗歌主题的渊源流变,也会涉及叙事性作品的作者。"生成"(making)事实上就是"形成",是对乐府诗叙事的形成过程进行考察,即今天的乐府诗及其诗歌史,是如何经过了不同的历史传播、接受和追溯阶段,如何在历史及后世人们的观念中被构建而形成的。研究过程还会重新检视无名氏作品与知名作者的作品,考察种种假设的真实性和依据。宇文所安还自创了一套古典诗歌研究的理论术语,如"片段"(segment)、"变体"(variation)、"套语"(commonplace)、"复制"(reproduction)、"模板"(template)、"序列"(sequence)概念,以及"拼合型"(compound)乐府、"同一种诗歌"(one poetry)理论。

对于本书研究材料的范围,宇文所安在前言中也给予了说明:

> 我的"古典诗歌"意味着一种起源不能确定的、共享的诗歌创作实践,它出现在公元二世纪后期社会精英的非正式诗歌中。直到三世纪末,虽然它在某些场合采用了相对高级的修辞形式,但是它仍然主要存在于修辞较为低等的低俗诗歌中。它从未像四言古诗或赋那样旁征博引和运用大量词汇,它的传统也与东汉时期相对普遍的"楚辞体"(Chu style)很不一样。因此,"古典诗歌"主要集中在五言诗。……大部分是无名乐府(yuefu)……以及很多直到三世纪前期为止的知名诗人的五言诗。(Owen,2006:Introduction)

宇文所安所选研究材料主要有三个特征。其一,它产生的时间在公元前一世纪末,直到六世纪中期,即中国历史上的汉魏六朝时期,正是文人乐府的全盛时代。这一阶段的乐府诗创作技巧更加成熟,形式也更加自由多样。除少数篇章保存了四言这种古老的诗体外,绝大部分篇章都从四言的桎梏中挣脱出来,出现了两种"新制"(鲁迅,2012:118)。一种是杂言诗,是为乐府,如《东门行》,句式长短不拘,没有固定章法;另一种是五言诗,如

《古诗十九首》。这两种诗歌类型代表着中国古典诗歌的发展方向，对后世诗人的影响无法估量。其二是作者，宇文所安谓之精英（the elite），即当时的文人、贵族。东汉中叶至魏晋时期，文人、贵族已成诗歌创作的主力。东汉时期虽然仍有不少民间谣谚，但士族文人的创作无论在质量还是在数量上都远胜这些民间歌谣。他们"或因意命题，或学古叙事"（郭茂倩，1979：出版说明），作品多存于郭茂倩《乐府诗集·杂曲歌辞》中。至魏晋时期，因为曹魏没有设立乐府机构，民歌来源基本绝断。文人、贵族乃至帝王皆"登高必赋"，借古题以写时事，文风华丽尚工，为文人乐府典范。其三，宇文所安选择翻译及讨论的作品均选自逯钦立《先秦汉魏晋南北朝诗》，除"李陵组诗"外，多可见录于郭茂倩《乐府诗集》。此外，宇文所安谓之"早期古典诗歌"，但只论汉魏六朝。在国内，汉魏六朝乐府被公认为是真正的乐府，国外乐府研究的范围也集中于汉魏六朝。关于"早期"的划分标准和与之相关的其他诗歌类型如《诗经》《楚辞》《唐诗》《宋词》等所属阶段宇文所安并未一一说明，在学界也难寻依据。综合以上，可见宇文所安使用"古典诗歌"有意绕开了文学史编年谱系的传统划分，以代替颇有争议的"乐府"。但宇文所安曾谈及"本书研究的基础是材料的文献来源及其本质，而不是一般性的关于'体裁''作者'或'诗歌'的问题"（Owen，2006：7）。可见他的关注点并非乐府这一诗歌类型，而是要找寻古典诗歌形成的普遍规律。

《中国早期古典诗歌的生成》由序言、正文和附录三部分组成。序言部分长达 22 页，在这里，宇文所安对该书的研究背景、研究方法、研究内容及创新之处多有陈述。正文部分共六章，前四章作者具体考察了早期诗歌中的某些"共享"现象。如"模式""片段"和"套语"的重现和变体；诗歌"主题"和"话题"的有限性和可预见性；诗歌语言材料所承担的特定语法功能，等等。这些现象大大削弱了诗歌的原创性和作者的所有权，强调了它们在某种公共诗歌语料库中的流动与共享。

第一章为"汉诗"与南朝。宇文所安认为我们现在所见的汉诗实际上是"手抄文本"（manuscripts），而任何的手抄文本在流传的过程中都会遭遇借字（loan characters）、错字（wrong words）、错置（transpositions）、脱漏（dropped lines）等这样那样的问题，因此，现存的汉诗很可能已非当时原貌。第二章为早期诗歌的语法。在这一章中，作者提出在现存乐府诗中存在着"同一首诗歌的不同版本"（the "same" poem from a "different" poem），这类诗歌系统有其重复出现的主题，相对稳定的段落和句式，以及它特有的描写步骤，它们的产生也必定有着共同的创作规律。第三章为游仙诗。宇文所安感兴趣的部分在于游仙诗在一个诗学话语体系中的构成方式，出现在乐府诗中的少数几个有名有姓的仙人的传说似乎与作品内容没有太大关系。这种不合逻辑似乎更证明了有些诗（如《折杨柳行》）是"拼合型乐府"（compound yuefu）。第四章为死亡与宴会。宇文所安以此为主题讨论了乐府诗的"变体"现象，认为学者在面对乐府诗时，首先要厘清哪一首是"原文本"（original），哪一首是"衍生文本"（derivation）。第五章为作者和叙述者。宇文所安认为汉代以来五言诗的作者归属并不稳定，在一个为无名氏诗歌寻找作者的时代，一部分无名氏乐府逐渐获得被指定的署名。公元三世纪时出现的"代作"诗歌很容易令读者把叙述者与作者等同起来。第六章为拟作。主要是陆机在三世纪末创作的拟古诗。宇文所安认为"拟"的现象发生在文本层面,用以呼应应该是固定的已存文本,而且应该与原作自始至终保持差别,避免与一句诗中的重要词语发生文字上的重复。附录部分为七篇对于乐府诗从不同角度的专门阐述,但较零散,属正文部分的补充性研究。

二、宇文所安论乐府诗的生成

宇文所安研究乐府诗所谓的"生成",实际上是把诗歌放回到它产生时的具体历史环境中,探讨它与前朝诗歌的渊源,它在流传过程中的版本发生了怎样的改变,及其发展与流变过程中透露出后世人怎样的情感倾向。这不仅是单纯文本层面的研究,更包含了对历史的关注,符合西方文论文、史结合的研究传统。他用来研究乐府诗的西方文艺批评方法也有别于中国传统文论中的研究方法。前者是回到过去,由诗歌中相似的"片段"进而研究含有相同片段诗歌生成、流变的过程,以及人们观念对这些诗歌的重建;而后者是着眼未来,从同类诗歌的母题出发,去研究这个主题产生、流变以及整体的发展脉络。

宇文所安的研究重点在乐府诗生成的历史。在文本不断地被模拟、重述、改写的过程中,诗体的形式和内容在不断发展变化,最终形成了作为体裁名称的"乐府"。

为了解读"乐府"诗体形式的生成,宇文所安运用了一系列概念,如"变体"、"恐白"(horror vacui)、"程序"、"套语"、"片段",以及"同一首诗歌"、"拼合型乐府"等理论。"变体",即文本在口头传播或手抄保存的过程中发生的改造,它既可以是整个文本的变体,也可以是文本中字词的变体、音节的变体,例如,《古诗十九首》中的第十五首《生年不满百》几乎一字不差地重新出现在《乐府诗集》的《西门行》中。"套语"现象出现在"变体"的形成过程中,例如,"道路阻且长"(《古诗·行行重行行》)为描写离人之间相隔距离遥远的常见套语。这些"变体"和"套语"的混合搭配构成乐府创作的一整套"程序"。最终,"同样的诗歌材料在不同类型的文本成规中得到了不同的实现"(Owen,2006:30)。宇文所安的"变体""套语"和"程序"的概念也从另一个角度解释了乐府与"古诗"、唐拟乐府诗之间始终存在的模糊界限的原因。

"恐白"是指由于害怕空白,因此就要想方设法进行填补(Owen,2006:57)。早期五言诗的历史过于单薄,只有寥寥几首可确信作者姓名,于是人们不断把现有的诗作系于知名作者名下来填补这一空白。如《乐府诗集》录班婕妤的"团扇诗"(即《怨歌行》),但关于班婕妤的最早记载《汉书·外戚传》中并未载其曾作怨诗。这类诗歌中有相当一部分从此一直保存在每一部古典诗歌的现代选集中,而且是以相同的顺序出现。"空白"消失了,取而代之的是"经典"(canon)(Owen,2006:58)。宇文所安此说未免太过绝对。有些乐府诗的作者系名的确有矛盾之处,但仅是少量存在,不能仅以此就断定"填补作者"为乐府诗流传过程中的普遍现象。

"同一种诗歌"是宇文所安全书研究的核心观点。他在研究过程中发现,对于一些无名氏乐府、"古诗"以及公元 2 世纪末至 3 世纪初叶一系列系于具体作者名下的诗篇,当把它们全部视为共时性的、不存在时间差别的作品来看待的时候，无论在内容还是语句描述上，都会看到它们之间惊人的相似之处，例如，《古诗·飞来白鹤》"飞来白鹤，从西北来，十十五五，罗列成行。妻卒被病，不能相随，五里一返顾，六里一徘徊。吾欲衔汝去，口噤不能开；吾欲负汝去，毛羽日摧颓"与《乐府诗集·艳歌何尝行》的上篇"飞来双白鹄，乃从西北来。十十五五，罗列成行。妻卒被病，行不能相随。五里一反顾，六里一徘徊。吾欲衔汝去，口噤不能开；吾欲负汝去，毛羽何摧颓"。比较两首诗后必须承认，正如宇文所安所言，某些文本在流传过程中是可变的，还可能会形成多种形态，但都是与原本性质相同的"同一首诗歌"。

宇文所安认为乐府中有一种常见的篇章类型，常常是由独立流传的、截然不同的片段构成，他称之为"拼合型乐府"。第一个片段往往表现人类世界之外的事物，如鸟类或仙人；第二个片段展现人类世界的情境，通常与初始片段形成呼应，但有时也会形成某种互相矛盾的关系（Owen，2006：93）。以《艳歌何尝行》为例，他把这首诗按照韵脚和意义分为三个不同的片段：第 1—16 行、第 17—24 行，以及第 25—26 行，并且与王粲《七哀诗》进行比较，发现两首诗都以同一个主题开展，在展开过程中都用到了共享话题，随即进入第二个主题。这类乐府诗的创作或是表现为拼合独立的片段，或是把不同主题融入内容连贯的表达中。（注："片段"与"拼合型乐府"的说法并非宇文所安首创。相关文献可见于余冠英《乐府歌辞的拼凑和分割》与桀溺的《中国古典诗歌的起源：汉代抒情诗的研究》(*Aux origines de la poésie Classique en Chine：Étude sur la poésie lyrique à l'Époque des Han*)）宇文所安的"片段"概念和"拼合型乐府"理论可以解释乐府诗中的很多类似个案。

在乐府诗形成的内容层面上，宇文所安认为只要展示出"程序句"，并且列出常见的"话题"，就能创作出某种"主题"。每一个主题与一系列话题相连，每个话题都有一套自己的词汇，主题与主题之间往往又相互交织。对此我们可以理解为，关于人生苦短的话题有一系列诗句："对酒当歌，人生几何，譬如朝露，去日苦多"（曹操《短歌行》）、"人生忽如寄，寿无金石固"（《驱车上东门行》）、"露晞明朝更复落，人死一去何时归"（《薤露》），这些诗句分别出现在了以"及时行乐""求仙""悼亡"为主题的诗篇当中，也就是"人生苦短"这个话题可以被用在不同的主题上。不同话题也有相应的程序句。如"睡觉"可以是"寐""寝""眠"，但"不能"二字一定出现在五言诗句的第三、四位，如"心思不能言"（《悲歌行》）、"对案不能食"（鲍照《行路难》）。表示失眠的诗人披衣、起床、踱步的程序句的第三个字一定是"起"："揽衣起徘徊"（《古诗·明月何皎皎》）、"披衣起彷徨"（曹丕《杂诗》）、"揽衣起踟蹰"（阮瑀《无题》）、"蹑履起出户"（徐干《室思》）、"揽衣起西游"（曹植《赠王粲》）。据此，宇文所安怀疑李陵组诗中"褰裳路踟蹰"的第三个字"路"应为"起"。

宇文所安通过语言分析发现了乐府诗的创作规律，其中颇有值得探究与借鉴之处，如"恐白""程序"等概念的提出启发着乐府研究的新视角。他创造了生成乐府诗的"片段"概念，遗憾的是加以支撑的史料不够充分、可靠；他的思维灵感，一如"散落在博物馆地板上的碎片"（Owen，2003：14），需要读者具有非凡的历史想象力方能串起这些碎片，建立起诗歌文本与外部世界的关联。显然，宇文所安的《中国早期古典诗歌的生成》并非系统的乐府诗学研究。

第三节　《中国早期古典诗歌的生成》中的乐府诗

《中国早期古典诗歌的生成》中共计收入完整诗歌 120 首，其中见录于郭茂倩《乐府诗集》的有 47 首，此外还有 103 个诗歌片段。其选诗来源十分丰富，有《乐府诗集》《汉书》《文选》《玉台新咏》《艺文类聚》《太平御览》《古文苑》《初学记》《魏武帝魏文帝诗注》（黄节，1958）《汉魏乐府风笺》（黄节，1961）等，但多数选自逯钦立的《先秦汉魏晋南北朝诗》（1983）。本书所讨论的乐府诗以《乐府诗集》所收为准。

这 47 首乐府诗为《戚夫人歌》（*The Son is a Prince*）、《李延年歌》（*In the North Country is a Lady Fair*）、《杂诗》（*Unclassified Poem*）（曹丕）、《长歌行》（*Long Song*）（曹睿）、《燕歌行》（*Banquet Song*）（曹丕）、《艳歌何尝行》（*Prelude：O When*）、《临高台》（*Looking Down From the High Terrace*）、《艳歌何尝行·何尝快》（*Prelude：O When*）（曹丕）、《鸡鸣》（*Cockcrow*）、《东门行》（*East Gate*）、《艳歌行·翩翩堂前燕》（*Prelude*）、《淮南王》（*The Prince of Huainan*）、《善哉行·有美一人》（*Grand!*）（曹丕）、《豫章行》（*The Ballad of Camphorwood*）、《艳歌行·南山石嵬嵬》（*Prelude*）、《飞龙篇》（*The Dragon in Flight*）（曹植）、《长歌行·仙人骑白鹿》（*Long Song*）、《善哉行·来日大难》（*Grand!*）、《折杨柳行》（*Snapping the Willow*）（曹丕）、《秋胡行·愿登泰华山》（*Ballad of Qiuhu*）、《董逃行·吾欲上谒从高山》（*Dongtao Ballad*）、《步出夏门行·邪径过空庐》（*Going Out Xia Gate*）、《陇西行》（*Ballad of Longxi*）、《气出唱·驾六龙》（*Breathe Out*）（曹操）、《陌上桑·驾虹霓》（*Mulberries by the Path*）（曹操）、《气出唱·华阴山》（*Breathe Out*）、《云中白子高行》（*The Ballad of Bai Zigao in the Clouds*）（傅玄）、《五游》（*The Five Wanderings*）（曹植）、《仙人篇》（*The Immortals*）（曹植）、《秋胡行·晨上散关山》（*A Ballad of Qiuhu*）（曹操）、《长歌行·青青园中葵》（*Long Song*）、《西门行·晋乐所奏》（*West Gate*）、《西门行·本辞》（*West Gate*）、《驱车上东门》（*Upper East Gate*）、《善哉行·上山采薇》（*Good!*）（曹丕）、《大墙上蒿行》（*Weeds on a Large Wall：Ballad*）（曹丕）、《短歌行》（*Short Song*）（曹操）、《善哉行·朝日乐相乐》（*Grand!*）（曹丕）、《箜篌引》（*Song of the Harp*）（曹植）、《怨歌行》（*Song of Reproach*）（班婕妤）、《白头吟》（*Song of White Hair*）、《野田黄雀行·曹植》（*Brown Sparrow in Wild Fields：A Ballad*）、《饮马长城窟行》（*I Watered My Horse at a Watering Hole by the Great Wall*）、《满歌行·为乐未几时》（*Full Song*）、《陌上桑》（*Prelude：Luofu Ballad*）、《秦女休行·始出上西门》（*Ballad of Qin's Maid Xiu*）（左延年）、《秦女休行·庞氏有烈妇》（*The Ballad of Qin Nüxiu*）（傅玄）。其中《戚夫人歌》《李延年歌》和《临高台》原译文未设标题，此处所加标题为译文首句。所列标题及作者以《乐府

诗集》所录为准，如改宇文所安所引《气出倡》为《气出唱》，改《饮马长城窟行》作者蔡邕为无名氏。

对于乐府诗，宇文所安首先承认它是一个被大量研究过的体裁，在某种程度上还是一个手抄本体裁，更是一个书目类别。某些类型的文本主要或只是保存在"乐府"这一书目类别下，但也有很多文本会出现在"诗歌"选集中。围绕乐府的音乐类别及其起源而发生的种种故事，在音乐早已佚失的情况下流传，是一个很特别的学术传统，有自己独特的范式和惯例。他还认为宋郭茂倩编辑《乐府诗集》时仍在因循这一手抄本传统，大量参考了六世纪中期的《古今乐录》。而早期乐府从一开始就是一个充满了争议的领域，人们对它的认识可能仅仅来源于一部或几部被偶然保存到宋代的作品，由此推断出的知识很有趣，有时很有用，但常常是模棱两可的（Owen，2006：7—8）。

关于乐府诗的判断标准，历来都是学者讨论较多，但似乎仍值得进一步探讨的问题。例如，《文选》的诗歌类中，在乐府诗的条目下只有选诗 40 首，而郭茂倩《乐府诗集》所录达 5000 余首。《乐府诗集》中仅录有《古诗十九首》中三首，但朱乾《乐府正义》中明确表示"《古诗十九首》皆乐府也"。梁启超更在《中国美文及其历史》中指出："流传下来的无名氏古诗亦皆乐府之辞。"对此，近代著名学者余冠英持肯定意见，他在《乐府诗选·序》中说："所谓古诗本来大都是乐府歌辞，因为脱离了音乐，失掉标题，被人泛称做古诗。"再加上自唐以后的大量拟乐府、新题乐府，如果仅凭判断，然而依据不同，标准不同，的确会令研究难以为继。考虑到"乐府"这一体裁范围的争议，为了便于讨论，宇文所安"姑且用'古典诗歌'这一词语把这些问题隐藏起来"（Owen，2006：8）。他所选诗歌的分析围绕汉乐府口头性质、文本复制、叙事主题、音乐传统这些内容，均是乐府有别于其他文学体裁的研究范围。

第四节　宇文所安的诗歌翻译观

宇文所安在他编译的《诺顿中国文学选集》（*An Anthology of Chinese Literature : Beginnings to* 1911）的前言之一"翻译札记"（A Note on Translation）中曾对中国古典文学，尤其是诗歌的翻译有专门的论述。本节对宇文所安翻译观点做简要的介绍。

关于翻译的整体认识，宇文所安认为它首先是一门棘手的艺术，就像文学史上的赌博。知识和技能必不可少，野心全靠运气支撑。名作可能被译得平庸，无名之作也可能会重焕光彩；如同赌博将巨大的财富化为乌有，小的赌注翻身成重。一切都取决于当下，语言环境、翻译资源甚至译者性情都会影响翻译结果。

宇文所安认为翻译的唯一准则应该是文本的相互参照：译者努力创造一个复杂的差异体系，这些差异彼此不相对应，又能被优秀的中国读者所感知。英美的中国文学译者往往会塑造他们自己的中国文学整体印象，或使之与英国文学对立，或置之于其中。译文中令人难以捉摸的"中国情调"(Chineseness)甚至超出了传统中国读者固有的对中国文学时期、体裁、风格以及作者个性差异的理解。作为译者的宇文所安坚信作品中的"中国情调"会不言自明(show itself),译者的任务是找到不同语言体系下的恰当词汇。

关于翻译策略,宇文所安认同德国著名神学家和哲学家施莱尔马赫(Friedich Schleiermacher,1768—1843)的观点,认为翻译过程中,适应译入语语言习俗(归化)和保留源文本语言差异(异化)之间存在冲突。走极端只会产生糟糕的译文,多数译者都是在二者间寻找平衡:既要有选择地归化某些成分,又要尊重某些差异。译者要相信,中国文学传统的意义已足够深远,不需要再夸大。宇文所安认为自己更倾向于属于归化策略阵营,他更愿意向读者揭示为什么这些作品在它们自己的世界里具有影响力,而不是为什么会对外部读者产生异域魅力。

关于适度归化,宇文所安首先会"英语化汉语文本"(English these texts),即按照英语行文习惯来传达原文,使汉语中特有的模糊表达变得精确。在词汇方面,他会把时间和计量单位换算成西方标准,如中国旧历的正月译成"三月"(March);二月译成"四月"(April),以此类推。"寸""尺""丈"分别译成"inch""foot""yard"。对于有些数字,例如,"万",如果是泛指,语义等同于英语中的成千上万,那么"thousands"就是准确的翻译;但如果"万"指的是确切的数字,那么就译成"ten thousand",所以如何选择取决于语境。他还会用英语文化中的对应词汇翻译中国古诗中的乐器、酒类、建筑和动植物等。如译"琴"为"harp"、"瑟"为"great harp"、"琵琶"为"mandolin";译"酒"为"beer"或"wine";译"楼"为"tower"或"mansion"、"阁"为"tower";译"梧桐"为"beech"、"兰"为"orchid"、"杜若"为"mint"等。在句式方面,宇文所安采用英文句式,但会比较灵活,以呼应汉诗句式的独特之处。如四言、五言汉诗等行翻译;楚辞和赋也是等行翻译,但会在诗行之间加个空格与原诗的停顿对应;结构更自由松散的七言诗会译成下行缩进的上下两行。在翻译分节汉诗时,宇文所安会在诗节间留下一行的间距。如果诗中有对偶句,他也会把它作为一个整体与其他诗行用间隙隔开。但如果无法同时既保留汉诗的形式又保证译文的准确性和可读性,他宁愿牺牲形式上的一致。

第五节 宇文所安《诺顿中国文学选集》中的乐府诗译介

宇文所安选译的乐府诗作品多来自东汉魏晋南北朝时期,在《诺顿中国文学选集》中,他称这一时期为中国的"中世纪"(Middle Ages)。这一时期有著名的光武中兴,但刘氏王朝的统治者已意识到难以再现西汉时期的辉煌,于是开始寄希望于儒家思想对民众的教化,以帮助恢复及巩固其统治。但西汉末年,战乱频仍,社会动荡不已,国家藏书损失已极其严重,于是"东汉统治者设立了专门的图书典藏与编校机构,如辟雍、东观、兰台、石室、仁寿阁、宣明殿以及鸿都等处"(肖东发,2008:146)。桓帝时,更创设了我国封建中央政府中第一个主持图书事业的机构——秘书监。这些都在无形中推动了知识的流通与文化的发展，促进了民间乐府的收集与整理。至南朝时，沈约奉诏撰写《宋书》，其中的《乐志》部分记录了汉魏时期的乐府诗，为后世郭茂倩等编录乐府诗专集的主要依据。

《诺顿中国文学选集》中共译有乐府诗 39 首，《中国早期古典诗歌的生成》选取了其中的 16 首，其余 23 首为《上邪》（*Heaven Above*）、《有所思》（*The One I Love*）、《战城南》（*South of the Walls We Fought*）、《平陵东》（*East of Ping-ling*）、《长安有狭斜行》（*Chang-an Has Narrow Alleys*）、《琅琊王歌》（*Song of the Prince of Lang-ya*）、《木兰诗》（*The Ballad of Mu-lan*）、《子夜歌》（*Zi-ye Songs*）10 首、《子夜四时歌》（*The Zi-ye Songs of the Four Seasons*）4 首、《企喻歌》（*Qi-yu Songs*）2 首。这些诗按照西汉、东汉、南朝、北朝分不同时期排列，有的还在其后附有后世诗人如李白、杜甫等的同题拟作，便于读者发现中国古典诗歌的传承与流变历史。所有的译诗皆极少附脚注，在不可避免的情况下，宇文所安会在诗歌前后尽可能多地提供必要的背景知识。这些知识包括诗歌背后的政治环境、人物小传、文化负载词汇渊源以及汉诗句式特点等，间或有宇文所安对中国历史与文化的解析与评论。这些介绍能解除英语读者阅读译诗过程中因文化背景知识欠缺可能产生的困惑，对了解宇文所安的文学观与翻译观也十分有帮助。

以下拟以宇文所安的两首译诗为例，对他的翻译特色加以评介：

原文	宇文所安译文	宇文所安译文回译
子夜歌	Zi-ye Song	子夜歌
郎为傍人取	My love was taken by another,	我的爱人已被他人迷住，
负侬非一事	he betrayed me more than one time.	他曾不止一次地背叛我。
摘门不安横	I opened the door, didn't set the bar,	我打开了门，不再上门，
无复相关意	which is to say: "Close no more."	就是在表示，"门不再关"。

《子夜歌》共 42 首，属南朝乐府民歌，郭茂倩《乐府诗集》录入卷四十四《清商曲辞·吴声歌曲》中。南朝乐府主要是东晋、宋、齐时的民歌，由当时的官方机构采集而留存下来。多是五言四句的爱情小诗，题材范围比较狭窄，后来延伸出多种变曲。郭茂倩《乐府诗集》将南朝入乐的民歌全部归入《清商曲辞》中，吴声歌曲便是其中的一类，东晋、刘宋期间产生于建业（今南京市）一带。它最初是"徒歌"，即清唱，没有伴奏，后来又配上了乐曲管弦。关于《子夜歌》的来历，《唐书·乐志》有关记载是"《子夜》者，晋曲也。晋有女子，名子夜，造此声，声过哀苦"。意即《子夜歌》为晋代一位名叫子夜的女子所创作，歌曲风格极其悲哀。其创作方式和表达手法对后世文学产生了深远的影响，鲍照、谢灵运、李白等都曾借鉴《子夜歌》中的语言与意象。如李白乐府诗《静夜思》中"床前看月光，疑是地上霜。举头望山月，低头思故乡"与《子夜四时歌·秋歌》的"秋夜入窗里，罗帐起飘飏。仰头看明月，寄情千里光"，同样的秋夜、同样的举头望月、同样的寄情于明月，意境几乎完全一样。

这首《郎为傍人取》为《子夜歌》第十六首,五言,不押韵,双关语修辞特征十分明显。宇文所安的译文为等行散体翻译,不压尾韵,无行内韵。原诗第一句"郎为傍人取"意为"你与身边的人结为夫妻"。"傍人"即"身边的人","取"即"娶"。宇文所安译"取"为"was taken by"(被取走、被吸引),一语双关,不同的意义很容易让读者产生不同的联想,不同的联想最终会汇聚为作者想要表达的"我的爱人离开了我"之意,与全诗的双关修辞特征吻合。第二句和第三句的"负侬非一事,摛门不安横",宇文所安采用了英译汉诗中常用的补出主语方法,以"负侬"为"他负我";"摛门"为"我打开门",主语、宾语皆明白无误,用词精炼、准确。第四句"无复相关意"为谐音双关语,既指"不再锁门",也指"他觉得和他无关,没有再来看我的意思",强化了女子被背叛之后的痛苦,谴责了负心男子的无情无义。宇文所安也认为第四句为双关语,但他认为此句除指"不再锁门"外,还有另外一层意思:我与你再无瓜葛(I'll have nothing to do with you any more)。此说中有决绝之意,与诗中被弃女子的人物身份设定并不相符。他还进一步解释说,这句话还有一层暗含之意,即"女子不闩门有可能是在等待新的爱人"(woman's availability for a new lover)(Owen,1996:238)。这样的解释显然改变了原诗观点,极易令读者产生误会。《子夜歌》四十二首主要是在抒发女子的相思与思慕之情,以及她对爱情的痴迷和忠贞不渝,负心男子的形象也从侧面增强了封建社会女子生活的不幸与痛苦。同时也反映了封建社会女子与男子地位的不平等,她们是被动的,在爱情婚姻生活中毫无保障,封建礼教不能允许一个未婚女子自由地选择自己的爱人。因此宇文所安所理解的女子有可能在另觅新欢的设想在中国封建社会是不可能实现的。

中国历史上的南北朝时期战争频繁,尤其是北朝,战乱几乎贯穿了其整个历史。长期处于战乱中的北方民族以豪爽刚强、勇于赴死而著称。《礼记·中庸》记载道:"衽金革,死而不厌,北方之强也,而强者居之。"这句话的大意是"挥金戈,披甲胄,万死不辞,正是北方壮士勇强果敢的表现"。每当战火燃起,北方人民总是以保家卫国为己任,积极主动地拿起武器,奔赴战场。北朝时期,这种尚武精神更是空前高涨,就连女性也不让须眉、以搏杀于战场为快事,著名的《木兰诗》就描写了花木兰这样一位替父从军的巾帼英雄。这一时期也产生了许多以战争为背景的乐府民歌,如《企喻歌》《琅琊王歌》等。北朝乐府民歌内容丰富,语言质朴,风格粗犷豪迈,大大不同于温软多情的南朝民歌。宇文所安也认为北朝乐府民歌具有阳刚之气,死亡与暴力是其常见主题,与南朝民歌形成鲜明对比。他翻译了《企喻歌》等四首北朝民歌,下面是《企喻歌》第一首的原文和译文:

原文	宇文所安译文	宇文所安译文回译
企喻歌	Qi-yu Song	企喻歌
男儿欲作健	A man should act with daring,	男人做事应当勇
结伴不须多	many friends he does not need.	不需友人从者众。

（续表）

原文	宇文所安译文	宇文所安译文回译
鹞子经天飞	The hawk goes flying through the sky,	雄鹰翱翔越天空，
群雀两向波	wrens surge away on either side.	鹪鹩群飞向两边。

《企喻歌》收录于郭茂倩《乐府诗集》"梁鼓角横吹曲"中，共四首。四首民歌均以从军出征者为歌咏对象，但每一首都各有侧重，结合起来就勾画出了一个完整的战士形象。宇文所安翻译了其中的第一首和第四首。原诗第一首为五言四行，第二、四句押韵，译诗为等行翻译，第二、四行押尾韵/d/，在形式、韵律上与原诗对应。全诗开头第一句表现了一位充满阳刚之气的北方男儿的刚勇性格和英雄气概，第二句则是以非同凡响的自信进一步刻画了北方男儿共同的性格与精神：男人想要做一个健儿，结伴同行者就不必太多。宇文所安的翻译简洁而准确。第二句倒装句式的运用与原诗语序对应，同时突出了北方男儿的洒脱与自信。这首诗还运用了比兴的诗歌创作技巧。唐刘知几《杂说上》中说："自古设比兴，而以草木仿人者，皆取其善恶、薰莸、荣枯、贞脆而已。"可见，刘知几认为"比兴"连接了自然界动植物与人类自我，是借外物以明人事。此诗后两句即以"鹞子"与"群雀"来比拟前文的"健儿"与"同伴"，以当危险来临之时，雄健的鹞鹰冲天而起、怯懦的群雀如水波躲向两侧的形象，赞美真男儿敢以独身敌众的英雄气概，足以感奋人心。宇文所安以"surge away"翻译"两向波"，形象而准确。更为引人注目的是，他对中国古典诗歌"依诗取兴，引类比喻"的比兴传统也有着深刻的理解。译诗全文类比关系的事物间呈并列关系，并且不见"like"之类的干扰词汇，最大限度地保留了原诗的创作特色，堪称学者之译。此诗译文还有多个版本，如"A brave man never needs a lot of men/To prove he is the best man of the day. /When a harrier dashes from the sky，/The sparrows scatter like the spray"（汪榕培，2008：199），译文流畅优美，但结构、诗意已异于原诗。

朱徽对宇文所安的汉诗英译有极高的评价（朱徽，2009：282—283）。首先是译诗经典化。英语世界的"诺顿文学书系"历来是西方的权威经典文学文本。过去在"欧美中心主义"强权文化的制约下，基本只选源自古希腊、古罗马文明传统的经典文学作品，对源自其他地域和文化的文学作品多有忽视或歧视。宇文所安编译的《诺顿中国文学选集》选入具代表性的中国古代诗人及其作品，使大量英译汉诗首次被置于与西方经典文学并列的地位。他的译诗还被收入多种经典文学选集如梅纳德·迈克（Maynard Mack，1909—2001）主编的《诺顿世界文学杰作选集》等。其次是学者化翻译。宇文所安的汉诗英译是学者化翻译的典范，他的中国古诗英译跟他的学术研究紧密相连。其巨著《诺顿中国文学选集：从初始至1911年》不仅有全书导论，每章每节都有独立引言，以说明该时期或文类的特色，甚至对选译的每篇作品也有解说。他试图用作品译文和研究成果来深入完整地展现中国经典文化传统。最后是深远的影响。由于宇文所安汉诗英译的数量大、质量高，且以他精湛的研究成果为支撑，所以，他翻译的中国古诗在英语世界产生了深远影响。他以令人难以置信的毅力和恒心，以一己之力翻译完成的《诺顿中国文学选集：从初始至 1911 年》在英语世界和其他西方国家被广泛用作大学教材，得到评论界的赞扬和普通读者的喜爱。他的译诗也被收入多种英译中国文学选集中，为在当代西方学术领域熔铸汉学之辉煌而独树一帜。

第九章

美国诗人身份学者的乐府诗译介

第一节　概述

　　英、美之间的文化与学术交流有着源远流长的历史。在英语世界中国古典诗歌研究与译介的发轫期,英国出版的所有重要著作都会很快流传到美国,其中还有很多是在英、美两地同时出版发行。第一次世界大战以后,西方汉学研究中心逐渐转移到美国。在这一时期,大量来自于欧洲的学术成果和人才进入美国,再加上国家政策的引导和洛克菲勒基金会等组织充裕的资金支持,美国的汉学研究迅速崛起,走上了"职业化、专业化、科学化"(江岚,2009:157)的道路。但它很快就偏离了欧洲的传统汉学研究领域,被与国防、外交、经济扩张等国家利益直接挂钩的"中国问题研究"所取代,"对传统的中国语言、文化、哲学、文学研究被普遍认为过时且不具吸引力"(魏思齐,2007:33)。但与此同时,美国文学艺术界对中国古典诗歌的译介与化用却表现出持续不断的兴趣,涌现出了一批诗人身份的乐府诗译者,如庞德、王红公、叶威廉等,这些人也是美国新诗运动的中坚力量。

　　美国新诗运动又称"美国诗歌复兴"(American Poetry Renaissance),以 1912 年著名诗人、诗歌评论家哈莉特·门罗(Harriet Monroe,1860—1936)创办《诗刊》(*Poetry*)为开端,20 年代后期热度逐渐消退,至 40 年代后期的旧金山文艺复兴诗歌运动,许多新诗人已走向成熟。新诗运动崇尚各种新题材和新体裁的诗歌创作,所受外来影响很复杂,其中,"中国古典诗歌,与法国象征主义诗歌并列,构成美国新诗运动所受的一对主要外来影响"(赵毅衡,1983:19)。大批诗人接受了中国文化的影响,从汉字独特的形、音、义相连的特征中,看到了一种"文字的描写性张力与意象的魔力"(江岚,2009:164),开始模仿中国古典诗歌进行英诗创作,从而开创了美国诗歌史上短暂但辉煌的"意象派"诗歌时代。当时出现了许多著名的意象派诗人,如埃兹拉·庞德、卡尔·桑德堡、埃米·洛厄尔等,"这是一个时代性的热潮,不是个别人的热情"(赵毅衡,1983:19)。其中很多诗人就是在翻译包括乐府诗在内的中国古典诗歌时发现了其中"魔力"的秘密,而后运用到自己的诗歌创作中。由于翻译过程中带入了过多的个人主观因素,这些诗人的译作大多不忠实于原作,与其说是"翻译",不如说是"创译"。因此他们的译作频遭学院派诟病。然而这些诗人身份译者所具有的创作能力却赋予了这些译诗顽强的生命力与独特的魅力。这些译作的"影响之广泛,足以令学院派望尘莫及"(江岚,2009:166)。

第二节　庞德的《神州集》与乐府诗译介

埃兹拉·庞德(Ezra Pound,1885—1972)出生于美国爱达荷州(Idaho)。他少年早慧,11岁发表诗作,15岁考入宾夕法尼亚大学(University of Pennsylvania),修习美国历史、英国古典文学和罗曼斯语言文学,取得学士学位后继续在宾大攻读拉丁语硕士学位。在此期间,他熟练掌握了法语、意大利语、西班牙语等语言,为他的翻译实践和创作奠定了坚实的基础。23岁后他开始在欧洲游历,辗转到达伦敦、巴黎等城市。在那里,他与欧洲文化艺术界交往密切,结识了一批作家和诗人,如韦利、艾略特等,这些人中有些成为了后来"意象派"的中坚力量。1908年,庞德再次去往欧洲并定居于伦敦,1921年移居巴黎,1924年,开始定居于意大利。1943年,他被美国联邦政府指控犯有叛国罪,押回美国,在一所精神病院中关押了近13年。在此期间,他翻译出版了《论语》《大学》《中庸》等中国文学典籍。1958年,在艾略特、海明威和弗罗斯特等著名诗人的一再呼吁下,庞德被释放并返回意大利,1972年病逝于威尼斯。

庞德一生著述颇丰,其中最为引人注目的就是他翻译的中国诗歌和儒家经典。包括《神州集》(*Cathay*,1915)、《大学》(*Da Hio*, *The Great Learning of Confucius*,1928)、《中庸》(*The Unwobbling Pivot*,1945)、《论语》(*Confucian Analects*,1950)和《诗经》(" *The Classic Anthology*" *Defined by Confucius*,1954)。此外还有创作诗集《天才的灭亡》(*A Lume Spento*,1908)、《狂喜》(*Exultations*,1909)、《人物》(*Personae*,1909)、《意象派诗人》(*Some Imagist Poets*,1914)。庞德最重要的诗歌创作作品是史诗式巨著《诗章》(*Cantos*,1917—1969),这部文学巨著长达800余页,包括120首长诗,创作时间历时50余年。

一、《神州集》的内容

1909年至1917年间,一些英美诗人对当时的诗坛文风发起了反拨。他们提出改革由象征主义、浪漫主义、唯美主义与浪漫主义结合而成的新浪漫主义;摒弃无病呻吟、多愁善感的诗风与僵化的伦理说教,以鲜明、准确、含蓄和高度凝炼的意象生动而形象地展现事物,并将诗人的思想感情熔化在诗行中。这就是20世纪初最早出现的现代诗歌流派——意象派。而"意象派"代表人物的标志性作品,往往是他们的"中国诗",即模仿中国诗创作的英文诗,至今在文学史上地位稳固的庞德也是如此。他翻译的中国诗《神州集》是他的诗集《诗章》成型前最重要的诗歌作品,"是《诗章》的铅笔底稿……正是中国诗使庞德和另一些美国诗人找到了自我"(赵毅衡,1983:21—22)。《神州集》是庞德根据西班牙裔美国人厄内斯特·费诺罗萨(Ernest Fenollosa,1853—1908)的中国诗笔记翻译而成。费诺罗萨的笔记中记录了大约150首中文诗,每首诗有原文、日文读音和每个字的英语释义,但庞德仅选译了其中的19首。对于其中的原因,赵毅衡进行了分析,他认为:

> 新诗运动接受的中国诗,是被美国人"中国化"了的中国诗。但这种"中国化"并没有使中国诗成为非中国诗,而是突出了中国诗的某些方面,使其风格的幅度变狭了,从而更适应了新诗运动的需要。……这种"中国化"是通过选择实现的。现藏于耶鲁大学的费诺罗萨笔记原件,有注释详尽的《离骚》《九歌》《风赋》《琵琶行》《胡笳十八拍》等,但庞德没有选。……也明显避开了一些最重要的诗人,而强调了中国诗简朴、恬淡、清静的方面。(赵毅衡,1983:23)

可见,赵毅衡认为,在新诗运动的大背景下,从一开始,庞德翻译中国诗就带有强烈的个人目的。一方面,庞德以诗人兴趣选择翻译,所呈现的中国诗数量有限;另一方面,庞德推崇的是中国诗内在的简约美学,这也是他追求的理想诗风。

庞德本人在该书的后记中对此也有所解释,他认为直译应该是翻译汉诗的最完美方式,如"抽刀断水水更流,举杯销愁愁更愁"译成"Drawing sword, cut into water, water again flow:/Raise cup, quench sorrow, sorrow again sorry"(Pound,1915:32)。他尽量避开那些必须加以不必要的解释和乏味注释的作品,因为这样做必然会降低翻译的价值。因此,诗意简明、用典较少成为他的选诗标准。

在汉诗专译本中,《神州集》中所录汉诗数量最少,但它却是20世纪初英语世界最流行的汉诗译本之一。全书共收录诗歌20首,其中英译汉诗19首,分别为《诗经·小雅·采薇》(Song of the Bowman of Shu)、《青青河畔草》(The Beautiful Toilet)、《陌上桑》(A Ballad of the Mulberry Road)、郭璞的《游仙诗》(Semmin Poem by Kakuhaku)、卢照邻的《长安古意》(Old Idea of Choan by Rosoriu)、陶潜的《停云》(To Em-mei's "The Unmoving Cloud")、王维的《送元二使安西》(Light Rain is on the Light Dust);李白诗12首:《江上吟》、《侍从宜春苑奉诏赋龙池柳包初青听新莺百嗽歌》(The River Song)、《长干行》(The River Merchant's Wife: A Letter)、《玉阶怨》(The Jewel Stair's Grievance)、《古风十八·天津》(Poem by the Bridge at Ten-shin)、《古风十四·胡关》(Lament of the Frontier Guard)、《忆旧游寄谯郡元参军》(Exile's Letter)、《登金陵凤凰台》(The City of Choan)、《古风六·代马》(South-Folk in Cold Country)、《黄鹤楼送孟浩然之广陵》(Separation on the River Kiang)、《送友人》(Taking leave of a Friend)、《送友人入蜀》(Leave-taking near Shoku)。此外还有一首古英语长诗《海员》(The Seafarer)。

庞德对《玉阶怨》和《长干行》的作者的标注是"Rihaku",这是李白姓名的日文拼写音译。在《神州集》的扉页位置,庞德曾说明他的选诗大部分来自李白,理解则是根据厄内斯特·费诺罗萨的笔记和森槐南(Mori Kainan,1863—1911)、有贺长雄(Aruga Nagao,1860—1921)两位日本教授的注释。但这些笔记和注释都不一定完整。而庞德既不懂中文又不通日语,无法真正理解绝大部分的诗歌,这也许是庞德选诗量极少的另一个关键原因。庞德标注出的另外一位译者是"Kutsugen",这是屈原的日文姓名音译,但译诗所对应的内容却是"采薇采薇,薇亦作止",即《诗经·小雅·采薇》,因此这首 Song of the Bowman of Shu 并不是屈原的作品。

此外,李白诗《江上吟》和《侍从宜春苑奉诏赋龙池柳包初青听新莺百啭歌》被庞德错误地认为是一首诗,合译诗名为《河之歌》(The River Song),本书中仍视其为两首。还有些诗篇仅是节译,如《陌上桑》原诗为 53 行,庞德仅译了前 14 行。他还比较了盎格鲁-撒克逊(Anglo-Saxon)时代的古英语诗《海员》和创作于同一历史时期唐代李白的长诗《忆旧游寄谯郡元参军》。《忆旧游寄谯郡元参军》以李白与元演的离合为经纬,依次追忆了许多美好的往事。其中包含了对人间事的感慨,突出了现实的缺恨。庞德在此译诗之后附古英语长诗《海员》,同样是无法改变失意的现实,同样是通过怀旧的方式来排遣孤寂。也许庞德举两诗对比是认为两首诗中有相似的宿命论。

二、《神州集》中的乐府诗与庞德的译介

《神州集》中共有三首诗见录于郭茂倩《乐府诗集》,分别为《玉阶怨》《长干行》和《陌上桑》。前两者均为李白所作,《陌上桑》为汉代乐府古辞。三首五言诗均具乐府诗的典型特征:语言生动凝练;叙事朴素自然;押韵灵活;多排偶句。

庞德认为,诗歌翻译是翻译艺术的巅峰,并将诗歌分为三类:声诗(melopoetia)、形诗(phanopoeia)、理诗(logopoeia)。"形诗"可译,"声诗"难译,而"理诗"无法翻译(蒋洪新,2001:56—57)。"声诗"强调的是诗歌的音乐特性,而"理诗"是以鲜明的语言特性表达特定的美学内容,属"字里行间的神智之舞"(朱徽,2009:99)。因此这两者都很难翻译成理想的作品。相比之下,"形诗"却是可译的。庞德所指的"形诗"强调诗歌的"意象性和图像性,好的译者不会使形诗因为经过翻译而被破坏"(朱徽,2009:99)。而乐府诗借景抒情、托物言志的创作特征则使它成为"形诗"的最佳范例。

关于乐府的入乐问题,今人一般认为,乐府曲调皆已散佚。萧涤非认为,"综而论之,(乐府诗)由两汉之里巷风谣,一变而为魏晋文人之咏怀诗,再变而为南朝儿女之相思曲,三变而为有唐作者不入乐之讽刺乐府"(萧涤非,1984:26)。罗根泽在《乐府文学史》中也持相同的观点,他认为"乐府在汉魏虽有曲谱,而至唐代则久已亡佚,故唐人为乐府,不过效法歌词,并不能依照乐府曲调"(罗根泽,1996:190)。前人也早有此论述。如清代徐大椿曰:"汉魏乐府,唐不能歌而歌诗。"(中国戏曲研究院,1959:149—150)郭茂倩《乐府诗集》中表示,"杂歌谣辞和新乐府辞不合乐,杂曲歌辞无类可归"(郭茂倩,1979:3);"杂曲歌辞或心志之所存,或情思之所感,或宴游欢乐之所发,或忧愁愤怨之所兴,或叙离别悲伤之

怀,或言征战行役之苦,或缘于佛老,或出自夷虏。兼收并载,故总谓之杂曲"(郭茂倩,1979:677)。可见郭茂倩更多是从题材繁杂和内容丰富方面解读杂曲歌辞的内涵。失去了音乐性质之后,这些乐府诗的意象性和图像性变得格外突出,最终成为了庞德口中典型的"形诗"。这也可以帮助我们理解,为什么庞德等西方学者翻译乐府诗时更愿意选择唐新乐府辞、杂歌谣辞,以及杂曲歌辞分类下的诗篇。例如,这首《长干行》:

原文	庞 德 译 文	庞德译文回译
长干行	The River-Merchant's Wife：A Letter	河商之妻：一封信
妾发初覆额	While my hair was still cut straight across my forehead,	当头发刚刚盖过额头,
折花门前剧	I played about the front gate，pulling flowers.	我在前门玩耍,折花。
郎骑竹马来	You came by on bamboo stilts，playing horse,	你踩竹跷来,戏着马,
绕床弄青梅	You walked about my seat，playing with blue plums.	你绕着座位,玩青梅。
同居长干里	And we went on living in the village of Chokan；	我们同在长干村居住;
两小无嫌猜	Two small people，without dislike or suspicion.	两个小人儿,无猜忌。
十四为君妇	At fourteen I married My Lord you.	十四岁嫁给我的大人
羞颜尚不开	I never laughed，being bashful.	我未欢笑,因为害羞。
低头向暗壁	Lowering my head，I looked at the wall.	低下头,我看着墙壁。
千唤不一回	Called to，a thousand times，I never looked back.	呼唤千次,我不回头。
十五始展眉	At fifteen I stopped scowling,	十五岁的我不再皱眉,
愿同尘与灰	I desired my dust to be mingled with yours	愿我遗骸与你的相合
常存抱柱信	Forever and forever，and forever.	永永远远,永永远远。
岂上望夫台	Why should I climb the look out?	为什么我要登观景塔?
十六君远行	At sixteen you departed,	十六岁时你离家远行,
瞿塘滟滪堆	You went into far Ku-to-Yen，by the river of swirling eddies,	你进入了瞿塘滟滪堆,在一漩涡密布的河畔,
五月不可触	And you have been gone five months.	今你已经走了五个月。
猿鸣天上哀	The monkeys make sorrowful noise overhead.	猴子在头顶发出哀啼
门前迟行迹	You dragged your feet when you went out.	出行时你曾一拖再拖。
一一生绿苔	By the gate now，the moss is grown，the different mosses,	门边别样苔藓已长成,
苔深不能扫	Too deep to clear them away!	苔藓太厚,不好清理!
落叶秋风早	The leaves fall early this autumn，in wind.	今秋落叶早,在风中。
八月蝴蝶来	The paired butterflies are already yellow with August	成双蝴蝶随八月变黄
双飞西园草	Over the grass in the West garden,	翩翩飞过西园的草地,
感此伤妾心	They hurt me.	它们伤我心。
坐愁红颜老	I grow older,	我渐渐老去,

（续表）

原文	庞 德 译 文	庞德译文回译
早晚下三巴	If you are coming down through the narrows of the river Kiang,	若你沿狭窄江河回返，
预将书报家	Please let me know beforehand,	请预先通知我，
相迎不道远	And I will come out to meet you,	我会来迎接你，
直至长风沙	As far as Cho-fu-Sa.	远至长风沙。

《长干行》属六朝乐府《杂曲歌辞》，多用于描写男女恋情。长干，即长干里，是古金陵巷名。乐府旧题有《长干曲》，郭茂倩《乐府诗集》中有《长干曲》五首，均为五言四句；《长干行》三首，篇幅较之《长干曲》有大大增加。本首《长干行》是李白唐玄宗年间初游金陵时所作，描述了一位商人妻子的各个生活阶段。诗人通过季节变化和不同景物的描写，将一个思念远行丈夫的少妇形象刻画得栩栩如生、跃然纸上。

"长干行"为乐府调名，庞德弃之不译，而是按内容将其意译为"The River-Merchant's Wife：A Letter"（河商之妻：一封信），虽不忠实但易于读者理解。与原诗一样，译诗也为第一人称自述，等行翻译，炼句简单流畅，用词通俗易懂，较忠实明了地再现了原作中的生动意象与动人情感。

由于庞德不懂中文，因此只能根据费诺罗萨的英文注释进行翻译。汉诗中的人名和地名，他也只能照搬费氏笔记中的日文拼写，如译"长干"为"Chokan"、"瞿塘滟滪堆"为"Ku-to-Yen"、"长风沙"为"Cho-fu-Sa"，这些日文拼写均为汉字音译。可见庞德认可音译汉诗中的人名、地名，这也是西方译者翻译汉诗时的通用做法。但单纯的直译有时未必有效，还需辅以必要的解释，向读者介绍这些名称背后的历史、地理、文化背景知识，帮助理解原作。在翻译"瞿塘滟滪堆"时，庞德运用了异化策略中的音译法加归化策略中的增益技巧，以"by the river of swirling eddies"补充解释了"滟滪堆"下隐含的重重危险，无言地透露出商妻为丈夫担忧，祈祷他能平安归来的心态。朱徽认为庞德译诗有"过度异化"（朱徽，2009：108）的倾向。如前文提到的其他地名直接按日文音译，且不加注释，读者理解起来会非常困难。

庞德的译诗中有大量的误译、漏译之处，常为中外学者所诟病。例如，"五月不可触"一句意为"五月份水涨时，滟滪堆不可碰触"，庞德翻译为"And you have been gone five months"，意为"你已经走了五个月"，这种误译正是由于庞德意识中的文化空缺造成的。"门前迟行迹，一一生绿苔"指的是"你我过去常常在门前散步，你不在家后就少有人踏入，一处接一处地长出了绿苔"。但庞德的译文已将原文改头换面，成了彻底的自由发挥。乐府诗中少有典故，但李白诗或多或少都会有些典故，如这首《长干行》中的"抱柱信"和"忘夫台"。"抱柱信"典出《庄子·盗跖》，是尾生守约而死的故事，用来比喻信守诺言。关于"忘夫台"中国读者大多能"望文生义"，因为古有"望夫石"，都与思妇痴念远行的丈夫有关。费诺罗萨笔记中对这两处典故都曾有过详细的解释,但庞德仍将其省去不译,强调"我愿死后永远和你在一起",十分令人费解。可见,庞德的误译、漏译的原因之一在于他不懂中文而且对中国文化历史知识了解有限;第二就是他在刻意省略,因为他认为他的翻译已经不需要再进一步地去诠释了。

三、《神州集》的影响

关于译诗标准,庞德认为诗歌翻译"不应过分强调字词的直译,更要注重文本的意义,注意再现文本所蕴含的感情,字面翻译无法再现原词语中的美"(Singh,1994:120)。因此《神州集》并"不强调对原文原意的忠实,或是某些词意义的忠实,而是重视诗的节奏、意象和变化"(蒋洪新,2001:57)。换言之,庞德并不在意他是否完整、忠实地表现出了原文诗意与意境,"他只需要译文能够表达出它自己的'意境'就足够了"(江岚,2009:208)。庞德不懂中文,不受传统译论"忠实"与否的束缚,他这种非专业译者的身份反而给他探索自由体诗结构以最大的自由。因此,尽管有这样那样的缺憾,庞德的《神州集》仍然被认为是"精美之极。诗是怎么样,它们都做到了"(Eliot,1917:29)。

《神州集》在许多诗人眼中并不是严格意义上的翻译作品,如叶威廉视《神州集》为一种再创造。在这些作品中我们不能期望找到所有的细节(包括联想意义、地方风味、修辞趣味)的再现。相反,我们发现'基本诗篇'以透明的细节保留着。这些诗篇在意义上与原文有不同之处:某种字面的细节要么被取消,要么被改变,原来的地方色彩做些修饰或者甚至改变来满足英语读者的理解,某些典故被去掉以便读者免受注解之苦"(Yip,1969:201)。叶威廉的分析十分中肯。艾略特则宣称"庞德是我们这个时代中国诗的发明者,他的中国诗翻译丰富了英语诗歌"(Eliot,1934:XVI)。

尽管《神州集》被视为庞德在中国诗歌素材基础上的再创作,它仍然在英美文学史上占据着重要地位,并且与庞德一起,成为英美文学界持续讨论的专门话题。《神州集》中的《长干行》更被先后收录入奥斯卡·威廉斯(Oscar Williams)选编的《袖珍本现代诗》(*The Pocket Book of Modern Verse*,1954)和《美国重要诗人手册》(*The Mentor Book of Major American Poets*,1962)。《美国名诗101首》(*101 Great American Poems*,1998)中也选录了这首诗。最具权威性的美国文学选集《诺顿美国文学选》(*Norton Anthology of American Literature*,1979;1998)中也收录了这首诗。可见,李白的《长干行》经过庞德的创造性翻译已经成为美国文学史上的经典作品,作为庞德最重要代表作品之一,成为美国现代诗坛"中国诗歌创意英译之经典化过程中的典型范例"(钟玲,2003:35)。一部作品经过翻译成为他国文学的一部分,这在中外翻译史上都是难以复制的奇迹,这也是中国文学世界文学化的典型范例。

第三节　王红公的《爱与流年：续汉诗一百首》与乐府诗译介

　　肯尼斯·雷克斯洛斯(Kenneth Rexroth，1905—1982)，中文名为王红公，当代美国著名翻译家和诗人，旧金山诗学中心(San Francisco Poetry Center)的创立者之一，也是 20 世纪 50 年代美国"旧金山文艺复兴运动"(The San Francisco Renaissance)的发起人，英国《泰晤士报》(The Times)称他是"垮掉的一派之父"。雷克斯洛斯于 1905 年生于印第安纳州的南班德(South Bend，Indiana)，父亲是一位药品经销商，长期酗酒，母亲患有慢性疾病，因此他的童年生活苦不堪言。父母相继去世后，14 岁的他搬到芝加哥跟随姨母生活，并进入芝加哥艺术学院(Art Institute of Chicago)学习。他掌握汉语、日语、希腊语和西班牙语等多种语言，在音乐、写作和翻译等方面都显示了突出的才能。在青少年时期他做过一些奇奇怪怪的工作，还曾经被指控为妓院合伙人而入狱。在格林威治村他曾度过一段修道士式的生活，在后期的回忆中他称那是他一生中最幸福的时光。从 1929 年开始，他开始在杂志上发表诗歌，从那开始一直到 60 年代，他一直是旧金山地区(San Francisco Bay Area)艺术活动的领袖人物。旧金山诗歌文艺复兴运动兴起之时，也是他诗歌生涯最辉煌的阶段。1953 至 1968 年间，他先后成为《民族报》(The Nation)和《旧金山观察家报》(San Francisco Examiner)的专栏作家。

　　雷克斯洛斯被认为是第二次世界大战后美国第一位重要诗人。他不仅撰写了《20 世纪美国诗歌》(American Poetry in the Twentieth Century，1971)等论著，还著有《几点钟》(In What Hour，1949)、《万物印记》(The Signature of All Things，1949)、《龙与独角兽》(Dragon and Unicorn，1952)、《新诗选集》(Collected Shorter Poems，1966)、《新诗抄》(New Poems，1974)等多部诗集。除了写诗，他还是一位文学翻译家，将多部法语、西班牙语和希腊语作品翻译成英文，并以翻译中文和日文诗歌而闻名于世。如《一百首日本诗》(100 Poems from the Japanese，1955)、《一百首中国诗》(100 Poems from the Chinese，1956)、《爱与流年：续百首中国诗》(100 More Poems from the Chinese：Love and the Turning Years，1970)等；与台湾女学者钟玲合译了《兰舟：中国女诗人》(The Orchid Boat：Women Poets of China，1972)和《李清照诗全集》(Li Ching-chao，Complete Poems，1979)。翻译中国诗之余，他为自己起了个中文名字——王红公，这也是国内翻译界讨论雷克斯洛斯时的通用名称。

一、《爱与流年：续百首中国诗》的内容

　　除《李清照诗全集》为独立诗人专译本外，王红公的其他中国诗译著中共包含了多位诗人的几百首作品，时间跨度大，内容丰富。如《一百首中国诗》中包括杜甫、梅尧臣、欧阳

修、苏轼、李清照、陆游、徐玑、徐照、朱淑真共 9 位诗人的 100 首作品,但其中未含乐府诗。《兰舟:中国女诗人》中有包括钟玲在内的中国 54 位女性诗人的 112 首诗,其中乐府诗 7 首,分别为班婕妤的《怨歌行》(*A Song of Grief*)、卓文君的《白头吟》(*A Song of White Hair*)和五首《子夜歌》(*Tzu Yeh Song*)。

《爱与流年:续百首中国诗》共 142 页,包括前言、译诗正文、注释和参考文献,编写体例完整、规范。译诗目录部分首先是汉和六朝时期的 17 首无名氏乐府民谣,其后是按照诗人姓氏顺序排列的 95 首诗,便于检索。但无论作者和诗作均未附中文原文,仍给后期研究者带来一定困难。译诗部分则是按照年代顺序,包括了从汉代班婕妤到清代蒋仕铨共 59 位诗人的 111 首诗。最后一首是王红公自己的创作《在山村》(*In the Mountain Village*)。

该书的装帧颇具特色,封面使用了一幅中国古代仕女图,其中仅有一人娉婷而立,意境神秘幽远。内页致谢部分表明本书献给卡萝尔(Carol)。卡萝尔是王红公的第四任妻子,做他的助理多年,陪伴他直到他去世。致辞是一幅汉字草书书法,线条纵逸流畅,墨色亦浓亦纤,酷似一幅中国水墨画。内容是《道德经》之"谷神不死,是谓玄牝,玄牝之门,是谓天地根。绵绵若存,用之不勤"。对于此篇深意,今人解读歧义甚多。王红公在前言中曾提及他本书所选多为爱情诗,因此,他应该更倾向于"谷神不死"中的"谷"通"欲",即人类对"爱"的渴望没有穷尽。

在前言中,王红公谈到他翻译这本中国诗的目的仅仅是为了取悦自己,所选诗篇也都是他喜读乐译的,不是为了卖弄学问,更不是为了标榜对汉学的精通。按照弗米尔(Vermeer)翻译目的决定翻译策略和方法的理论,假如王红公的翻译不是为了取悦读者,那么他的译文就不是在努力向读者靠拢。那么这些译文是在努力向源语文本靠拢吗? 答案显然是否定的。王红公曾表示,他的"汉诗英译不以'信'为目标,诗歌翻译不必拘泥于原文,应当有相当大的自由度。翻译家,尤其是诗人翻译家,可以把原文仅当作素材,当成是供自己想象力纵横驰骋的起点。只希望忠实于原作的精神,不追求词句的对应,但是所产生的英文译文必须是有相当水平的英文诗"(钟玲,1985:144)。这与意象派运动时期庞德的论调如出一辙:翻译的最终目的其实都是"拿来我用",使译诗成为打上译者个人风格烙印的再创作。与庞德一样,王红公"译文中最动人最优美的部分,往往是跟原文出入较大的片段,是他将原文当成供自己自由发挥的原材料的产物。在这些部分,他经常甚至超越了常规的翻译界限而进入创作领域"(朱徽,2009:136)。这也恰恰是文学他国化的一条重要途径。

但是这种再创造还是翻译吗? 如果是翻译,它所依赖的源文本又在哪里? 王红公曾自述自孩童时代就开始学习中文,19 岁结识著名的美国诗人、翻译家威特·宾纳(Witter Bynner,1881—1968),从而燃起了对中国诗的兴趣,可见,在翻译中国诗方面他具有庞德难以企及的语言优势。在《一百首中国诗》的前言中,王红公曾谈及他的选诗来源有"中文文本,也有法文、德文和英文译本,但是来源并不重要"(王红公,1956:Introduction)。这样的表述多少会令读者感受到译者面对中文文本时的傲慢态度,毕竟任何一位西方评论家都不会断言翻译荷马时源文本无足轻重。类似的贬损也经常会施加在其他一些非欧洲来源的文本上,如菲茨杰拉德(Fitzgerald,1896—1940)翻译的《鲁拜集》(*The Rubaiyat*),以及前文提到的庞德的《河商之妻:一封信》。无论译者有意还是无意,对源文本的不够尊重已使译文成为了"去源文本化"的英文诗,其逼真程度已经很难再把它们称为翻译了。

书中注释集中在全部译诗之后,按照字母顺序排列,共 14 页,内容非常详尽。如介绍乐府诗时,作者谈到,"汉代乐府是对先秦时期民谣的继承与发扬,但相对来讲,内容更严肃、更具文学性;而南朝乐府由乐伎所作,多是些通俗的爱情诗,句式结构为男女对话的形式;北朝乐府更硬朗、文学性更强,多描写北方边境人民的生活"(Rexroth,1970:121)。除"南朝乐府为乐伎所作"失真外,其余内容表明作者对乐府在整体上的把握十分准确。注释部分除介绍每位作者所处时代外,也会对诗歌的内容、背景做简要说明,其中还有与日文诗或日本历史的比较。如介绍梁代简文帝时,作者谈到当时中国南北朝时期王朝更替的状况类似于日本的幕府时代;钱起的《题崔逸人山亭》(*Visit to the Hermit Ts'ui*)类似于日本的和歌(*waka*)。但是也有某些张冠李戴的错误,如把孔稚圭的《游太平山》(*Mount T'ai P'ing*)归为钱起所作;《薤露》误为"T'ien Hung"所作。注释中最为详尽的当属杜甫,王红公用长达 3 000 字的篇幅表达了对杜甫的崇敬与热爱。他认为杜甫是"世界上最伟大的非史诗、非戏剧性的诗人,直到现在,他的名字仍存在于任何语言当中。在这一点上,连萨福(Sappho)也没有做到"(Rexroth,1970:128)。"在某些方面,他比莎士比亚或荷马优秀,至少他更自然更亲切……杜甫使我成为了一个更加高尚的人,一个道德的代言人,一个有洞察力的生命体"(Rexroth,1964:319)。由于对杜甫极为崇拜,王红公还专门撰写了《杜甫诗论》(*Tu Fu,Poems*),阐述他对杜甫诗的领悟与理解。他的诗歌选集中共翻译了杜甫诗 36 首,其中一首收录在《爱与流年:续百首中国诗》中。这些译诗被赞誉为美国文坛上"可能仅次于庞德的《神州集》"(钟玲,1985:144)的译诗集。

二、《爱与流年:续百首中国诗》中的乐府诗及译介

在后记中,王红公介绍该书选诗自六朝时期的乐府(*Yueh Fu*)开始,但他并未对"*Yueh Fu*"做进一步的解释。显然王红公认为"*Yueh Fu*"对当时的美国读者来说并非生僻难懂的词汇。这不禁让人回忆起英国文学界对乐府的认识从发现、质疑到认可的漫长过程。可见,在 20 世纪中后期的美国,文学界似乎已承认"乐府"这一术语的合法性。

《爱与流年:续百首中国诗》中共包括乐府诗 23 首,分别为班婕妤的《怨歌行》(*A Present From the Emperor's New Concubine*)、汉武帝的《秋风辞》(*Autumn Wind*)、《薤露》(*Dew on the Young Garlic Leaves*)、《长歌行》(*Life Is Long*)、《十五从军征》(*Home*)、《拔蒲》(*This Morning Our Boat Left*)、《枯鱼过河泣》(*The Fish Weeps*)、《子夜四时歌·春歌》(*The Cuckoo Calls From the Bamboo Grove*)、《子夜四时歌·夏歌》(*In Spring We*

Gather Mulberry Leaves)、《子夜歌》(*Night Without End*)、《华山畿》(*What Is the Mattr With Me?*)、《子夜四时歌・冬歌》(*Bitter Cold*)、《读曲歌・逋发不可料》(*I Can No Longer Untangle My Hair*)、《读曲歌・打杀长鸣鸡》(*Kill That Crowing Cock*)、《青溪小姑曲》(*The Girl by Green River*)、《读曲歌・合冥过藩来》(*Nightfall*)、《子夜变歌》(*The Month Go By*)、《读曲歌・折杨柳》(*We Break off a Branch of Poplar Catkins*)、《子夜歌・秋歌・凉秋开窗寝》(*A Cold Wind Blows Open the Window*)、梁武帝的《子夜歌・夏歌》(*Water Lilies Bloom*)、隋炀帝的《春江花月夜》(*Spring River Flowers Moon Night*)、刘禹锡的《视刀环歌》(*To the Tune "Glittering Sword Hilts"*)和张籍的《节妇吟》(*A Faithful Wife*)。如王红公在前言中所言,这些诗多为爱情诗。美国读者往往认为中国极少有爱情诗作,但王红公认为中国诗自《诗经》开始就一直有大量爱情诗,即民间歌谣。各朝各代都会把这些民间歌谣编录成集,文人还会对其模仿创作。有感于中国文人的仿作传统,王红公在该书最后留下了一首自己的仿汉诗创作。

　　王红公的翻译为自由体,直译加创译,这已经是学界对他英译汉诗的共识。他首先是一位诗人,与汉学家们希望通过中国文学去了解中国社会的出发点不同,他翻译中国诗的初衷完全基于对这些诗篇的喜爱,不是为了卖弄学问,更不是为了标榜对汉学的精通。他用简明优雅的语言,根据原作的绝大部分辞藻和诗意,再加上他自己的理解,充分发挥身为一个诗人的想象力,进行结构和情节上都有别于原诗的再创造。下面是王红公所译《秋风辞》:

原文	王红公译文	王红公译文回译
秋风辞	Autumn Wind	秋风
秋风起兮白云飞	The autumn wind blows white clouds	秋风吹动白云
草木黄落兮雁南归	About the sky. Grass turns brown.	在天空。草黄。
兰有秀兮菊有芳	Leaves fall. Wild geese fly south.	叶落。野雁南飞。
怀佳人兮不能忘	The last flowers bloom, orchids	最后的花开,兰
泛楼船兮济汾河	And chrysanthemums with their	与菊它们的
横中流兮扬素波	Bitter perfume. I dream of	苦涩香气。我想念
箫鼓鸣兮发棹歌	That beautiful face I can	那张美丽的脸
欢乐极兮哀情多	Never forget. I go for	永难忘记。我在
少壮几时兮奈老何	A trip on the river. The barge	河上游。大船
	Rides the current and dips with	行于流水泛起
	The white capped waves. They play flutes	白色浪花。他们吹箫
	And drums, and the rowers sing.	敲鼓,船夫歌唱。
	I am happy for a mement	欢欣片刻

（续表）

原文	王红公译文	王红公译文回译
	And then the old sorrow comes back.	旧愁重现。
	I was young only a little while,	我的青春转瞬即逝，
	And now I am growing old.	现在的我正在老去。

　　《秋风辞》属《杂歌谣辞·歌辞》，全诗比兴并用、情景交融，是中国文学史上的"悲秋"名作。主题是"乐极哀来，惊心老至"，因此要及时行乐。译文也有叹息人生短暂的虚无色彩，但远未到达原诗主题的深度。原诗在艺术风格上受楚辞影响较大，如宋玉《九辩》有"悲哉，秋之为气也，萧瑟兮，草木摇落而变衰；……雁廱廱而南游兮，鹍鸡啁哳而悲鸣"等，悲秋、草木衰落、雁南飞等意象均为《秋风辞》所取影。原诗中的自然意象如"秋风""白云""草衰""雁南飞""兰""菊"等在译诗中一一得到了保留。但这些意象在译诗中的表现形式是跳跃、叠加的，大大不同于原诗中连续、渐进的交织融合。译文中各个意象彼此之间的联系也是断裂的，很难体现出原诗的情感内涵。如"兰有秀兮菊有芳"一句，王红公加上了他诗人的想象力，加上了"最后的花开"（The last flowers bloom）和"苦涩香气"（Bitter perfume），诗意已不同，也失去了中国古诗特有的含蓄、自然的韵致。"欢乐极兮哀情多，少壮几时兮奈老何"一句意指"过分的欢乐之后，新生出的哀怨心绪就更多，青春难再，老之将至，因而不得不及时行乐了"。王红公用"old sorrow comes back"来对应"哀情多"，"新"哀愁变成了"旧"哀愁，与原诗意境相距甚远。王红公的创译还表现在押韵和句式上。原诗为五言九行，前四句两句一换韵，后五句隔行押韵，共三个韵，王红公的译诗为十六行自由体，不押韵；原诗每句中带一"兮"字，在句式上与楚辞相近，译诗有大量的"跨行"（enjambment），这是英语诗歌话语的突出特征，译者应是意图制造与原诗近似的停顿效果。王红公还创造性地运用了许多其他的技巧，如不规则停顿和结束，以及句子结构和长度的极度变化，来表现原诗中更富有情感元素的意象表达。但跨行部分与原诗"兮"字造成的语意停顿并无对应。以上技巧的过多使用也使译诗失去了原诗紧凑、明快的特征。

　　在另外一首译诗《长歌行》中，王红公同样采用了很多跨行的句式。原诗为"青青园中葵，朝露待日晞。阳春布德泽，万物生光辉。常恐秋节至，焜黄华叶衰。百川东到海，何时复西归。少壮不努力，老大徒伤悲"。原诗托物起兴，诗人由园中葵的蓬勃生长和枯萎，写到了人类青春逝去的不可避免，告诫读者要及时努力，不要虚度光阴。"常恐秋节至，焜黄华叶衰"一句的译文为"A lonely girl thinks with dread/Of the coming Autumn, and the time/Of withering flowers and falling bright gold leaves"（Rexroth，1970：8）。原诗为诗人自谓秋节将至而有所感触，省略了隐含的主语，即诗人"我"。王红公创造性地补出主语"A lonely girl"，很容易令读者认为这是一首闺怨诗，削弱了诗歌内在思想内容的深刻性。

　　王红公通晓汉语，而且对中国传统文化有较深认识。因此，江岚认为，"他的误译很可能是有意而为之"(江岚，2009：271)。他翻译中国诗的初衷是因为他喜欢这些诗篇，因此，他的翻译过程也带有过多的个人喜好。当他认为"乐极生悲"这类的抽象概念难以被英语读者所理解的时候，他就用具体的场景"欢欣片刻，旧愁重现"把它替换了；当他感觉哀叹青春逝去的主人应该是"一位孤独的女子"方显诗歌的凄美意境时，他就会这样补出原诗中缺失的主语。换言之，"他在翻译过程中注重呈现个体对原诗西方式的、主观的审美感受，更甚于再现原诗的意境。这一点，也投射出'垮掉的一代'自由、开放、追求个性化的诗学主张"(江岚，2009：271)。

三、王红公诗歌创作对中国古典诗歌的模仿

美国现代诗坛从中国古典诗歌中汲取了大量的灵感和素材。埃兹拉·庞德、艾米·洛威尔(Amy Lowell，1874—1925)、加里·施耐德(Cary Snyder，1930—　)等都是深受中国文化和中国诗影响的美国诗人。王红公认为，"远东诗歌对现代美国诗歌的影响大于19至20世纪法国诗歌对其的影响，而且远大于自己传统的影响，即19世纪英美诗歌的影响"(钟玲，2003：22)。的确，王红公不仅通晓汉语，而且具有较深的汉文化修养，这使他一方面能较自由地向读者传达汉诗中的意蕴，另一方面也在更深层次上完善了自身创作中对汉诗内在文化元素的运用。由于长期译介中国诗歌、研读中国经典，王红公的诗歌创作也受到了潜移默化的影响。可以说，中国诗歌对王红公自身创作的影响要远远大于其他欧洲传统诗歌。

王红公的诗歌创作强调遵循"中式法则(Chinese rule)"，即通过具体的图像或感官的直接呈现去创设一种"诗境"。在这一点上，他与庞德等人颇有相通之处，而他"对中国式诗意的理解以及对客观意象的中国式运用，却是其他美国诗人难以企及的"(江岚，2009：272)。他会借用中国诗中的常见意象表达这些词语所承载的相似情感，还会借用中国诗中的某个诗句。更难能可贵的是，他"不仅在形式技法上借鉴了中国古典诗歌，而且还汲取了中国古典诗歌的精神韵味"(郑燕虹，2006：163)。在诗歌创作的成熟期，他对中国古典诗歌中意象运用的理解尤为得心应手。下面是《爱与流年：续百首中国诗》中王红公的一首创作诗：

王 红 公 诗 作	王红公诗作汉译
In The Mountain Village	在山村
Wild flowers and grass grow on	野花野草生长在
The ancient ceremonial	古老的仪典
Stairs. The sun sets between the	阶梯。日落
Forested mountains. The swallows	在密林山脉。筑巢

（续表）

王 红 公 诗 作	王红公诗作汉译
Who nested once in the painted	在年少王子
Eaves of the palaces of	彩绘宫殿屋檐
The young prince are flying	的燕子　今夜　飞在
This evening between the homes	樵夫和采石工的
Of woodcutters and quarrymen.	住宅间。
More ancient by far than the stairs	比阶梯更古老的
Are the cyclopean walls	是覆盖着苔藓和蕨类的
Of immense dry laid stones covered	巨大、干燥、平铺的
With moss and ferns. If you approach	巨石墙。若你安静地
Quietly and imitate their	靠近，模仿它们的
Voices，you can converse all day	声音，你就可与那里的树蛙
With the tree frogs who live there.	整日交谈。

　　这首诗结构简单，语言精练。诗歌意境由一系列单个意象——野草、阶梯、日落、飞燕、苔藓、巨石、蛙声等——组合起来，绘成了一幅藏情于景的逼真画面。诗人并未直抒对时事变迁、昔盛今衰、人事代谢的感慨，而是通过废弃的阶梯、长满苔藓的石墙和呱躁的树蛙形象，展现给读者一个繁盛一时但荒废日久变得恬静安然的小山村。虽未言情，更显情真意切。这种寓情于景而意在言外、藏而不露却又容易令人感受的创作风格，类似于中国古典诗歌。诗人还借用了中国古典诗歌中传达某种意境的特定意象，如以草木繁盛反衬今日荒凉，以夕阳西下感喟时光流逝，以燕子筑巢吊古伤今，以树蛙呱躁表现夏日幽寂，以点点青苔寄托隐逸之情。显然，王红公的这首诗是在有意地模仿中国古典诗歌的意象叠加创作技法，甚至直接借用了中国诗中的意象。

　　王红公与庞德最显著的不同在于他不仅懂汉语，而且具有较深的中国文化素养。他对乐府诗的译介虽然没有达到"研究"的程度，但这一优势一方面使他能够将乐府诗的意韵更自由地推介给其他诗人与普通读者，另一方面，这些句式严谨规范、极度精炼、难以捉摸的古汉语诗，经过王红公的转译、创译、模仿，成为较为松散、更加散文化的现代英语诗后，某些原有的色彩固然失落，但一些在原诗中易于被忽视的细节则显露出来，而这对中国读者（特别是对古典、现代诗文均有较深阅读经验，以及写作经验的读者）尤具启发性。当然引人警觉地是，这样做的后果往往会令译者过多加入自身的体验和见解，不惜对原诗做出较大的改动，使译诗脱离原诗。而如此创造出的"意境"很可能已非原诗的本来面目。

第十章
国内乐府诗译介方兴未艾

第一节　许渊冲与"三美论"关照下的乐府诗译介

许渊冲（1921—　　）是 20 世纪以来中国优秀的翻译家，他精通英语、法语，译著超过 100 部。2009 年，中国对外翻译出版公司出版了许渊冲英译的《汉魏六朝诗》，其中包含了 1992 年由北京大学出版社出版的《中诗英韵探胜》（*On Chinese Verse in English Rhyme*）和 1994 年由新世纪出版社出版发行的《中国古诗词六百首》（*Song of the Immortals—An Anthology Of Classical Chinese Poetry*）中的一些乐府诗，译者还对部分诗作进行了修订。

在《中诗英韵探胜》中，许渊冲对他的翻译思想——"美化之艺术，翻译似竞赛、信达优"有较详细的说明："三美"是许渊冲翻译哲学的本体论；"三化"是方法论；"三之""神似"是目的论；"艺术""创作"和"竞赛"是认识论；"发挥优势"既是认识论，又是方法论，统帅全局（许渊冲，1992：引言）。

这其中，"三美"作为文学翻译的标准已获得越来越多人们的共识，这从已发表的相关论文数量上也可见一斑（截至 2018 年 10 月，搜索知网可得 400 余篇）。许渊冲对"三美"并没有给出明确的定义，但我们从他的有关论述中可知："音美"是指译作再现了源文的音韵美感，包括韵式、节奏等因素；"形美"是指译作保留了源文的结构特点，如字（词）数、音节数、行数、长短、对称等；"意美"即译作体现了源文的深层内容。这里面意美最重，音美次之，最后是形美，也就是说翻译是美的创造，所以神似胜于形似，要在传达原文意美的前提下，努力做到三美齐备。下面以许译乐府诗《行行重行行》为例来叙述许渊冲"三美"论的实践以及理论指导意义。《行行重行行》原文如下：

行行重行行，与君生别离。

127

相去万余里，各在天一涯；

道路阻且长，会面安可知？

胡马依北风，越鸟巢南枝。

相去日已远，衣带日已缓；

浮云蔽白日，游子不顾反。

思君令人老，岁月忽已晚。

弃捐勿复道，努力加餐饭！

这是乐府诗《古诗十九首》中的第一首，以女子的语气描述了东汉末年动荡岁月中的相思乱离之苦。许译如下：

You travel on and on

And leave me all alone.

Away ten thousand li，

At the end of the sea.

Severed by hard，long way，

Oh，can we meet someday?

Northern steeds love cold breeze，

And southern birds warm trees.

The farther you are away，

The thinner I am each day.

The cloud has veiled the sun；

You won't come back，dear one.

Missing you makes me old；

Soon comes the winter cold.

Alas! Of me you're quit.

I hope you will keep fit.

（许渊冲，1994：15）

许渊冲倡导韵体译诗，译诗时力求再现原诗音韵美。《行行重行行》原诗每行三顿，许译基本是抑扬格三音步，汉诗英译基本是以步代顿，许译的节奏和原诗非常接近。在音节上，许译除第九行和第十行（七个音节）外，其余各行均为六个音节，每两个音节为一音步，每行三音步，诵读中抑扬顿挫，颇具原诗美感。再看韵式，原诗用韵较自由，有时隔行押韵，许译则为严整的双行押韵，重复使用的韵式使诗行间在内在节奏上出现重叠和反复，和原诗重复出现的两次"相去"呼应，愈显全诗的苦闷彷徨之意。许译韵式的使用在一定

程度上发挥了译语优势,再造了原诗的"音美"。

　　许氏"三美"论认为译诗应保留原诗的外形特点。原诗每行五个字,共十六行,许译也为十六行,十一行为五个字,除第九、十行每行七个音节外,其余均为每行六个音节,虽和原诗整饬的外形有差异,但在英诗中已属齐整。根据许氏译论,翻译之"形美"还应讲求对仗,即如果源文句式相同,译文也应如此。"胡马依北风,越鸟巢南枝"两句均为"主语(名词)-谓语-宾语(名词)"结构,句法相同,词性相对,对仗工整。许译前一行使用和原诗相同句式,下一行由连词"and"连接,省去了谓语,形成了句式相同的两行诗,体现了原诗的"对仗美"。但如果换个动词并且用英语中的平行结构(parallelism)来翻译汉语诗的对仗因素,改译为"Northern steeds love the cold wind; Southern birds prefer warm trees"也未尝不可。由此可见,因为英汉两种文字间的巨大差异,英译诗很难达到和汉诗相同的形美,更难细化出实现这一理想的精确步骤,因此,"形美"的可操作性建立在译者对原诗的句式、结构等要素的深入考量上。

　　"三美"的核心是"意美",未能传达出原诗深层语义的译诗也就失去了讨论的意义。我们认为,文学翻译实际上就是文化翻译,"意"的传达实际上就是再现源文中的文化内涵。原诗中的"胡马"和"越鸟"两行诗用比兴手法表达了凡物都有眷恋乡土的本性:北马南来仍然依恋着北风,南鸟北飞还是爱把窝筑在朝向南方的树枝上,飞禽走兽尚且如此,何况人呢?"胡"和"越"这两个中国古地理知识上的地域概念,在诗中则分别指代了北方和南方,这其中的文化内涵已超出了译语读者的认知能力,生硬直译势必造成阅读受阻。许译用译语读者熟悉的"northern"和"southern"归化了这两个文化负载词的所指意义,最大限度地减弱了陌生化程度,译文简洁而且易于被读者接受。

　　许渊冲的"三美"译论中有对前人思想的借鉴(鲁迅提出"文章三美",林语堂把鲁迅的"三美"扩大为"五美"),更有其基于大量文学翻译实践基础上的总结。因此,这一蕴含先贤智慧的翻译理论对文学翻译实践具有积极的指导意义。从许渊冲对乐府诗的翻译上可见其为实现"三美"所作出的努力,所译诗作"意美""音美"。至于"形美"方面,尽管英译汉诗可以通过在字数、音节数、行数等方面努力做到和原诗的近似,但似乎也只能做到外形的近似而已。因为英汉两种语言文字间的巨大差异,英译诗几乎不可能实现汉诗的形美。但是如果我们理解了原诗的"对偶""互文"等修辞手法和"对仗"等句式,并把它们的特点翻译出来,相信定能为译诗添一分形美。

第二节　汪榕培与"传神达意"视域下的乐府诗译介

　　汪榕培(1942—2017)是中国著名的英语教育家、翻译家,曾发表论文六十余篇,出版译著几十部。1996 年,他的《汉魏六朝诗三百首》(*300 Early Chinese Poems 206BC—618AD*)由湖南人民出版社出版,其中收录了诗歌三百余首,多数为乐府诗。2006 年,该书经过修订,被选入汉英对照《大中华文库》。2008 年,在《汉魏六朝诗三百首》的基础上,《英译乐府诗精华》由上海外语教育出版社出版。

汪榕培在他的《汉魏六朝诗三百首》前言中提出了自己的翻译标准——"传神达意"。对"传神达意",他这样解释:"第一,'传神'就是传达原作的神情,包括形式(form)、语气(tone)、意象(image)、修辞(figures of speech)等等;'达意'就是表达原作的意义,尤其是深层意义(deep meaning),尽量照顾表层意义(surface meaning)。第二,这四个字不是并列结构('传神'和'达意'不是并重的),而是偏正结构('传神'是'达意'的状语,即'传神地达意')。一首好的译诗首先要表达原作的基本意义,传神是达意基础上的传神,是锦上添花,不达意则无神可传。"(汪榕培,2006:前言)

我们可以选取汪译的一首乐府诗《秋风辞》来就"传神达意"这一原则对翻译实践的指导性效果进行分析。原诗为:

> 秋风起兮白云飞,
>
> 草木黄落兮雁南归。
>
> 兰有秀兮菊有芳,
>
> 怀佳人兮不能忘。
>
> 泛楼船兮济汾河,
>
> 横中流兮扬素波。
>
> 箫鼓鸣兮发棹歌。
>
> 欢乐极兮哀情多,
>
> 少壮几时兮奈老何。
>
> (郭茂倩,1979:1180)

这首《秋风辞》是汉武帝刘彻的代表作。它通过秋季泛舟燕饮欢乐的描写,表现了正当壮年的汉武帝对时光流逝的感叹。此诗虽出自一代政治家、军事家之手,但并非质木无文,而是清丽雅致,文采极高。全诗感情起伏,摇曳缠绵,情、境完密结合。鲁迅曾在《汉文学史纲要》中赞此诗"缠绵流丽,虽词人不能过也"。可谓鉴赏精当,一言破的。汪译如下:

> When autumn winds are sweeping clouds away,
>
> Leaves fall and wild geese fly on southward way.
>
> While orchids and chrysanthemums have their best days,
>
> My fair maid always in my mind's eye stays.
>
> Our boat is floating on the river Fen,
>
> Cutting midstream currents now and then,

With music mingled with the songs of men.

My joy is dampened by the simple truth

That senior age falls on the heels of youth.

（汪榕培，2008：8）

按照汪榕培译论的评价标准，译诗的"神"要从形式、语气、意象、修辞几方面加以雕琢实现，下面让我们就这几方面一一分析。

从形式上来看，原诗为九行，译诗为等行翻译，每行八到十个音节，外形齐整。第二节译诗起首三行实为一句，以写船渡汾河为主，中流击水、船夫棹歌为伴。精挑细选的译词使三行诗形式美下颇含深意：每一行都比前一行长的句式暗示着诗人渐渐高涨的情绪，长度的细微而不夸张的变化也符合一代帝王对情感收放自如的身份，此设计可谓是译者在外形构建上的匠心独运。但是如果我们圈出原诗全部除第二、九行的"兮"字，会发现整首诗为纵轴对称图形，颇有中国古文化所讲求的对称的形式美。"对称"是古汉语诗歌最显著的特点，也是翻译成英诗很难实现的，汪榕培译论下的乐府诗英译也遇到了这样的难题，可见"简单的理论要付诸实践也不容易"（汪榕培，2006：前言）。

汪榕培的"传神达意"译论认为译诗时要传达出原诗的语气。原诗中贯穿于全诗的"兮"字为一文言语气助词，常用于辞、赋中根据感情需要用以加长或加重语气，也起到凑足字数以押韵的作用，相当于现代汉语中的"啊"或"呀"，虽然没有实际意义，但使诗歌旋律优美，便于唱诵。末行的"何"字也是一个语气助词，在诗中表感叹，表现出了诗人对青春易逝的惋惜和愁闷之情。这两个未译出的语气词使译诗和原诗相比味道上稍显淡薄。值得称许的是译者对"怀佳人兮不能忘"一句的处理，译者并未用原诗的否定句来译，而是用肯定的语气表白"My fair maid always in my mind's eye stays"。真可谓"诗情画意虽然美丽，我心中只有你"。其中所蕴含的热切恐怕比"不能忘"更能表达出诗人感情的深沉与真挚。

汪榕培英译乐府诗长于对原诗意象的捕捉与传达。在《秋风辞》的前两句中，诗人以雄健的笔势描绘出了北方秋季特有的自然风光，就像一幅巨制风景油画：当秋风乍起，高远湛蓝的天空中，白色的云朵舒卷铺散；草木凋零、群雁南飞。译者着意于"风吹、云散、叶落、雁南飞"这几个动态意象的翻译，再造了原诗的意境。同时两句译诗所压尾韵/ei/韵轻松柔和，和前面开口度较大的/w/音结合在一起，气势洒脱奔放，带给了大家一个兴致勃勃的诗人形象。

乐府诗非格律诗，在押韵、平仄、字数上没有严格的规定，这就格外要求译者从"形式、语气、意象、修辞"几个方面深入分析，翻译出每首诗各自的特点。因此汪榕培译论中的"传神"对乐府诗的翻译实践有着积极有效的指导意义。此外，"达意"即表达原作的意义，这也是汪榕培译论关注的焦点。为方便讨论我们以表格的形式对汪榕培英译乐府诗的部分句子翻译加以分析比较（本表格内译文均选自汪榕培的《英译乐府诗精华》，上海外语教

育出版社,2008),从共性中总结"达意"指导下汪译乐府诗的特点:

原诗	表层意义	深层意义	译文
当奈公何? (《公无渡河》)	我能把你怎么办呢?	据《古今注》记载,歌唱之妇人系堕河人之妻,歌毕亦投河而死。	What I can do is to die with you!
鸡鸣狗吠。 (《有所思》)	鸡鸣狗叫。	古诗中常以"鸡鸣狗吠"借指男女幽会。	But wait, once we kept our rendezvous.
宁可共载不? (《陌上桑》)	你愿意和我同乘一车吗?	你愿意嫁给我吗?	Come with me and be my wife, will you?
明日沟水头。 (《白头吟》)	明天的沟水头。	明天我们就分手了。	Tomorrow we may find our love has ceased.
石见何累累。 (《艳歌行》)	现出了很多石头。	事情的真相已经清清楚楚的了。	Alas! How hard it is to make things manifest!
思君令人老。 (《冉冉孤生竹》)	思念你让我变得衰老。	思念你以至于我身心憔悴。	Thought of you is tearing me apart;
颜色类相似,手爪不相如。 (《上山采蘼芜》)	颜色接近,手部不一样。	美貌虽然也相近,纺织技巧差得多。	Both of you are pretty as a rose, But she's inferior when she weaves and sews.

"传神达意"的核心就是"传达原作的深层意义"。从以上汪榕培英译部分乐府诗的对比分析中可以看出,译者在翻译中把理解原作放在首位,力求再现原诗的深层内容,坚持译意为先。当无法或没有必要保留源语的语言或文化差异的时候,这一译论指导下的译文的确能最大限度地保持交流渠道的畅通。但也存有诸如难以保留原味,容易产生译语读者以为经过"深度翻译"的译文就是原文的风貌之类弊端。因此,这一译论实施中"度"的把握非常重要。有时,深层意义传达很容易带有过多译者的主观随意性,也是译者在以"传神达意"为标准翻译其他文学作品时需要注意并努力避免的。

第三节　李正栓与"忠实对等"指导下的乐府诗译介

李正栓(1963—　)从事多年的英美诗歌教学与英汉诗歌互译工作,发表论文六十余篇、译著十余部。2013年,他以郭茂倩的《乐府诗集》为蓝本编译而成的《汉英对照乐府诗选》出版,其中含104首乐府诗,均为文学史上的经典之作,多属首次被译为英文。此外,该译诗集在原文和英译文之外还附有齐整的白话译文和详尽的注释,这也是它不同于其他英译乐府诗版本的一个特色。这种整体操作模式下的翻译文本包含有更详尽、更直接的文字信息,为专业研究人员进行跨文化的中西诗歌翻译研究和中西诗学比较研究提供了详实的资料,也是典籍英译版本的一个发展趋势。

在翻译原则上,李正栓认为,汉诗英译要讲求"忠实对等"。对于"忠实对等",他有一个简洁的阐释,即忠实地去翻译,让文化差异存在,从而实现原文和译文在理解、风格音韵和文化内涵等方面的对等。在发表于 2004 年《外语与外语教学》的文章《忠实对等:汉诗英译的一条重要原则》中,李正栓详细说明了这一原则:"一首好的英译汉诗,首先要对原诗有个对等的理解,这种对等理解应实现在语言和文化两个层面上;其次要保留原诗的独特风格;第三,可以直接把汉诗的押韵方法移植到英译诗中去,从而实现音韵上的忠实对等;第四,在传递文化信息方面,应尽量采用异化方法。"(李正栓,2004:36—40)

从以上阐释中我们可以看出,李正栓"忠实对等"原则的一个重要特征就是充分考虑到文化因素对翻译的巨大影响,强调在翻译过程中从译出语文化的角度出发,更自觉地认识译入语和译出语的文化差异性,从而使用恰当的翻译策略和翻译方法处理译出语和译入语中相异或相似的文化要素,保持原著特有的文化语境。从翻译目的的角度来看,这一特征无疑抓住了文学翻译的本质,即"文化翻译"。以下我们选取李正栓英译乐府诗《长歌行》来深入分析"忠实对等"原则下的汉诗英译在文化传递中的指导性效果。原诗为:

长歌行

青青园中葵,朝露待日晞。

阳春布德泽,万物生光辉。

常恐秋节至,焜黄华叶衰。

百川东到海,何时复西归。

少壮不努力,老大徒伤悲。

(郭茂倩,1979:442)

这首诗见录于郭茂倩《乐府诗集》第三十卷之《相和歌辞·平调曲》中的第一首,诗中用了一连串的比喻,来劝勉世人珍惜光阴,有所作为。李译如下:

A Long-tuned Song

Green grows the mallow in the garden;

Morning dewdrops will be dried by the sun.

Sunny Spring favors all things,

Which gleam under His grace.

I often fear that when Autumn comes

Leaves and flowers turn yellow and decline.

All rivers flow eastward to the sea.

When can you see them return?

If you do not work hard when young and strong,

When you are old, you'll feel sorrowful in vain.

（李正栓，2013：51）

按照李正栓的翻译原则，汉诗英译的"忠实对等"要通过对源文本的对等"理解"和对"风格""音韵"和"文化内涵"的对等传达加以实现，下面让我们通过这几个要素来分析这首译诗。

李译乐府诗的一个特色就是在深刻理解原文的基础上，以原文词汇和句法为中心，采用浅显、自然的词语翻译乐府诗中意义深厚的文化负载词。例如，原诗第三句中的"阳春"一词在汉语言文学中有特殊的文化意义，给人以充满希望的温暖真醇感受，用怎样的英文表达才能融入诗人赋予这句诗的欣喜、感激之情呢？译者的方法是按照原文的字面意思翻译成"Sunny Spring"，让读者经过自己的感受去猜想，并进一步准确理解原文。同时，拟人化的大写译词与下一句的"His"相呼应，对等传达出原诗的隐喻意义，用最简洁的语言让译语读者从语言和文化两个层面上理解原诗的深层语义，看似寻常，实有深意。在翻译乐府诗中一些涵义深远的儒学术语时，李译也采用的这种方法。例如，《安氏房中歌》之"大莫大，成教德"一句，李译为"One should not be too greedy. Virtue comes out of harmony"（李正栓，2013：4）。"成"和"德"这两个两千年前的儒家话语词汇内涵可谓深厚、博大，李译选择了英语里同样内涵丰富但极为简约的表达"virtue"和"harmony"来进行替换，所译诗行忠实于原诗的同时也是对西方哲学的审美关照。可见，根据李正栓的翻译原则，在译语的上下文语境提供了相对足够信息的情况下，按照原文的字面意思来翻译汉语诗中的文化负载词语能够忠实对等地传达原诗的语言和文化信息。

乐府诗最大的创作风格就是善用赋、比、兴、互文、反复歌咏的修饰手法及铺陈、对比、烘托、对仗等技巧状物抒情，语言上则崇尚简洁的艺术风格。《长歌行》便代表了乐府诗这种鲜明的风格特征。简洁的语言、大量比兴手法的使用使整首诗意蕴细腻，余意无穷。原诗中"园中葵""朝露""阳春""万物""秋节""百川"几个意象词巧妙叠用，使全诗意境层层递进。译诗对原文亦步亦趋，简洁精到，如"mallow in the garden""Morning dewdrops""Sunny Spring""all things""Autumn""All rivers"未见对原文意象的丝毫"着色"，用最凝练的词语最大限度地再现原作的风格。对于乐府诗中大量的对仗结构，李译乐府诗多用英语中的平行结构来翻译。例如，"宝髻耀明珰，香罗鸣玉佩"（《大堤女》），李译为"The bright jewels fit the pretty hair; The rare soft silk matches the jadewear"（李正栓，2013：267）。"龙欲升天须浮云，人之仕进待中人"（《当墙欲高行》），李译为"A dragon needs soaring clouds'aid to reach the heaven; A man needs courtmen's help to get promotion"（李正栓，2013：201）。对仗是包括乐府诗在内的汉语诗歌最常用的创作技巧，使汉诗凸显出不同于英诗独特的风格特征，也是译者在翻译时应该保留的艺术价值。风格虽然难译，但在正确的翻译理念指导下，辅之以适当的翻译策略，也可以翻译出在风格上忠实对等于原诗的译文来。

　　李正栓认为诗是有韵律的音乐语言，译诗则力求对等传达出原诗的音韵美。《长歌行》为十行，每行三顿，第一、四、六、八、十行压同一/ei/韵。译诗为等行翻译，第一、二、六、八、十行压同一尾韵/n/韵，吟诵之间婉转绵长，颇有原诗音律美感。从中还可见李译乐府诗的另一个特色，即"回环韵"（echoing rhyme）的使用。根据李正栓的翻译原则，传统汉语诗歌的"音律"和英语诗歌的"音韵"一样，可以说是"天生丽质"。"'音韵'虽难译，但仍是实现功能等效的起码要求"（李正栓，2004：36—40），因此，在汉英两种语言的巨大差异面前，如何保留并在译入语中再现汉语诗的韵律美一直是翻译者孜孜以求的目标。目前，持韵体译诗论者一般都采用英诗常用的双行押韵，如前面提到的许渊冲和汪榕培。李正栓则提出"可以直接把汉诗的押韵方法移植到英译诗中去"（李正栓，2004：36—40），并且在乐府诗英译中加以实践，同时他大量使用"回环韵"，即首、尾、中间部位的行内韵或隔几行就出现的重复用韵，所译之诗回环复沓、首尾呼应，以求读来朗朗上口，回味余韵不尽。

　　乐府诗的一个重要特点就是其中蕴含的纷繁复杂的文化内涵。根据李正栓的译诗原则，在传递文化信息方面，应尽量采用异化的翻译策略。异化策略能最大限度地保留原文的"异域情调"之美，同时丰富译入语的语言和文化，因此一直是中外译者所青睐的翻译策略。孙致礼指出："21世纪的中国文学翻译，将进一步趋向异化译法，而这一异化译法的核心，就是尽量传译原文的'异质因素'，具体说来，就是要尽量传达原作的异域文化特色，异语语言形式，以及作者的异常写作手法。"（孙致礼，2002：40）李译乐府诗采用的具体方法为直译法、音译法和直译加补述法。例如，前面我们前文讨论过的"宁可共载不？"一句的翻译，李译直接翻译成"Would you like to ride with me?"（李正栓，2013：85），保留了原诗的含蓄美感，没有过度翻译，不显突兀，也符合"使君"的身份和上下文语境。

　　对于诗中一些耳熟能详的人名、地名和非文化概念性词汇，李译乐府诗尽量采用的音译法，在此就不再一一举例。乐府诗中还有一些蕴含丰富文化背景的词汇，为了传达出其中的文化内涵并且让译语读者理解，李译通常采用的直译加补述法，相当于归化策略中的增益法，可见归化和异化远非绝对地存在。例如，"遗我双鲤鱼"（《饮马长城窟行》），诗中的"双鲤鱼"相当于今天的信封，是由两块鲤鱼形状的木板相合而成。李译为"Bringing me a letter in a carp-shaped envelope"（李正栓，2013：123）。这样的译法既保留了原诗的文化色彩又保持了读者理解的连续性。

　　李正栓在他长期的英汉诗互译实践中总结出了"忠实对等"这一翻译原则，揭示了汉诗英译过程的本质和特点。他认为，翻译的本质就是要传达"差异"，以此来向译语读者展示异域思想、文化乃至词语的"陌生化"美感。他还认为评价一份译文首先要看它是否"忠实"于原文，而这一点可以通过"理解""风格""音韵"和"文化内涵"等指标是否"对等"传达来加以判断。在这一翻译原则的指导下，李译乐府诗追求"忠实对等、形神兼求"，努力呈现原文与译文的文学价值和学术研究价值。目前，学界对"忠实对等"这一充满学术思辨的翻译原则已日渐受到关注，这从已发表的多篇相关论文可以看出。但世间没有放之四海而皆准的真理,同样没有"万金油"似的译论,从这一点上来说,"忠实对等"也并非完美。例如,它对译者和读者的文学素养要求更高等问题,但无疑它对当今的汉诗英译理论有所补充,对汉诗英译实践也有着积极的指导意义。

第四节　国内译者古诗英译中的归化倾向与韵体选择

《孔雀东南飞》作为中国古代文学史上最早的一首长篇叙事诗,历来被众多学者所关注。20 世纪 90 年代以来,学术界对它的解读跳出了模式化,渐趋多元化并逐渐深入,运用语言学、美学、心理学等学科的理论,在女性主义、精神分析、宗教、礼俗、服饰文化等诸多研究视角下提出了新的观点。相较《孔雀东南飞》底本研究数量上不断增加、论述更为详备的趋势,它的译本研究却并未如期涌现,搜索中国知网可知,以《孔雀东南飞》英译为主题的研究论文仅有 3 篇。但事实上,《孔雀东南飞》的英译由来已久,最早可追溯到 1946 年英国韦利(Arthur Waley)的译本,随后又有其他英美学者和国内译者的英译版本,到目前为止已有 8 种。

20 世纪 80 年代以来国内陆续出现了一些致力于中华典籍外译的学者,如丁祖馨、王恩保、卓振英等。直到 90 年代,译家、译品终于和着国内经济发展的步伐大量涌现。这其中包含《孔雀东南飞》的译著有许渊冲的《汉魏六朝诗一百五十首》(*Golden Treasury of Chinese Poetry from Han to Sui*);汪榕培的《汉魏六朝诗三百首》(*300 Early Chinese Poems 206 BC—618 AD*);杨宪益夫妇的《乐府》(*Yuefu Songs with Regular Five-Syllable Lines*);黄福海的《孔雀东南飞》(*The Peafowls to the Southeast Fly*)在 2010 年以单行本形式由上海人民美术出版社出版;2013 年,李正栓的《汉英对照乐府诗选》(*Select Yuefu Poetry in Chinese and English*)出版,其中包括《孔雀东南飞》。

一、国内《孔雀东南飞》英译本的两个基本特点

国内《孔雀东南飞》英译版本的第一个特点是以诗译诗,并且韵体译诗较多。目前,国内译者大多提倡韵体英译中国古诗,如许渊冲和汪榕培的英译《孔雀东南飞》采用的是英诗常用的双行押韵,颇具英诗之美。不过,《孔雀东南飞》本非格律诗,这也是汉、魏晋、南北朝时期乐府诗的共同特征。双行押韵的译诗令英语读者熟则熟矣,却少了份来自异域的"陌生化"美感。此外,固有的汉语格律诗在乐府诗之后也少有双行押韵。以四行律诗为例,多压 aaba 或 abcb 尾韵,这也是汉语古诗不同于英语诗的独特文化标识。对此,我们认为"可以直接把汉诗的押韵方法移植到英译诗中去"(李正栓,2004:36—40)。当然,这一设想在翻译格律短诗时应具有更强的可操作性。乐府诗(包括《孔雀东南飞》)虽不压尾韵,却因汉字单字单音节,一字一重音的特点自有其内在韵律。考虑到《孔雀东南飞》的

这一特点，又考虑到英语诗歌词语排列虚实相间、重读与非重读音节穿插的特点，李正栓译本大量使用"回环韵（echoing rhyme）"，即首、尾、中间部位的行内韵或隔几行就出现的重复用韵，力求再现原诗的内在韵律并且和传统英语诗歌的音步基本呼应。这也是我们在汉诗英译的音韵对等传达方面所做的不同以往的一点尝试。

第二个特点是能归化时就归化，有选择地进行异化。这是在比较《孔雀东南飞》不同的英译版本时发现的一个有趣的现象。相较国外译者，本土译者在翻译时更倾向于用英语读者熟悉的语句传达原文中有关文化的异质因素。例如，对"结发同枕席，黄泉共为友"的翻译，汪榕培的译文为"Alive, as man and wife we share the bed; We shall keep company when we are dead.""结发"和"黄泉"这两个中华古文化中独有词汇的文学意味已在译诗中被归化至无形，转而形成的译诗通俗易懂，易于被英语读者接受。国外译者在这方面则显得有些"莽撞"，例如华兹生把"结发"直译为"bound our hair"，把"黄泉"直译为"Yellow Springs"（Watson, 1984：82），其后再不厌其烦地加以注释。这种译法无疑能更充分地传达源文的文化内涵。"当译文读者欠缺原文典故的背景知识，而此类典故又具有译出语独有的文化色彩的时候，直译加注释法不失为一种行之有效而不易引起歧义的翻译方法，我们本土译者也大可以进行尝试"（贾晓英，李正栓，2010：94）。

二、韵体英译《孔雀东南飞》媲美原诗，但美中也有不足

"韵体派"主张"韵体译诗"，要求译诗具备译入语文化对诗所定义的特征。以内容而言，英文诗和汉语诗一样，也多为有感而作。如英国诗人华兹华斯认为，"诗是强烈情感的自然流露，它源于宁静中积累起来的情感"。此语正如《诗大序》所言："诗者，志之所之也，在心为志，发言为诗。"因此，英文诗的深层语义特征和汉语诗相同。韵律与节奏与内容表达密不可分。在外形上，英文诗的韵律则通过尾韵和诗行内的轻、重读音节来体现，这与汉语诗中的压韵和平仄类似，也使韵体译中国古诗成为可能。国内译者大多采用比较严谨的英文格律诗来翻译中国格律诗，以押韵的诗体再现汉语格律诗的形式美，并在这过程中逐渐形成了各自的翻译特色并进行理论归纳。这其中的代表人物当属许渊冲，他是国内韵体译诗一派最重要的代表。许渊冲认为翻译是美的创造，诗歌翻译要做到意、音、形"三美"齐备。其中"音美"是指译作再现了源文的音韵美，包括韵式、节奏等因素。提倡韵体译诗的另一位代表人物汪榕培提出"传神达意"这一翻译标准。在《孔雀东南飞》的英译中，两位翻译家不约而同均采取了传统英诗常用的随韵（aabb）。但许渊冲偏爱/d/韵，《孔雀东南飞》全诗 357 行，许译以/d/为尾韵之处有 64 行，占到全诗六分之一有余。汪译也并非严格的随韵，例如，第 75 至 82 行也重复压/d/韵。

《孔雀东南飞》第 75 至 82 行原诗为"妾有绣腰襦，葳蕤自生光；红罗复斗帐，四角垂香囊；箱帘六七十，绿碧青丝绳，物物各自异，种种在其中"。八句诗用铺陈的手法写兰芝与仲卿言别时对她离去后物事的交代。她把自己辛勤劳动的成果全部留给了仲卿，物件数

量繁多,质地精妙,表现了她对仲卿深厚纯真的感情。兰芝所言无一字有泪,但我们却可以读出她无比痛苦的内心,正如周振甫的《诗词例话》所言:"兰芝和焦仲卿言别,该篇中最悲惨的一段。她却悲呀泪呀……不见一个字……专从纪念物上头讲,用物来做人的象征,不说悲,不说泪,倒比说出来的还深刻几倍。"许、汪二位翻译家的译文为:

I'll leave my jacket of brocade,
Whose lacings bright of gold are made,
And my canopy of gauze red,
Whose four corners with perfume spread,
And sixty trunks and coffers tied
With silken threads all in green dyed,
Where different things you will find;
Not two of them are of a kind.

（许渊冲,1994:28）

I'll leave behind my vest of fine brocade,
Well embroidered, delicately made.
With double silken curtains scarlet red,
The scent-bags hang from posts upon the bed.
The cases where my dresses have been stored
Are tied and bound with green thread and silk cord.
In every box and casket you will find
All sorts of things, each a special kind.

（汪榕培,2008:59）

两位翻译家的八行译诗均属等行翻译,语义忠于原诗,无大幅删改。译诗轻、重音交错,虚、实词相间,对等传达了原诗的内在韵律。但是,八行诗尾音若有适当变化而不是都用/d/音,译诗之意境可能更近于原诗,因为尾音/d/诵读起来短促轻快,不能很好地表达原诗中的沉痛之感。

作为国内韵体译诗的代表,许渊冲认为英译古诗"最好自然是'三美'俱备,在三者不能兼顾的时候,可以不传达原文的'形美',但要尽可能在传达'意美'的前提下传达原诗的'音美'"(许渊冲,1984:126)。可见,许渊冲主张"意美"为先,同时尽量兼顾"音美","形美"更次之。"但许译汉诗中尚未发现有放弃追求'音美'的例子"(叶拉美,2004:82)。许译汉诗之"音美"主要通过押韵和节奏来体现,尤以前者突出,格式几乎一律为英诗中常见的随韵或交韵(abab)。甚至像《孔雀东南飞》这样的无韵体诗,许译也是全部双行、四行或八行重复用韵。如此大密度押韵的译诗是否做到了"音美",似乎不能一概而论。但可以肯定地是,由于英语与汉语语音体系相去甚远,"其诗体自不能苟且相同"(许渊冲,1984:126)。因此,对《孔雀东南飞》而言,许译的"音美"很可能已不再是原诗的"音美",而是在和原文"竞赛",努力超越原文,这也是许渊冲一生的追求。正如许渊冲所言,当别人追求对等时,他已在追求超越。

凡举种种充分彰显韵体译诗一派翻译家为"押韵"所做的不懈努力,但同时也有"为韵而韵"之嫌,可见韵译之难。

三、自由体英译《孔雀东南飞》美轮美奂,但韵散意不能散

杨宪益是国内典籍英译作者中起步最早者之一,译作数量也甚为可观(近 200 部(篇))。他和夫人戴乃迭一中一西,一汉一英,珠联璧合,相得益彰,堪称完美。在夫人戴乃迭的帮助下,他几乎把一生都献给了钟爱的翻译事业。《中国翻译词典》中这样记录道:"杨宪益系我国当代成就卓著的翻译家、外国文学专家。自 40 年代起,他即与夫人密切合作,译出了大量卷帙浩繁的经典名著,将中国丰富的文化遗产逐一向外国译介,同时,因他精通多种外文,又把世界各国的文学瑰宝译介给了中国读者,为中外文化交流做出了巨大的贡献。"中国翻译界同行也给予杨宪益很高的评价。许渊冲认为杨宪益是"汉诗英译后期散体诗派的代表"(许渊冲,1991:44)。甚至有人认为杨宪益翻译的《唐宋诗文选》"将散体译文推到了一个无与伦比的水平"(周仪,罗平,1999:101)。实际上,杨宪益译诗具备诗体的外在建行形式兼有内在韵律,并不同于翁显良的"散文体"译诗。因此,许渊冲笔下杨宪益的"散体"实为不押尾韵的自由诗体。可见,杨宪益可谓是国内自由体译诗一派的杰出代表。

《孔雀东南飞》本非格律诗,不压尾韵,译诗也不必一味强求押韵。自由体译诗虽所用尾韵不及韵体齐整,佳作亦不失情致。请看杨宪益对第 75 至 82 行的译文:

I'll leave my broidered jacket of brocade,

(Its golden lacing still are fresh and bright,)

My small, soft canopy of scarlet gauze

With perfumed herbs sewn in its corners four.

My trunks, my dowry, too, I leave behind,

As fair as ever in their silken wraps—

Things, some of them, I had a fancy for,

Though now neglected and untouched they lie.

(杨宪益,2001:110)

杨译也是等行翻译,未压尾韵,采用英诗常见的抑扬格五音步,属无韵体诗,译文节奏抑扬顿挫,不失原诗内在韵律之美,颇有莎剧无韵体之风和弥尔顿《失乐园》无韵体之势。对"四角垂香囊"中之"四角"的处理,杨译并未呆板叙述为"in its four corners",而是颠倒了词序以求协韵。下一句译诗"My trunks, my dowry, too, I leave behind"中语序的颠倒之举同为取协韵之意。可见,杨译诗的"散体"并非无韵律的"散文体",毋宁称之为"自由体"现代英文诗更为妥当。和杨宪益一样,国外译者多采用自由体译中国古诗,如韦利、华兹生、宾纳等。他们的自由体译诗未经格律束缚,较好地保存了原诗意趣,流传广远,甚至影响了英美现代诗的改革和发展。可见,自由体译诗亦不乏佳作。

但研读之下可见杨译诗之中增删现象较多。如最后两句"物物各自异,种种在其中",杨译可以回译为"有些东西我曾经很喜欢,但是现在它们已无人理睬",此译刻意求深,却失真相。遗憾的是,杨译《孔雀东南飞》中此类翻译却是常见。例如,"十七为君妇,心中常苦悲"一句,杨译为"At seventeen they wed her to Zhongqing, /and from that day what joy and pain were hers!""心中常苦悲"一句译诗已与原诗措辞迥异,成了"喜悲参半"。"谓言无罪过,供养卒大恩",杨译为"My only care to serve your mother's will/And to repay the love you bore to me",此句可回译为"我只想侍奉好你妈妈,报答你给我的爱"。增译后句,省译了前句。

杨宪益说:"翻译的时候,不能做过多的解释。译者应尽量忠实于原文的形象,既不要夸张,也不要夹带任何别的东西。当然,如果翻译中确实找不到等同的东西,那就肯定会牺牲一些原文的意思。"从中可管窥杨译诗增删之下的深层动因:他认为在一定的前提之下,译诗可以牺牲部分原文。又如"阿兄得闻之,怅然心中烦",杨译为"But Lanzhi's brother, ever worldly-wise, /Was never slow to seize a heaven-sent chance",此句回译为"兰芝的哥哥一直精于世故,很容易就能抓住天赐的机会"。原诗选词直白,兴味平淡。其实,汉乐府诗本就直白平淡。译诗刻意求新,但诗意已变。

我们认为,自由体译汉语古诗,韵可以自由但意却不能随心所欲加以更改或增删,意义的忠实对等是第一要义。如果译者过度介入,一味求深,所译之作只会沦为"再创作",形散意也乱。

汉诗英译韵体译诗与自由体译诗之纷争由来已久。从已发表的论述来看,二者之间争论的焦点集中于是否该押韵。所译诗作也以是否押韵为标准划分为"韵体译诗"或"自由体译诗"来加以评鉴。其中之得失可谓见仁见智。吕叔湘在《中诗英译比录》序中指出:"以诗体译诗之弊,约有三端。一曰趁韵……二曰颠倒词序以求协律……三曰增删及更易原诗意义。"诗体翻译,"即令达意,风格已殊,稍一不慎,流弊丛生"(吕叔湘,1980:9)。许渊冲则认为:"译诗如不传达原诗的音美,就不可能产生与原诗相似的效果;恰恰相反,用韵的音美有时反而有助于传达原诗的意美","用韵固然可能因声损义,不用韵则一定因声损义。"(许渊冲,1993:7)

两种评述从相反的方向给我们以启示:译诗押韵与否终归属于诗体的外在建行形式,

译意忠实与否才是译者的终极目标。同时,"韵体"与"自由体"之别若仅仅用押韵与否来划分似乎流于偏颇。若译者用押韵的形式译诗,却采用散文式的语言,则译诗徒具外在形式,不能称为诗体译诗。若译者虽然放弃了押韵(或偶尔押韵,或用回环韵),却采用诗性的语言表达方式,兼顾到诗行内的头韵、谐韵等押韵方法,仍可呈现出诗味浓郁的好诗。以《孔雀东南飞》这样的无韵体诗为例,一味追求押韵未必能造就忠实之译诗,不受押韵之圈囿的散体译诗也并非平淡寡味。可见,"韵译"与"散译"之间界限并非如遣词表面那般分明,一味地厚此薄彼是不足取的。译诗优劣之评鉴的首要标准是忠实与否。形也罢,韵也罢,都不能违意而存。得意后兼顾形和韵并尽可能传递原诗风格才算佳译。

第十一章

乐府诗英译策略研究

第一节 乐府诗英译文化取向与翻译策略研究

乐府诗有承前启后之功。它承先秦楚辞之风,启唐诗宋词之雅,形成独特的文学风格,在中国文学史上占重要席位,因此备受中西译者青睐。曾有多位翻译家把乐府诗译成英语。许渊冲、汪榕培、杨宪益夫妇、阿瑟·韦利、柳无忌、罗玉成、伯顿·华岑、安妮·比雷尔和宇文所安(Stephen Owen)等均译过一定数量的乐府诗。他们有各自的翻译理念和原则,形成不同学派,其中包括文化学派。文化学派认为,翻译即是文化交流。这一说法在今天看似乎已经不新鲜,但我们却不能忽视它的历史性和指导意义。就乐府诗不同译本采用的翻译策略来看,归化和异化是翻译乐府诗中文化因素的两大取向,各有优势,两者并非对立,也不能孤立存在。这两种策略只有互为补充才能满足翻译作为文化交流这一角色的需要。

一、归化策略中的几种技巧

归化策略要求译者在语言表达和文化传递方面向译语(目的语)读者靠拢。在语言表达层面让译语读者感觉不像是翻译,在文化传递层面则以译语文化为归宿,即运用译语文化易于接受的表达法,使译文通顺易懂,更易为译语读者所接受。归化策略的代表人物奈达认为,在完成翻译的交际功能方面,归化重视原文和译文读者反应的对等,能有效地避免语言和文化方面的冲突,因此是一种有益的翻译策略。

通过对乐府英译作品进行研读,我们认为,在归化策略下,以下技巧对传递乐府诗中的文化因素有着积极的指导作用。

1. 意译：重意胜于重形

意译重语义胜过重形式，只要抓住源于文本的精神就不受制于表达原文语义的形式，诸如句型和句法结构。在两种语言的转换之间，神似大于形似。纽马克认为："意译注重对原文实质和内容的传达，是一种不拘泥于原文风格和形式的翻译方法，通常是一种比原文字数多的解释。"（Newmark，2001：46—47）

乐府诗中《古诗十九首》之《上山采蘼芜》中有"颜色类相似，/手爪不相如"两行诗，译文有的采取意译，有的采取直译。即便对同一个文化负载词都采取了意译技巧，效果也有差异，因为译者文化背景对翻译有直接影响。例如，汪榕培的译诗为"Both of you are pretty as a rose，/But she's inferior when she weaves and sews"，比雷尔的译诗为"In looks they are like each other，/But their fingernails are not the same"。两位译者对原诗中的义化负载词"颜色"一词均未进行直译，而是进行了婉转的解释，属于意译方法，保证了译文的可读性。但在翻译"手爪不相如"一行时，两位译者出现很大分歧，一个仍用意译，一个则用了直译。深谙中国文化的汪榕培仍然采用了意译的方法来翻译"手爪"一词，用"weaves and sews"对其进行解释，保证了翻译作为文化交流渠道的畅通性。而比雷尔的"their fingernails"则在直译中不知不觉地误导着读者，会让西方读者认为在古代中国评判妇女的标准之一是比较她们的手指甲。而实际上，正如汪译传达给译语读者的，"手爪"在这里指代的是妇女的女红技能，如纺织、缝补一类的手工劳动，汪译抓住了原文的精神实质，对其进行了引申性翻译，既达意也传神。

可见，对于乐府诗中的汉语语言文化所独有的文化概念，在英语中找不到对应语时，不便一味地坚持直译，否则只会让读者不知所云，达不到交流目的。因此，为了保证译文的可读性和文化交流渠道的畅通性，这类文化因素最好用意译。

2. 替换：功能对等时才替换

替换并不是词语相当就可以随意替换。它有自己特殊的要求——只有当源语中的某些文化因素直译成译语语言后会让读者感到晦涩难懂，但幸好同时在译语中又可以找到与其相似或等值概念的表达时，才可以使用替换技巧。例如，"说曹操，曹操就到"被替换成"Speak of the devil，and he does appear""谋事在人，成事在天"被替换成"Man proposes，God disposes"均堪称运用替换技巧的佳译。

乐府诗中有些文化概念也可以在英语中找到相似的表达。例如，《敕勒歌》中的"天似穹庐，笼盖四野"两行被译为"The sky looks like a yurt，/Covering fields from each corner"（李正栓译），用 yurt 替换"穹庐"。Yurt 一词对西方读者来说是一个比较熟悉的概念和词汇，会让他们清晰地联想到牧民居住的用毛毡和兽皮搭成的圆顶帐篷。《新牛津英汉双解大辞典》给 yurt 的定义是："a circular tent of felt or skins on a collapsible framework，used by Nomads in Mongolia，Siberia，and Turkey"（《新牛津英汉双解大辞典》，2007：2454）。蒙古包在中国古代就被叫做"穹庐"。诗中的"穹庐"一词则是一处精妙的比喻，把帐顶圆圆、四周斜垂的蒙古包和同样也是中央高起、四周斜垂和大地连为一体的"天"联系到了一起。家就是天,天就是家。这样的妙喻给称不上舒适的游牧民族的生活赋予了浪漫主义色彩,也给敕勒族人带去一定的心理慰藉。因此,"穹庐"一词在全诗中起着"诗眼"的作用。译诗用"yurt"翻译"穹庐",用最自然贴切的语言,对原词进行了基于深层理解上的替换,给读者以浑然天成、不假雕琢的朴素真淳感受。若把"穹庐"译成dome,虽也达意,但其联想义更多,包括教堂圆顶,圆顶形物体,也包括圆形墓顶,会令人感觉不舒服。

在翻译汉语诗中的某些负载着文化内涵的词汇时,如果译语中有对等或近似的表达,就应当选择使用它们对这些词进行替换,因为它们能在译语读者心中激起源语读者能感受到的相似的审美情趣。因此,此时用替换法不失为一种合适的翻译技巧。

3. 增益:一种补充性增译

汉语诗有一个特色,即动作的执行者经常省略,没有主语,给诗歌读者留下很大的想象空间和评论余地。一般情况下,母语读者能基本猜测出动作的执行者是谁,但对于外国读者,哪怕是汉学家,有时也非常困难。因此,在进行汉诗英译时,绝大多数译者都是采用补出主语这一技巧,也就是增益法。还有些汉语表达,因为历史和文化的原因对母语读者来说理解起来理所当然,但若直译过去却只会让译语读者不知所云,这样在翻译的时候也有必要使用增益法对这类文化因素进行补充说明。乐府诗英译不乏此类译例。

曹操的《短歌行》中的"何以解忧?惟有杜康"两行诗是被古今无数文人墨客引以抒怀的名句。"杜康"原本是人名,在诗中的深层涵义是"酒",这在中国读者中是一个男女老幼都耳熟能详的文化概念。但在把它翻译给没有中国文化背景的译语读者时,生硬地直译为"Dukang",则没有任何意义,甚至还会引起歧义。在译文"How can I relieve my pang? /Nothing but the wine Dukang"(汪榕培,1998:137)中,译者采用适当的增益法把"杜康"译为"the wine Dukang",这就在句子的表层结构上用最简洁的语言最大限度地传达出了原诗的深层语义,不失为处理这类文化因素时的一种指导性的翻译技巧。

使用增益法能弥补译语读者的背景知识缺陷,使理解更加容易。但增益不应损害原意,不要加上译者的主观臆度,更不能损害其文学性,否则翻译毫无意义。

4. 简化:一种有效的简约

简化就是让译文尽可能简单。也可以说这是一种简约原则,目的是以凝练的语言和简便的表达最快而且最有效地传递语义信息和文化内涵。乐府诗中有一个有趣的文化现象,即不少诗中含有偏义副词,有时是为了音韵,有时是为了增强语势,诵读起来朗朗上口,成为乐府诗的一大特色。

但对于翻译而言,偏义副词是个挑战,因为如果不真正理解其本义而是生硬地进行直译的话,不但不能忠实地表达原意,反而容易闹出笑话。所以,绝大多数乐府诗英译者都能首先辨认偏义副词之后对其进行简化处理。例如,"各各有寿命,死生何须复道前后?"两行诗,就有译文为"All men have their allotted span of life, /Then why complain whether death comes soon or late?"(杨宪益,戴乃迭,2001:134)这两行诗中的"死生"一词,其实偏向"死"意,"生"在这里只是个衬字,只起到构词的作用。那么如译诗中把"死生"翻译成"death",对没有偏义副词这一文化背景的译语读者来说就简明易懂,不会产生理解障碍。但如果译者把"死生"译成"death and birth",只会令人费解,完不成翻译作为文化交流的这一基本任务。

简化法是一种行之有效的翻译技巧。但简化不是省译,更不是漏译,而是在准确理解原作语义和文化基础之上的简约,是对原文本意的回归。

归化下的译文用译语读者熟悉的语句传达原文中的文化因素,能最大限度地减少译文的陌生化程度,从而增强译文的可读性。因此当无法或没有必要保留源语的语言或文化差异的时候,我们可以合理地使用归化策略以保持交流渠道的畅通。但归化策略并不能解决翻译中会遇到的所有问题,因为它有着自身难以克服的局限性,例如,难以保留原味,容易让译语读者以为经过归化的译文就是原文的风貌。而异化策略恰好可以适当地解决归化过程中出现的这类问题。

二、异化策略中的几种技巧

异化是"在一定程度上保留原文的异域性、故意打破目标语言常规的翻译"(王东风,2002:26)。异化策略请读者向作者靠拢,尽量保留源语和译语在语言和文化层面的差异,让读者自己去化解种种差异并走近原文。具体说来,"采用异化翻译意味着译者不仅可以不受目标语言和文本习惯的限制,而且可以在适当的时候,采用不流畅、不透明的言语风格,刻意保留出发语言的文化色彩,从而给译文读者以别样的阅读体验"(王东风,2002:26)。异化策略的优越性在于能保留源文中的异国情调,还能丰富译入语的词汇和文化。

使用异化翻译策略的翻译家所使用的翻译技巧大体可概括为直译、音译和直译加注释等几类,而且也大量用在乐府诗的英译过程中。

1. 直译:一种异国情调的保留

直译是指"在合乎译文语言的全民规范的情况下,译文刻意求真,通过保留原作形貌(表达方式)来保持原作的内容与风格"(杨自俭,刘学云,1984:269)。一般说来,如果"译文和原文相同的形式能表达和原文相同的内容时"(许渊冲,1980:32),译者都采用直译的方法,因为直译把解读权留给读者,能促进语言的多样性,更忠实地保留源语的文化特征。因此,直译法为译者广泛使用,"据估计,大约 70% 的句子要用直译法进行处理。"(源自百度 www.baidu.com)。

在乐府诗英译中,直译的典型例子比比皆是。例如,"裁为合欢扇,/团团似明月"被译为"Shape it to make a paired-joy fan, /Round, round as the luminous moon"(Watson,1984:77)。中国扇文化有着深厚的文化底蕴,和竹文化一样,是民族传统文化的重要组成部分。扇子的材质五花八门,形状千姿百态,可纳凉、可装饰、可收藏。"合欢扇"主要见于西汉时期,特点是以素白色丝绢为扇面,以扇柄为中轴,左右对称,呈圆形或椭圆形,似圆月。人们经常在扇上饰以对称的花鸟美人,象征男女欢会之意。Watson 对"合欢扇"和"团团"都采用的直译方法,译文形式贴切,内容简洁传神,语言自然顺畅,描述生动具体,同时也极大地保存了原诗的异国情调,未给人以"硬译"之感,当属直译的很好范例。

2. 音译:一种难懂的翻版

音译即译音,是把一种语言的词语用另一种语言中跟它发音相同或近似的文字表示出来的翻译方法。音译有着悠久的历史,例如,玄奘翻译佛经时提出的"五不翻",就是主张"不译之译",也就是"音译"(王克武,1989:46)。一般认为,"人名地名以及一些表示新概念而本族语里又找不到适当的词汇来表示的词均可采用音译法介绍到语言中去"(谭载喜,1982:6)。音译是译者强迫读者接受的语言,是源语语言的一种声音的翻版,是一种生硬但能产生新鲜感的风格。

乐府诗英译中有大量的人名和地名都采用了音译方法。例如,"胡马依北风,/越鸟巢南枝",Watson 的译文为:"The Hu horse leans into the north wind;/the Yüeh bird nests in southern branches"(Watson,1984:96)。这两行诗表达的是思乡之情:来自北方的马喜欢北风,来自南方的鸟爱把窝筑在朝向南方的树枝上。"胡"和"越"在中国古地理知识上是两个常识性的地域概念,在诗中则分别指代了北方和南方。喜欢中国古诗的西方人也应该是对中国历史和地理文化有一定常识的人,音译地名不会让读者产生任何歧义。另外,在信息全球化的今天,一位想要了解中国文化的英语读者要了解"Hu"和"Yüeh"的文化涵义,是不难做到的。

音译在汉诗英译中的重要性与必要性毋庸赘言。但现存的最大问题是仍然缺乏一个统一的标准,因而准确性也无从评判。我们认为,对中国历史和文化中出现的一些耳熟能详的名称和概念,应该能够在翻译界制定出一个统一的标准,这对传播中华文化应该有着深远而积极的影响。当然,这个愿望的实现还需要翻译界的各位专家和学者能够在这方面达成共识,做出各自的努力。

3. 直译加注释:一种中庸的出路

乐府诗中有大量的典故。作者用典的基础是"假定读者和自己有共同的知识或信息背景,也就是假定读者能够领会到作者所指涉的对象,假设预设信息是交际双方所共知的背景。在新的文化语境中,上述假设已被推翻,我们认为,典故翻译种种问题产生之根由,就是译文读者欠缺原文典故的背景知识"(许宏,2009:79)。这时,注释法就作为一种补偿性的翻译手段出现在了许多译作中。

一般认为,注释分为文本内注释和文本外注释,诗歌因为语篇内空间有限,大多使用文本外注释,位置大多是当页脚注。例如,"结发同枕席,/黄泉共为友"两行诗的译文是:"From the time we bound our hair, we've shared pillow and mat,/and we'll go together to the Yellow Springs"(Watson,1984:82),译者所加注释是"Annotation:Men bound up their hair at 20, women at 15, as a sign they had reached maturity"和"Annotation:The land of the dead"。因为"结发"和"黄泉"这两个典故无法让读者从字

面了解其含义,所以译文采用了直译加注的翻译方法。注释给出了能够让读者理解的必要内容,而且用词准确,语句简洁,堪称注释译诗的范例。

直译加注释法实际上是一种不得已而为之的翻译方法,无论文内还是文外注释都极易引起读者阅读和理解的中断,因为注释就在那里,无法不吸引读者去阅读去揣测。在乐府诗的英译过程中,国外译者更常用直译加注释的方法,而国内译者则不约而同都没有使用直译加注释的方法。例如,"初七及下九,嬉戏莫相忘"两句,中国本土译者分别译为"When maidens hold their festive day, /Do not forget me while you play"(许渊冲,1994:29),"When the maidens spend their festive day, /Remember me while you sing and play"(汪榕培,1998:115)。也许中国本土译者更多地考虑的是读者的期待程度和理解能力,所以对这类复杂典故偏爱进行归化翻译。但是直译加注释法能介绍足够的背景知识,加深读者对原文的理解,也是一种行之有效而不易引起歧义的翻译方法,我们本土译者也大可以进行尝试。

异化策略能最大限度地保留原文的"异域情调"之美,同时丰富译入语的语言和文化,因此一直是中外译者所青睐的翻译策略。在乐府诗的英译过程中,不同的译者采用了直译、音译以及直译加注释等技巧来传达乐府诗中独特而丰富的文化内涵,其中不乏历经了时间检验的妙笔佳译。但若异化下的译文含有的源语文化信息过多、读者心理反应的差异过大时,则容易造成译文的晦涩难懂或引起歧义,从而损害译文的可读性和翻译的意义。因此,异化策略并不是绝对的,它需要和归化策略进行灵活兼用,以更好地解决翻译中会遇到的各种难题,达到翻译作为文化交流的目的。

三、归化策略和异化策略的互补作用

归化与异化之争由来已久。孙致礼在《中国翻译》2002年第1期发表论文《中国的文学翻译:从归化趋向异化》一文中断言:"21世纪的中国文学翻译,将以异化为主导。"而与之针锋相对,蔡平则在同一年的《中国翻译》第5期发表了论文《翻译方法应以归化为主》作为回应。文军认为,孙致礼和蔡平"两人在结尾处都采取了一种较为折中的结论"(文军,高晓鹰,2003:40)。孙致礼说:"我们采取异化法的时候还要注意限度,讲究分寸;行不通的时候,还得借助归化法——两种方法相辅相成,相得益彰。"(孙致礼,2002:40)而蔡平则说:"事实上,归化法和异化法并不是互相排斥的对抗性概念,而是互相补充,相得益彰的翻译策略和方法。"(蔡平,2002:39)同样,在统计分析乐府英译诗所用翻译策略和技巧的过程中,我们发现,单纯的归化或是异化下的译作是不存在的。无论同一译者的不同译作间,还是同一译作的不同译者间,归化和异化都构成了实质上的互补。

例如,对《古诗十九首》之《上山采蘼芜》中的"新人虽言好,未若旧人姝"两行诗,Waley译为:"My new wife, although her talk is clever, /Cannot charm me as my old wife could"(Waley,1919:54),其中对词语"新人""旧人"的处理都属于归化策略中的意译方

法;"未若故人姝"一句的译文中,译者把关键词为形容词"姝"的这个句子消化重组,变成了关键词为动词"charm"的"不像旧人那么吸引我"。从形式上看,这句话的语序和词性都远离了原文,但从内容上看,这样的处理应该是译者在深思作者的创作意图后,为了便于读者理解而另找新形式来表现原作艺术内涵的一种尝试,是向读者的靠近。但 Waley 把"言"直译为名词性的"talk"(言语)却是错误的,因为诗中的"言"字其实是动词"说起来"的意思,这行诗是"故夫"在向诗中女子(旧人)表白:"新人说起来也不错,但却不如你美。"不过,我们仍然能看到在同一首诗中,Waley 自觉或不自觉地使用着归化和异化两种翻译策略。

从形式上看,其他的西方译者和中国本土译者相比除了似乎更容易接受直译加注释法之外,也是在不同译作中有的使用归化有的使用异化,或部分归化部分异化。那么中国本土译者在归化异化策略上有何倾向呢?

对《古诗十九首》之第一首中"胡马依北风,越鸟朝南枝"两行诗,许渊冲的翻译是:"Northern steeds love cold breeze,/And southern birds warm trees"(Xu,1994:15),这两行诗的翻译已经在前文中讨论过。当时 Watson 用的是音译法。而许渊冲则站在诗人的角度,用归化策略消化了"胡"和"越"两个相对较难理解的文化意象,融合成两个词的精神内涵"northern"和"southern"。取而代之的译文"形离神合",实为"看似寻常却奇崛"的妙笔佳译。

综观乐府诗的英译,其他的中国本土译者在运用着归化策略的同时,对异化策略的使用也从未停止过。

通过以上的举例和分析,我们注意到,同一句译诗,不同的译者有的倾向归化译法,有的倾向异化译法(如对"胡马依北风,越鸟朝南枝"的英译),但都有佳译。这也能给我们以一定的启示:归化和异化之间并非有一条难以逾越的鸿沟,两者相生相依、互相弥补。面对乐府诗中丰富纷繁的文化意象,选择哪种翻译策略对译者来说非常重要,这种选择取决于译者、读者,也决定了译诗的精神风貌。但前提是,译者只有抓住原诗的文化内涵,再找到最恰当的词汇和表达来传达出这种内涵,才能自如地使用这两种策略为译诗服务。

承认英汉语言和文化中的相似和相同之处,这是乐府诗英译者选择归化策略的前提;而认同它们之间的差异并选择保存这种差异的译者更倾向于异化翻译。归化还是异化并不是语言和语言之间单纯机械的转化,还涉及政治宗教、文学艺术和哲学等许多方面的问题,这增加了译者在选择翻译策略时的难度。但任何策略下的翻译都不是静态的,而是发展的、变化的、互补的。归化或是异化有各自的侧重点和优势,也有各自的缺陷。综观乐府诗的英译,我们看到:①对每位译者和每篇译作来说,单纯的归化或异化都是不存在的,每种译文都是归化和异化相结合的结果;②西方译者倾向于能异化时尽量异化,不能异化时则归化;而中国本土译者则是能归化时就归化,有选择地进行异化;③对于汉语言文化中一些耳熟能详的人名、地名和非概念性词汇,应尽量音译,但译界还缺乏一个统一的标准;④对于一些已失去最初的文化负载涵义的汉语词语,如果译入语中有相同或相似的语义概念词,最好采用替换方法。另外,乐府诗歌的韵律是一个复杂的现象,也是译者在选择归化异化策略中会涉及的问题。乐府诗的英译实践告诉我们,正如目的论者所强调的:翻译策略的选择取决于具体的翻译目的——是保留语言文化的差异性(异化)还是把语言和文化进行同化(归化)。但不论归化还是异化都不是绝对的,任何一种主导翻译策略都需要另一种策略的辅助和补充才能更好地完成翻译任务,达到翻译目的。

第二节　归化也能高效地传递文化

归化策略尽量不干扰译语(目的语)读者,请作者向读者靠拢,以期降低译语中的陌生程度并产生熟悉化的感觉,从而为译语读者提供一种自然、切合、流畅的译文。归化策略下的译文通顺易懂,能够很快地被译语读者所接受,因此林纾、朱生豪、钱钟书都曾经十分喜用归化策略。钱钟书甚至提出"化"境论,认为"文学翻译的最高标准是'化'。把作品从一国文字转变为另一国文字,既能不因为语文习惯的差异而露出生硬的痕迹,又能保持原有的风味,那就算入于'化境',换句话说,译本对原作应该忠实得以至于读起来不像译本。因为作品在原文里绝不会读起来像经过翻译似的"(钱钟书,1984:696)。这段叙述从另一个角度印证了归化的本质和内涵。

归化策略多通过意译、替换、增益和简化等技巧来完成。在使用归化策略翻译乐府诗的时候,译者们也使用了这些技巧。

一、意译: 一种灵活变通

纽马克认为:"意译是一种不拘泥于原文的风格和形式的翻译方法,通常是一种比原文字数多的解释。"(Newmark,2001:46—47)刘重德认为:"传达出原文的含义和精神而不只是试图去再现原作的句型和外观的翻译方法即是意译,但只有在无法进行直译的情况下才能使用意译方法。"(刘重德,1991:53)意译法通过对原文进行描述、解释和曲折婉转的陈述传达出原文的所指意义。在源语和译语文化体系相对独立的情况下,使用这种译法能够消除源语和译语之间存在的巨大文化差异,取而代之的译文简洁而且易于被读者理解。

《孔雀东南飞》中的"中有双飞鸟,/自名为鸳鸯"被译为"There were two birds in the tree. /They were love birds flying free"(李正栓,2013:157)。作为亚洲独有的鸟类,鸳鸯经常出现在中国古代文学作品和神话传说当中,是典型的相亲相爱、永恒爱情的象征。《孔雀东南飞》是汉代的一首悲剧性叙事长诗,出现在诗结尾处的鸳鸯所蕴含的缠绵缱绻更加重了全诗的悲剧意味。译文照顾了读者的认知能力,"love birds"既保留了"鸳鸯"的文化内涵,又能给译语读者留下一个想象的空间,应该能为译语读者所接受。至于有人把此处的"鸳鸯"译为"mandarin duck"（中国鸭），则有待商榷，因为"鸟"既然会飞并栖于树上，那就未必是"鸳鸯"，而是像"鸳鸯"一样相爱相依的另外两只鸟，给自己命名为"鸳"与"鸯"，所以 mandarin duck 并不合适，love birds 倒比较切合。

项羽的"骓不逝兮可奈何？/虞兮虞兮奈若何！"两句诗被汪榕培译为"Now that my steed cannot preserve my life，/What can I do for you, oh my dear wife!"（汪榕培，1998：2），这是项羽身处绝境时对虞姬所说。译文中的"my dear wife"对呼语"虞"进行了简洁的解释。对于不了解中国历史和文化的译语读者来说，"虞姬"中的文化内涵已经超出了接受限度，此时若进行生硬的直译势必会产生阅读受阻，淡化全诗的整体印象。因此，此处的意译法达到了最佳的交流效果。

再看"客从远方来，/遗我双鲤鱼"两句诗的译文："A traveler came from afar，/Bringing me a letter in a carp-shaped envelope"（李正栓，2013：）。诗中的"双鲤鱼"相当于今天的信封，是由两块鲤鱼形状的木板相合而成。还有一种说法是汉代的信写在丝织物上，结成鲤鱼形状送出。但是这里的"双鲤鱼"在此诗中应该指前者。这是一个今天的中国读者也未必理解的文化概念，如果勉强直译过去，对英语读者来说没有任何意义。因此，"a letter in a carp-shaped envelope"不是单纯的字数有所增加，而是为了对源语的准确解读和翻译。

上述所举乐府诗句中的文化概念都是汉语言文化所独有的，在英语中找不到对应语，此时如果一味地坚持直译只会让译文晦涩难懂。因此，为了保证译文的可读性和文化交流渠道的畅通性，这类文化因素最好用意译。

二、替换：一种对等交换

对于某些在源语和译语中有等值或相似概念的文化因素可使用替换技巧，替换的优势在于能够让译语读者迅速地联想起自己母语文化中那些已熟知的概念，从而增强译文的可读性和魅力。使用替换法的译者一般都会使用译语中的相应同义词、近义词或相似表达来代替源语中的那些文化负载较重的概念。

乐府诗中有些文化概念也可以在英语中找到相似的表述。例如，"天汉回西流，/三五正纵横"被译为"When the Milky Way points to the west，/The stars are twinkling sparsely at their best"（汪榕培，1998：173）。"天汉"在古代文学作品中也叫"云汉"，即今天常用的"银河"。最早见于《诗经·大雅·云汉》："倬彼云汉，昭回于天……倬彼云汉，为章于天。""天汉"这个文化负载词汇和英语中的"the Milky Way"语义信息完全重合。虽然两个词在文化渊源上截然不同，但我们应该能够注意到曹丕在此处使用"天汉"一词并不是为了强调我们中国人所熟知的那种文化概念也就是它的来源，而是它的语义概念。因此，用"the Milky Way"来替换"天汉"对保证全诗整体文化信息的传递是最简洁而且有效的。

下例两行诗中,译者使用替换技巧,表达自然,有较强的文化穿透力。原诗是"闻君有两意,/故来相决绝",译文为"On hearing you now love another,/I come to give the Dear John Letter."(李正栓,2013:81)。这两行诗引自《白头吟》,表达诗中女子得知男子欲另觅新欢之后写给他表示恩情断绝之意。一些翻译家把"相决绝"译为"come to say our parting"(汪榕培,1998:77)和"come to break it off",(Waley,1919:71)已很达意。但是我们如果把它替换成"the Dear John Letter",效果也会很好,因为这个短语本身就是英语中人人皆知的"绝交书",它使译文来更加地道和生动,更加传神,让英语读者一看就懂。因此,我们认为,对汉语诗中的某些表达,如果英语中已有不谋而合的说法,就尽量要进行相应的替换。毕竟,英汉语言和文化中也有许多的相似或相同之处,这也是可能而且应该采取归化译法的客观依据之一。

还有一例,堪称替换法的典型。原诗是"三五明月满,/四五蟾兔缺",译文是"On the fifteenth, the moon is full again;/On the twentieth, the moon begins to wane"(汪榕培,1998:67)。这两句诗取自《古诗十九首》第17首,是一首思妇诗。诗中的女子用计算月圆月缺来表达自己度日如年的心情。"蟾兔"一词源于中国古代"嫦娥奔月"这一传说,其语义概念和英语中的"the moon"重合。"月亮"在汉语中有上百种别称,其中就包括本诗中的"明月"和"蟾兔"。无论是哪种称呼,说到底还是指其语义概念,不同的作者依喜好或诗歌整体美感的要求做出了不同选择而已。在这种情况下,译者若再一味地寻求所谓的"忠实"进行一一直译的话,只会让译诗臃肿难解。例如,"蟾兔"若译成"toad and rabbit"(Watson,1984:102)则会吸引读者进行不必要的关注,从而淡化这首思妇诗的主题。

在翻译汉语诗中的某些负载着文化内涵的词汇时,应该先辨明它在诗中侧重的是语义概念还是文化概念,如果是前者,而译语中又有对等的表达,使用替换法则是必要的。这既能避免产生歧义,又能保证全诗的完整性和流畅性。

三、增益:一种补充说明

汉语语法重意合而轻形和,最典型的就是主语的省略。在汉诗英译时,绝大部分译者都采用补出主语这一技巧,即增益法,属结构增益。在乐府诗英译时亦当如此。面对着汉语读者视为理所当然而英语读者则不知所云的文化因素,运用得当的增益法能够让译文明白晓畅,达意传神,正如刘勰所说,"善删者字去而意留,善敷者辞殊而意显"(刘勰,1998:543—544)。

"昔为倡家女,今为荡子妇"两句诗的译文"Once a singing-girl with poise and grace,/Now she's wife to one who roves the land"(汪榕培,1998:51)就使用了增益技巧。汉代的"倡"指的是专门从事音乐歌舞借以谋生的女子,和唐代以后的"倡"在涵义上有很大不同。"倡家女"都有较高超的歌舞技艺。译文"a singing-girl with poise and grace"有助于明确源语的文化内涵,避免产生不必要的歧义。

对"竹竿何嫋嫋,鱼尾何簁簁"的翻译,增益法令译文更加明白晓畅。译文为"The man is courting with a fishing-rod;/The wife responds just like nimble fish-tail"(汪榕培,1998:79)。在中国古诗词中,常用钓鱼隐喻男女间的求偶行为。例如,《诗经·卫风·竹竿》中的"籊籊竹竿,以钓于淇"。此处的两句诗用竹竿的柔美和被钓之鱼的欢快比喻男女的两情相悦、情投意合,是诗中女子对过去美好时光的回忆,也是对男子背情弃义的谴责。面对着复杂而丰富的文化内涵,Waley知难而退,选择了不译,把这两行诗完全放弃。这是对原诗和原作者的不尊重,是不可取的。这两句诗加上结尾的两句是全诗的旨要所在,是无论如何不能随意删减的。对于汉语诗中的某些深层涵义,而直译后译语读者又无论如何都不会懂得的情况下,完全可以也应该通过适当的增益在译语的表层结构上把它明确地表达出来。

对具有浓厚的民族文化色彩的汉语表达,使用增益法能弥补译语读者的背景知识缺陷,使理解成为可能。但在任何情况下的增益都应该不损原意,要有助于传神,避免华而不实的增补。以损害文学性而进行的翻译是无意义的。

四、简化:一种本意回归

简化是让译文更简洁更易懂的过程。汉语诗歌中,有大量的四字成语、叠词和偏义副词。这些词能增强语势,对全诗有很好的装饰效果。但进行英译时,若照直去译,未必达意。采用简化技巧倒能达到忠实传神的效果。

偏义副词和叠词的大量使用是乐府诗的一大民族特色。因为偏义副词的特点,几乎所有的译者都是采用的简化这一翻译技巧。例如,"蹀躞御沟上,沟水东西流"被简化译为"When I walk along the palace most,/I see relentless waters flowing east"(汪榕培,1998:79)。这两句诗中的"东西"一词,我们通过上下文知道其实偏向"东"意。"西"在这里是个衬字,只起到构词的作用。那么翻译成"east",对没有偏义副词这一文化背景知识的英语读者来说是必要的也是有效的。也有人把后一句诗译为"Where its branches divide/East and west"(Waley,1919:77),这种误译有悖于原文,必然会误导读者,应努力避免。

在翻译"枝枝相覆盖,叶叶相交通"时,有译文为"Their foliage darkens the ground,/Their branches intertwined are found"(许渊冲,1994:35)。译者对原诗中的叠词"枝枝"和"叶叶"在译诗中也都进行了简化处理,而且用"their"强化了原诗并非"一枝一叶"的视觉效果。

简化法是一种行之有效的翻译方法。但简化法的应用要建立在译者准确理解原作者意图和源语文化内涵的基础上。简化法因为容易造成某种程度的缺额翻译,是译者要慎重选择的一种翻译技巧,简化不是故意漏译,也不是省译。翻译的任务是既要传递出源语的信息,又要向异域传播文化,任何会造成源语信息流失或文化缺省现象的翻译都是译者应该竭力避免的。

我们讨论归化翻译策略中意译、替换、增益和简化几种技巧在乐府诗英译中的运用,旨在通过举例证明,虽然归化策略有其局限性,例如,难以保留原味,容易让译语读者误认为经过归化的译文就是原作的风貌。甚至有人认为归化策略是"对原著和源文化的施暴,甚至是强奸"(Robinson,1997:58)。但不可否认,归化策略曾经并且仍然在翻译世界占有重要席位。在特定环境下,归化翻译也是缓解文化冲突的有效手段。当无法或没有必要保留源语的语言和文化差异的时候,我们可以选择牺牲一点所谓的"异域情调",从而增强译文的可读性,最起码能让译语读者"看懂"。毕竟,翻译是为了交流。但归化策略的局限性决定它不能解决翻译中会遇到的所有问题,因此,异化策略作为归化策略不可或缺的合作伙伴一直一起站在翻译这个舞台上。

附录一

乐府诗译作书目概览

[1] Allen, Joseph Roe. In the Voice of Others: Chinese Music Bureau Poetry [M]. Ann Arbor, Mich.: Center for Chinese Studies, University of Michigan, 1992. 周文龙《乐府诗研究》

[2] Birch, Cyril and Keene, Donald. Anthology of Chinese Literature: From Early Times to the Fourteenth Century [M]. New York: Grove Pro., 1965. 白之《中国文学选集》

[3] Birrell, Anne. New Songs from a Jade Terrace: An Anthology of Early Chinese Love Poetry [M]. London: Penguin Classics, 1987. 白安妮《玉台新咏：中国早期爱情诗选》

[4] Birrell, Anne. Popular Songs and Ballads of Han China [M]. London: Unwin Hyman Limited, 1988. 白安妮《中国汉代民间歌谣》

[5] Birrell, Anne. China's Bawdy: The Pop Songs of China, 4th-5th Century [M]. Cambridge, UK: McGuiness China Monographs, 2008. 白安妮《中国式淫秽：四至五世纪的中国民歌》

[6] Chang, Sung-Sheng Yvonne. Generic Transformation from "Yuefu" to "Gushi": Poetry of Cao Cao, Cao Pi and Cao Zhi [M]. Ann Arbor, Mich.: UMI, 1986. 张诵圣《从"乐府"到"古诗"：曹操、曹丕和曹植的诗歌》

[7] Cranmer-Byng, L. Launcelot Alfred. A Lute of Jade: Being Selections From the Classical Poets of China [M]. New York: E. P. Dutton and Company, 1934. 克莱默·宾《玉琵琶》

[8] Fletcher, William John Bainbridge. Gems of Chinese Verse [M]. Shanghai: Commercial Press, 1918. 弗莱彻《英译唐诗选》

[9] Frankel, Hans H.. "Yüeh-fu Poetry", in Birch Cyril, Studies in Chinese Literary Genres [M]. Ann Arbor, Mich.: UML., 2006. 傅汉思《乐府诗》

[10] Frankel, Hans H.. The Flowering Plum and the Palace Lady: Interpretations of Chinese Poetry [M]. New Haven: Yale University Press., 1976. 傅汉思《梅花与宫闱佳丽》

[11] Frodsham, John D and Ch'eng, Hsi. An Anthology of Chinese Verse: Han, Wei, Chin and the Northern and Southern Dynasties [M]. Oxford: Clarendon Pr., 1967. 傅德山，程曦《中国诗选：汉魏晋南北朝时期》

[12] Giles, Herbert Allen. Gems of Chinese Literature [M]. London: Bernard Auaritch, 15, Piccadilly. Shanghai: Kelly & Walsh, 1884. 翟理斯《古文选珍》

[13] Giles, Herbert Allen. Chinese Poetry in English Verse [M]. London and Shanghai: Kelly & Walsh, 1898. 翟理斯《古今诗选》

[14] Giles, Herbert Allen. A History of Chinese Literature [M]. London: CreateSpace Independent

Publishing Platform，2014. 翟理斯《中国文学史》

［15］Kent，George. Worlds of Dust and Jade：47 Poems and Ballads of the Third Century Chinese Poet Ts'ao Chih［M］. New York：Philosophical Library，1969. 肯特《尘与玉的世界：曹植诗 47 首》

［16］Lévy，André. Translated by Nienhauser，William H. Jr. Chinese Literature，Ancient and Classical［M］. Bloomington：Indiana University Press，2007. 倪豪士译，安德烈·列维《中国古代文学经典》

［17］Mair，Victor H. The Columbia Anthology of Traditional Chinese Literature［M］. New York：Columbia University Press，1994. 梅维恒《哥伦比亚中国古典文学选》

［18］Mayhew，Lenore and McNaughton，William. A Gold Orchid：The Love Poems of Tzu Yeh［M］. Rutland，Vt.：Charles E. Tuttle Co，1972. 勒诺·梅修，威廉·麦克诺顿《金色兰花：子夜歌》

［19］McNaughton，William. Chinese Literature：An Anthology from the Earliest Times to the Present Day［M］. Rutland，Vt.：Charles E. Tuttle Co.，1974. 威廉·麦克诺顿《中国古今文学选》

［20］Minford，John and Lau，Joseph S. M. Classical Chinese Literature. Volume I，From Antiquity to the Tang Dynasty：An Anthology of Translations［M］. New York：Columbia University Press，2000. 闵福德，刘绍铭《含英咀华集》

［21］Owen，Stephen，An Anthology of Chinese Literature：Beginnings to 1911［M］. New York·London：W. W. Norton & Company，1996. 宇文所安《中国文学史：从起始到 1911 年》

［22］Owen，Stephen. The Making of Early Chinese Classical Poetry［M］. Cambridge：Harvard University Asia Center，2006. 宇文所安《中国早期古典诗歌的生成》

［23］Payne，Robert. The White Pony：An Anthology of Chinese Poetry From the Early Times to the Present Day，Newly Translated［M］. New York：John Day Company，1947. 白英《白驹集》

［24］Pound，Ezra. Cathy［M］. London：Elkin Mathews，Cork Street MCMXV，1915. 庞德《华夏集》

［25］Rexroth，Kenneth. 100 Poems from the Chinese［M］. New York：New Directions Publishing，1956. 王红公《一百首中国诗》

［26］Rexroth，Kenneth. 100 More Poems from the Chinese：Love and the Turning Years［M］. New York：New Directions Publishing，1970. 王红公《续百首中国诗》

［27］Sun，Dayu. An Anthology of Ancient Chinese Poetry and Prose［M］. Shanghai：Shanghai Foreign Language Education Press，1999. 孙大雨《古诗文英译集》

［28］Chang，Kang-I Sun and Saussy，Haun. Women Writers of Traditional China：An Anthology of Poetry and Criticim［M］. Stanford，Calif.：Stanford University Press，1999. 孙康宜，苏源熙《历代女作家选集：诗歌与评论》

［29］Chang，Kang-I Sun and Owen，Stephen. The Cambridge History of Chinese Literature［M］. Cambridge，UK；New York：Cambridge University Press，2010. 孙康宜，宇文所安《剑桥中国文学史》

［30］Waley，Arthur. A Hundred and Seventy Chinese Poems［M］. London：Constable and Company LTD，1918. 韦利《170 首中国诗》

［31］Waley，Arthur. A Hundred and Seventy Chinese Poems［M］. New York：the Vail-Ballou Co. Binghamton，1919. 韦利《170 首中国诗》

［32］Waley，Arthur. Chinese Poems［M］. London：George Allen and Unwin LTD，1946. 韦利《中国诗选》

［33］Watson，Burton. Chinese Lyricim：Shih Poetry from the Second to the Twelfth Century［M］. New York：Columbia University Press，1971. 华兹生《中国抒情诗风：从二到十二世纪》

［34］Watson，Burton. The Columbia Book of Chinese Poetry：From Early Times to the Thirteenth Century［M］. New York：Columbia University Press，1984. 华兹生《哥伦比亚中国诗集》

［35］Wu-chi Liu；Irving Yucheng Lo. Sunflower Splendor：Three Thousand Years of Chinese Poetry

［M］. Bloomington：Indiana University Press，1990. 柳无忌，罗郁正《葵晔集》

［36］ Xu，Yuanchong. Song of the Immortals：An Anthology of Classical Chinese Poetry［M］. Beijing：New World Press，1994. 许渊冲《中国古诗词六百首》

［37］ Yip，Wai-Lim. Chinese Poetry：An Anthology of Major Modes and Genres［M］. Durham：Duke University Press，1997. 叶威廉《中国主流诗歌选》

附录二

乐府诗选译 50 首（选自李正栓英译《汉英对照乐府诗选》）

安世房中歌

丰草葽，
女萝施。
善如何，
谁能回？
大莫大，
成教德。

Song in House of Anshi

Rich and lush is the grass green.
Trailing plants stretch on and on.
What's the use of being kind?
Who can return kind for kind?
One should not be too greedy.
Virtue comes out of harmony.

上之回

上之回所中，
益夏将至。
行将北，
以承甘泉宫。
寒暑德。
游石关，

157

望诸国。

月支臣,

匈奴服。

令从百官疾驱驰,

千秋万岁乐无极。

The Emperor Went to the Place of Hui

The emperor went to the place of Hui.

Wherever he went the place became rich.

Summer will soon come.

I'll travel to the North,

And I'll go to Ganquan Palace,

To bathe in Emperor's favor.

I'll go to Shiguan Pass

To look at all the states.

Yuezhi State has become a subject;

So did the Huns.

Order goes that all officials on horseback flit.

Long live the emperor and endless is the bliss.

上陵

上陵何美美,

下津风以寒。

问客从何来?

言从水中央。

桂树为君船,

青丝为君笮。

木兰为君棹,

黄金错其间。

沧海之雀赤翅鸿,

白雁随。

山林乍开乍合,

曾不知日月明。

醴泉之水,

光泽何蔚蔚。

芝为车，

龙为马。

览遨游，

四海外。

甘露初二年，

芝生铜池中。

仙人下来饮，

延寿千万岁。

Shangling

Shangling the royal garden is lush；

Over pools beneath trees breeze is cool.

The guest is asked from where he comes；

He says he comes from the central lake.

Laurel wood is used to build the boat；

Blue ribbons are twisted into the rope；

Orchid wood is used to make the oar；

Gold is used to make interior decorations.

Red-winged birds of good luck

Are followed by white wild duck on their track.

Over forests their wings rise and fall，

They dim the sun and moon.

The water from the sweet stream

Is so clear and so shining!

As chariot is the cart of the immortal，

Dragon is used as a steed.

He travels far and wide

To four corners of the world.

In the year fifty-two，

Jinzhi is born in the pool.

The immortal descends to drink the water.

Long live anyone that drinks this water.

战城南

战城南，

死郭北，

野死不葬乌可食。

为我谓乌，

且为客嚎。

野死谅不葬，

腐肉安能去子逃？

水深激激，

蒲苇冥冥。

枭骑战斗死，

驽马徘徊鸣。

梁筑室，

何以南？

何以北？

禾黍不获君何食？

愿为忠臣安可得？

思子良臣，

良臣诚可思：

朝行出攻，

暮不夜归！

Fighting South of the City

South of the city the fighting began，

Leaving soldiers dead on its north outskirt.

Soldiers died in the wild，making food for ravens.

Tell the ravens for me，

"You should cry for these non-native heroes.

They lie unburied in the wild.

They become rotten，no way to flee you."

Clear and crystal was the river；

Dark and dim were the weeds.

Valiant horsemen died in fighting；

Coward horsemen hummed in roaming.

Why did enlisted soldiers build houses

In the south and in the north?

Grain unreaped, on what would rulers feed?

They wanted to be loyal subjects, but how?

Rulers asked for good lords,

Who could really be pined for.

Soldiers set out to fight at dawn,

But never returned even at late night.

上邪

无名氏

上邪!

我欲与君相知,

长命无绝衰。

山无陵,

江水为竭,

冬雷震震,

夏雨雪,

天地合,

乃敢与君绝。

Oh, by Heaven

Anonymous

Oh, by heaven,

I shall be in love with you.

I'll love you as long as I breathe.

I'll love you till mounts have no peaks,

Till all rivers go dry,

Till it thunders in winter,

Till it snows in summer,

Till Heaven and Earth meet.

Only then can I part with you.

有所思

无名氏

有所思，

乃在大海南。

何用问遗君？

双珠玳瑁簪，

用玉绍缭之。

闻君有他心，

拉杂摧烧之。

摧烧之，

当风扬其灰。

从今以往，

勿复相思！

相思与君绝！

鸡鸣狗吠，

兄嫂当知之。

妃呼狶！

秋风肃肃晨风飔，

东方须臾高知之。

The One I Miss

Anonymous

There was someone I missed,

Who was to the south of the sea.

What would I give to you as a gift?

A two-pearled tortoise-shell hairpin,

Each pearl hanging from the end of a jade.

I was told you began to love a new one.

So I broke the gift and had it burnt,

Sending ashes away with the wind.

From now on,

I'll miss you no more!

What I think is to break with you!

I shunned cock's crowing and dog's barking,

For fear my brother and his wife might know of our meeting.

Alas,

Cold and shrilling is autumn wind while the birds Chenfeng fly fast.

When the east is red and the sky is bright I can know how to act.

薤露

薤上露,何易晞!

露晞明朝更复落,

人死一去何时归!

Dew on the Plant

How fast dewdrops on the plant fall!

They fall but come again on the morn;

Man dies once but can never to life return.

蒿里

蒿里谁家地?

聚敛魂魄无贤愚。

鬼伯一何相催促?

人命不得少踟蹰?

Gaoli

To whom does the burial place belong?

It gathers souls of low and high-born.

Why doth Death urge people to go?

Can people not hesitate but follow?

平陵东

平陵东,

松柏桐,

不知何人劫义公。

劫义公,

在高堂下,

交钱百万两走马。

两走马，
亦诚难，
顾见追吏心中恻。
心中恻，
血出漉，
归告我家卖黄犊。

East of the Pingling Tomb

East of the Pingling tomb,

In the dense woods of pine, cedar and plane trees,

Who robbed a good man?

They robbed a good man,

Bringing him to the official house,

Asking him for a million cash and two swift horses.

Two swift horses

Were indeed hard to give.

Officials pressing, the good man's heart sank.

The good man's heart sank,

And his heart bled,

"I'll go home and tell my family to sell the yellow calf."

长歌行

仙人骑白鹿，
发短耳何长？
导我上太华，
揽芝获赤幢。
来到主人门，
奉药一玉箱：
"主人服此药，
身体日康强。
发白复更黑，
延年寿命长。"

A Long-tuned Song

An immortal came on a white deer,

With short hair and on each side a long ear!

He guided me to Mount Taihua,

Got ganoderma and a red banner.

He came to my master's gate

And presented a jade box of medicine,

"Sir, pray take this medicine,

And you'll become fitter and fitter.

Your white hair can become dark again,

Your life will become longer and longer."

步出夏门行

邪迳过空庐,

好人常独居。

卒得神仙道,

上与天相扶。

过谒王父母,

乃在泰山隅。

离天四五里,

道逢赤松俱。

揽辔为我御,

将吾上天游。

天上何所有?

历历种白榆。

桂树夹道生,

青龙对伏趺。

I Leave the Xiamen Gate

Meandering paths pass the empty hut;

A man of virtue enjoys living apart from people,

And finally attains to the immortal Tao,

And lives with Heaven and Sky.

He pays visit to heavenly queens in heaven,

At one corner of the Taishan Mountains.

It's four or five miles beneath the sky,

Where lush red pines grow at roadsides.

I hold the reins to pace the horse.

That will take me to the sky.

What is there in the sky?

White Elm stars are in good order, one after another,

Laurel stars grow on both sides of the road.

Blue dragons lie prostrate facing each other.

长歌行

青青园中葵,

朝露待日晞。

阳春布德泽,

万物生光辉。

常恐秋节至,

焜黄华叶衰。

百川东到海,

何时复西归!

少壮不努力,

老大徒伤悲。

A Long-tuned Song

Green grows the mallow in the garden;

Morning dewdrops will be dried by the sun.

Sunny Spring favors all things,

Which gleam under His grace.

I often fear that when Autumn comes

Leaves and flowers turn yellow and decline.

All rivers flow eastward to the sea.

When can you see them return?

If you do not work hard when young and strong,

When you are old, you'll feel sorrowful in vain.

猛虎行

饥不从猛虎食！

暮不从野雀栖！

野雀安无巢？

游子为谁骄？

Song of a Tiger

Anonymous

A man of virtue shall not grab food like a tiger in hunger；

Nor shall he perch freely like the birds at dusk to get slumber.

How can a wild bird have no nest?

For whom is a roamer proud with calm rest?

艳歌行

南山石嵬嵬，

松柏何离离。

上枝拂青云，

中心十数围。

洛阳发中梁，

松柏窃自悲。

斧锯截是松，

松树东西摧，

持作四轮车，

载至洛阳宫。

观者莫不叹，

问是何山材。

谁能刻镂此？

公输与鲁班。

被之用丹漆，

薰用苏合香。

本自南山松，

今为宫殿梁。

A Prelude

Stones and rocks are many on the southern hill!

How lush and green the pines and cypress are!

The upper branches can touch blue clouds in the sky;

The tree trunks are over twenty-arm round.

Luoyang the capital needs central beams thick and strong;

Pine and cypress trees feel depressed on the sly.

The pines are cut by saws and axes,

Whose falling destroy many things around.

They are put on the four-wheel cart,

And are carried to the palaces in Luoyang.

No one that sees holds back his sighs,

And asks from where they come.

Who can cut and carve on these logs?

Only Gongshu Ban of the Lu State.

The logs will be coated with crimson paint,

And will be fumigated with Suhe scent.

The logs were pines on the southern hill,

But now become beams in the palaces royal.

秋风辞

刘彻(前 156—前 87)

秋风起兮白云飞，

草木黄落兮雁南归。

兰有秀兮菊有芳，

怀佳人兮不能忘。

泛楼船兮济汾河，

横中流兮扬素波。

箫鼓鸣兮发棹歌，

欢乐极兮哀情多。

少壮几时兮奈老何？

Poem on Autumn Wind

Liu Che(156 B.C.—87 B.C.)

Autumn wind rises, oh, white clouds fly and roam;

Yellow are grass and trees, oh, swallows to the south return.

Sweet is the orchid, oh, fragrant the chrysanthemum;
Beauty is cherished, oh, how can she be forgotten?

Fancy ships, oh, line up on Fenhe River,
Breaking midstreams in the wavy water.
Flutes and drums accompany the boat song;
When too happy, oh, sorrow may throng.
How long can youth last to resist the aging song?

枯鱼过河泣

枯鱼过河泣，
何时悔复及！
作书与鲂鱮：
相教慎出入！

Weeping of a Wounded Fish Crossing the River
A wounded fish crosses the river and weeps.
How late is his regret and remorse!
To his friends still in water he writes,
Teaching them to be cautious in movements.

怨诗行

天德悠且长，
人命一何促。
百年未几时，
奄若风吹烛。
嘉宾难再遇，
人命不可续。
齐度游四方，
各系太山录。
人间乐未央，
忽然归东岳。
当须荡中情，
游心恣所欲！

Poem of Complaint

Endless and long is heavenly virtue;

So short is a man's life in view.

Life is but a few hours,

Fragile like candles in the wind.

Honoured guests are hard to remeet;

A man's life cannot be redeemed.

All people travel to places far and wide,

But in Taishan all travels end.

Human bliss has no end,

And all at once returns to eastern mountains.

So enjoy happy mood while you may.

Take delight as the heart desires.

悲歌

悲歌可以当泣，

远望可以当归。

思念故乡，

郁郁累累。

欲归家无人，

欲渡河无船。

心思不能言，

肠中车轮转。

A Song of Woe

I sing a sad song as weeping;

And look afar as home-going.

Missing my hometown,

I'm laden with woe.

To return? No one is at home.

To cross the river? No boat is nearby.

To whom to tell my melancholy?

It is like wheels turning in my bosom.

古歌

秋风萧萧愁杀人。

出亦愁,入亦愁,

座中何人,谁不怀忧?

令我白头。

胡地多飚风,

树木何修修。

离家日趋远,

衣带日趋缓。

心思不能言,

肠中车轮转。

An Ancient Song

The cold, cold autumn wind almost kills me with woe;

At home or not, woes follow me wherever I go.

Among guests here, who is not obsessed with sorrow?

Woe and sorrow snow white hairs on me.

In the cold north of the Huns' land it is wild and windy.

The trees in the woods, how tall and tidy!

Away from home I go farther and farther;

My clothes become looser and looser.

The sorrow-laden soul cannot be clearly expressed;

It's like wheels churning in my chest.

公无渡河

公无渡河,

公竟渡河。

堕河而死,

将奈公何?

Sir, Do Not Cross the River

"Sir, do not cross the river."

But you tried with endeavor.

You fell into it and died;

What can I say about your behavior?

东门行

出东门，

不顾归。

来入门，

怅欲悲。

盎中无斗米储，

还视架上无悬衣。

拔剑东门去，

舍中儿母牵衣啼：

"他家但愿富贵，

贱妾与君共餔糜。

上用仓浪天故，

下当用此黄口儿。

今非！"

"咄！行！

吾去为迟！

白发时下难久居。"

Rushing out of the East Gate

Rushing out of the east gate，

He did not think of returning home.

But he returned.

He was more disappointed.

No grain remained in the jar.

Looking around，he could find no clothes on hangers.

Drawing his sword，he would leave for the east gate again，

His wife tried to stop him with tears，

"Let other families be rich.

I would fain suffer with you at porridge table.

It's heaven-determined fate，

And you must take care of the baby，

So stop taking the risk."

" Away with you! I'll go.

It's late already!

How can I stay home long when my hair grows thin?"

艳歌何尝行

飞来双白鹄，
乃从西北来。
十十五五，
罗列成行。

妻卒被病，
行不能相随。
五里一反顾，
六里一徘徊。

吾欲衔汝去，
口噤不能开。
吾欲负汝去，
毛羽何摧颓。

乐哉新相知，
忧来生别离。
踌躇顾群侣，
泪下不自知。

念与君离别，
气结不能言。
各各重自爱，
道远归还难。
妾当守空房，
闭门下重关。
若生当相见，
亡者会黄泉。
今日乐相乐，
延年万岁期。

A Prelude to White Swallows

Into sight fly pairs and pairs of white swallows，
Which come from the northwest，
Now in fives and then in tens，
In array and line orderly and best.

The wife died of a disease,

So she no longer kept company.

He looked back five miles away from home,

And lingered on six miles on his way.

I would like to hold you in my mouth,

But it is shut and cannot be opened.

I would like to carry you on my back,

But my feather has been poorly retained.

Happy were we when we came into matrimony;

Sad are we when we now part.

Unwillingly I look at others'company;

Unwittingly down the cheeks tears depart.

Thinking that with you I part,

Too gloomy, I cannot say a word.

Each of us should take care,

For it's hard to return from a place too remote.

As wife I should endure life without you,

I'll close the door to overcome one hardship after another.

If alive, we should meet again;

If dead, we should unite in the underworld.

Enjoy today when it is merry and gay,

And prolong our life while we may.

艳歌行

翩翩堂前燕，

冬藏夏来见。

兄弟两三人，

流宕在他县。

故衣谁当补？

新衣谁当绽？

赖得贤主人，

览取为吾绽。

夫婿从门来，
斜柯西北眄。
"语卿且勿眄，
水清石自见。"

石见何累累，
远行不如归！

A Prelude

Afore the house fly the swallows swift，
Who in winter leave and in summer visit.
We are three brothers，
Each roaming on land of others.

Who would mend my old clothes?
Who would sew me a new one?
I Thank the good woman of the house，
Who took my clothes and mended them.

Her husband entered the door，
And looked at her needlework with surmise.
"Do not look at me this way.
My innocence is like stones clearly seen."

Pebbles on pebbles are clearly seen.
Let me stop roaming and go home again.

白头吟

皑如山上雪，
皎如云间月。
闻君有两意，
故来相决绝。
今日斗酒会，
明旦沟水头。
蹀躞御沟上，
沟水东西流。
凄凄复凄凄，

嫁娶不须啼；

愿得一心人，

白头不相离。

竹竿何嫋嫋，

鱼尾何簁簁。

男儿重意气，

何用钱刀为！

Wish for Deep love

My love's pure as white snow on the hills，

Bright as the moon through the clouds.

On hearing you now love another，

I come to give the Dear John Letter.

Today I'll propose a drink to you，

For we'll part by a river tomorrow.

Clear will be the water；

To diverse directions it will flow.

Grief on grief follows woe on woe，

But weeping is too bad before wedding.

The wish is to get a constant person

To love still even at great age.

Tender is the bamboo pole；

Wet is the fish tail.

A man should be of a great will；

Why is he as faithless as to value money so?

陇西行

天上何所有？

历历种白榆。

桂树夹道生，

青龙对道隅。

凤凰鸣啾啾，

一母将九雏。

顾视世间人，

为乐甚独殊！

好妇出迎客，
颜色正敷愉。
伸腰再拜跪，
问客平安不？
请客北堂上，
坐客毡氍毹。
青白各异樽，
酒上正华疏。
酌酒持与客，
客言主人持。
却略再拜跪，
然后持一杯。
谈笑未及竟，
左顾敕中厨。
促令办粗饭，
慎莫使稽留！
废礼送客出，
盈盈府中趋。
送客亦不远，
足不过门枢。
娶妇得如此，
齐姜亦不如。
健妇持门户，
一胜一丈夫。

Song of Western Gansu

What was there in the sky?
Clearly were seen the stars like elm trees.
Stars of bay grew on the zodiac,
Stars of blue dragons were opposite each other.
And stars like phoenix would sing and twitter.
One mother had nine sons as stars.
I looked around the people in the world,
Each having his own special fun.
A woman of virtue greeted a guest at the gate,

Beaming with pleasure and delight，

Bowing and kneeling time and again

To ask if the guest was sound and safe，

Showing the guest to the north hall，

Asking the guest to sit on the carpet，

Serving him with wine white and green，

The wine brimming with foam.

She poured wine and served the guest，

Who in return gave it to the hostess.

She knelt to regive her thanks

And took her own cup in hand.

Talks being not yet finished，

She went to the kitchen to tell the cook，

And urged her to be quick

For fear that the guest would wait too long!

Regardless of the custom she saw the guest off，

Beaming with delight，behaving well too.

She left the gate not too far，

Just around the gate bar.

If only one gets a wife like this!

She is no less good as a noble wife of Jiang in State of Qi.

It is much better to have so smart a woman

Than to have a so-called worthy man.

相逢行

相逢狭路间，

道隘不容车。

不知何年少？

夹毂问君家。

君家诚易知，

易知复难忘；

黄金为君门，

白玉为君堂。

堂上置樽酒，

作使邯郸倡。

中庭生桂树，

华灯何煌煌。

兄弟两三人，

中子为侍郎；

五日一来归，

道上自生光；

黄金络马头，

观者盈道傍。

入门时左顾，

但见双鸳鸯；

鸳鸯七十二，

罗列自成行。

音声何噰噰，

鹤鸣东西厢。

大妇织绮罗，

中妇织流黄；

小妇无所为，

挟瑟上高堂：

"丈人且安坐，

调丝方未央。"

Song of Meeting on a Narrow Path

They met on a narrow path

Difficult for carts to pass.

At a loss what to do，

The two lads began to talk to each other.

"Of course your house is easy to know，

And so easily known that none can forget.

Your gate is coated with yellow gold；

Your rooms are decked with white jade.

Wine is served in the hall，

Pretty dancers and singers entertaining the guest.

Trees of bay grow in the central yard，

And the bright lamps are very well made.

There are three brothers in this family，

And the second is a document clerk,

Who returns home after work on a week's fifth day,

Making the roads bright and gay,

His horse reins shining in glitter of gold,

With watchers filling sides of the road.

He enters the gate and looks left,

And sees lovebirds in pair and pair.

The love-birds are as many as seventy-two,

Who line up in good order and woo.

Birds all twitter in sounds of love;

Crane call from chambers east and west;

The eldest son's wife knits a yellow handkerchief;

The second son's wife works on thin silk yellow and blue.

The youngest son's wife has nothing to do

And goes up to the north hall with a string lute,

'Dear father and mother, please sit and wait,

For I'll tune the strings before I play.'"

长安有狭斜行

长安有狭斜,

狭斜不容车。

适逢两少年,

夹毂问君家。

君家新市傍,

易知复难忘。

大子二千石,

中子孝廉郎。

小子无官职,

衣冠仕洛阳。

三子俱入室,

室中自生光。

大妇织绮纻,

中妇织流黄。

小妇无所为,

挟瑟上高堂。

"丈人且徐徐，
调丝诟未央。"

There Was a Narrow Path in Chang'an

In Chang'an there was a narrow path，
So narrow for two carts to pass.
There happened to be two lads，
Asking about each other by the cart.
"Your house is near the market，
So easily known that none can forget.
The eldest son can earn two thousand loads of grain；
The second son is an official of a minor sort；
The youngest son has no officialdom，
But is well-dressed，serving others in Luoyang.
When the three sons enter the house，
The house beams with light.
The eldest son'wife knits silk things；
The second son's wife knits a yellow silk.
The youngest son's wife has nothing to do，
But goes to the north hall with a string lute.
'Dear father and mother，please sit well，
For I'll tune the strings before I play.'"

上留田行

里中有啼儿，
似类亲父子。
回车问啼儿，
慷慨不可止！

A Song from Shangliutian

There were babies crying in the yard.
Seemingly they were twin brothers.
I turned back the carriage to ask，
And kept sighing for the brothers.

十五从军征

十五从军征，

八十始得归。

道逢乡里人：

"家中有阿谁？"

"遥望是君家，

松柏冢累累。"

兔从狗窦入，

雉从梁上飞。

中庭生旅谷，

井上生旅葵。

烹谷持作饭，

采葵持作羹。

羹饭一时熟，

不知贻阿谁。

出门东相望，

泪下沾我衣。

I Joined the Army at Fifteen

I joined the Army at fifteen，

But not until eighty did I return.

On the way I met a native folk，

" Who is still living in my family？"

" Over there is your home，

Where are pines，cypress trees and many a tomb. "

Hares ran through dog holes；

Wild hens flew round the house；

Grains grew wild in the yard；

Near the well grew big-flower vegetables.

I used the wild grains to cook a meal，

Picking vegetables to make a soup.

When meal and soup is done，

I did not know to whom I should send it？

I looked east outside the gate，

While my tears poured onto my coat.

妇病行

妇病连年累岁，
传呼丈人前一言，
当言未及得言，
不知泪下一何翩翩。
"属累君两三孤子，
莫我儿饥且寒，
有过慎莫笪笞，
行当折摇，
思复念之。"

乱曰：抱时无衣，
襦复无里。
闭门塞牖，
舍孤儿到市。
道逢亲交，
泣坐不能起。
从乞求与孤儿买饵。
对交啼泣，
泪不可止：
"我欲不伤悲，不能已。"
探怀中钱持授
交入门，
见孤儿啼索其母抱。
徘徊空舍中，
"行复尔耳！
弃置勿复道。"

Song of a Sick Wife

The wife was ill year after year.
She called her husband to her bed.
Before telling him what to do,
Tears like rain she began to shed.
"I'll entrust to you a couple of orphans;
Do not let them suffer from hunger and cold;

For their misdoing you should spare your rod.

I am dying.

Pray you miss me and keep my words in mind."

He picked the baby who had no clothes.

Even there was a short coat, it had no lining.

So he shut the door and covered the windows with rags,

And then left the orphan for the market.

On the way he met a relative

And sat weeping, unable to rise.

He begged the relative to buy food for his son.

He and the relative wept to each other,

Tears seeming to end never.

"I'm so sad that I cannot control myself."

He reached into his chest for money

And gave it to the relative.

He entered the door

And saw the orphan crying for its mum.

" The baby is about to follow its mum.

Enough, and I'll say no more."

孤儿行

孤儿生，

孤子遇生，

命独当苦。

父母在时，

承坚车，

驾驷马。

父母已去，

兄嫂令我行贾。

南到九江，

东到齐与鲁。

腊月来归，

不敢自言苦。

头多虮虱，

面目多尘。
大兄言办饭,
大嫂言视马。
上高堂,
行取殿下堂,
孤儿泪下如雨。
使我朝行汲,
暮得水来归;
手为错,
足下无菲。
怆怆履霜,
中多蒺藜;
拔断蒺藜肠月中,
怆欲悲。
泪下渫渫,
清涕累累。
冬无复襦,
夏无单衣。
居生不乐,
不如早去,
下从地下黄泉。
春气动,
草萌芽,
三月蚕桑,
六月收瓜。
将是瓜车,
来到还家。
瓜车反覆,
助我者少,
啖瓜者多。
"愿还我蒂,
兄与嫂严,
独且急归,
当兴校计。"
乱曰:

里中一何譊譊！

愿欲寄尺书，

将与地下父母，

兄嫂难与久居。

Song of an Orphan

An orphan was born，

Not at a good time，

Woe was an orphan's life.

"When my parents were alive，

I could ride in a carriage

Drawn by four horses.

When my parents were gone，

My brother and his wife made me do business.

I went southward to Anhui Province，

Eastward to Shandong Province.

In the twelfth month I returned，

Not daring to tell about my woe.

Lice crowded in my hair；

Dust covered my face.

My brother told me to cook

While his wife ordered me to feed the horses.

I almost ran

From the north hall to the side house，

Tears raining down my cheeks.

They made me fetch water at dawn，

But I got water and returned at dusk.

Coarse were my hands；

Shoeless were my feet.

Swiftly I ran over sleet.

My feet were hurt by thorns，

Which were broken and remained in my feet.

Sorrowful and sad was I，

Whose tears kept falling down the cheeks.

What a running nose had I!

In winter I had no heavy coat；

In summer I had not a shirt.

Such a life had no joy.

Why not die early

And lethewards go?

In Spring many things grew.

Grass gave life new.

On the third moon silk worms were raised；

On the sixth moon melons were harvested.

I pushed the cart loaded with melons，

And homewards I made my way.

The melon cart overturned.

Few came to my help，

But many came to eat my melons.

"Please give back the melon ends to me，

For my brother and his wife were strict to me.

I must hurry to my home.

They'll ask what happened."

The end of the poem says：

There were curses coming from the room.

The orphan wished to write a letter

To his parents in the grave to tell them：

It is hard to live long with his brother and his wife!

怨歌行

班婕妤（前 48—前 2）

新裂齐纨素，

皎洁如霜雪。

裁为合欢扇，

团团似明月。

出入君怀袖，

动摇微风发。

常恐秋节至，

凉风夺炎热。

弃捐箧笥中，

恩情中道绝。

Song of Complaint

Ban Jieyu(48 B.C.—2 B.C.)

The nealy-cut silk of Qi land,

As fresh and pure as snow white,

Is tailored into a fan with a design of love,

Round as the moon bright.

Always with you the fan stays,

And it sends its gentle breeze.

I often dread that when autumn comes,

Cool wind will outdo the hot day.

You might drop the fan into a bamboo basket,

And end the love in the mid way.

武溪深行

马援（前 14—49）

滔滔武溪一何深！

鸟飞不度，兽不敢临。

嗟哉武溪兮多毒淫！

Song of the Deep Wuxi

Ma Yuan（14 B.C.—49）

Fathomless and surging is the Wuxi River.

Birds cannot fly across it; animals dare not come near.

Alas, how perilous it is, the Wuxi River !

青青河畔草

青青河畔草，

郁郁园中柳。

盈盈楼上女，

皎皎当窗牖。

娥娥红粉装，

纤纤出素手。

昔为倡家女，

188

今为荡子妇。

荡子行不归，

空床独难守。

Green, Green Is the Riverside Grass

Green, green is the riverside grass;

Lush willows grow in the garden.

Graceful is the woman in the upper house,

Standing by the window like the bright moon,

Tender and nice, dressed in red,

Slender and white is her each hand,

Once a dance girl in song houses,

Now she is the wife of a roamer away from home.

The roamer travels and travels, not to return;

On an empty bed how could she tolerate it alone?

冉冉孤生竹

傅毅（? —约 90）

冉冉孤生竹，

结根泰山阿。

与君为新婚，

菟丝附女萝。

菟丝生有时，

夫妇会有宜。

千里远结婚，

悠悠隔山陂。

思君令人老，

轩车来何迟！

伤彼蕙兰花，

含英扬光辉；

过时而不采，

将随秋草萎。

亮君执高节，

贱妾亦何为?

A New-born Lonely Bamboo

Fu Yi（? —ca. 90）

A new-born lonely fragile bamboo

Is rooted in the mountain vale.

I have just been engaged to you,

Like a vine clinging to a plant.

A vine grows at a proper time;

Husband and wife meet in their prime.

A marriage is so far away,

A long way beyond the mountain and bay.

Pining for you makes me old and desolate.

Why is your marriage van so late?

I dread that the fragrant orchid flowers

Are about to bloom.

If you delay plucking them,

They will fade with autumn grass.

Deeming you constant and true,

What else need I do?

今日良宴会

今日良宴会，

欢乐难具陈。

弹筝奋逸响，

新声妙入神。

今德唱高言，

识曲听其真。

齐心同所愿，

含意俱未伸。

人生寄一世，

奄忽若飚尘。

何不策高足，

先据要路津？

无为守穷贱，

轗轲长苦辛。

At Today's Grand Banquet

At today's grand banquet,

Beyond word was the bliss great.

Zithers were nicely played,

Whose tunes new and fine filled the mind.

The sagacious talked of lofty ideas

And knew what the tunes meant.

All the people had the same wish,

Unstated, concealed within:

Life in this world is but a short stay,

Like dusts in the gust often blown away.

Why not urge your horse

And take and occupy the pass?

Doing nothing keeps one poor and mean;

Frustration causes bitterness and pain.

羽林郎

辛延年 (? —?)

昔有霍家奴，

姓冯名子都。

依倚将军势，

调笑酒家胡。

胡姬年十五，

春日独当垆。

长裾连理带，

广袖合欢襦。

头上蓝田玉，

耳后大秦珠。

两鬟何窈窕，

一世良所无。

一鬟五百万，

两鬟千万馀。

不意金吾子，

娉婷过我庐。

银鞍何煜爚，

翠盖空踟蹰。

就我求清酒，

丝绳提玉壶。

就我求珍肴，

金盘脍鲤鱼。

贻我青铜镜，

结我红罗裾。

不惜红罗裂，

何论轻贱躯！

男儿爱后妇，

女子重前夫。

人生有新故，

贵贱不相踰。

多谢金吾子，

私爱徒区区。

Yulin Lang
—Story of a Royal Guard Officer
Xin Yannian(? —?)

There was once a servant in the family of Huo.

Feng Zidu was his name.

Counting on the power of his master，

He took liberties with a wineshop sister.

The Hun bar-maid was fifteen.

In Spring she served at the bar all alone.

Her long garment front was tied by a symmetric belt；

Her wide loose sleeves were decked with a design of love.

On her head she wore jade from Lantian；

On her ears hung pearls from Rome.

How nice she has done her hair!

Indeed there was no person to be her peer.

One bun of hair cost five million；

Two buns of hair cost twice more.

"Unexpectedly the servant

Walked genteelly by the wine shop.

His silver saddle, how bright!

His carriage for no reason came to a halt.

He approached me asking for some wine.

His jade pot was tied by a silk tie.

He approached me asking for delicacy.

I put carp slices on his gold plate.

He gave me his bronze mirror

And tried to tie it to my robe.

I would rather have my dress torn than violated

And resist him with death.

A man loves new women.

A woman values her former man.

In life, the new and old both exist together.

The noble and humble cannot exceed each other.

It is fortunate that this servant

Loved me only in vain. ”

梁甫吟

步出齐城门，

遥望荡阴里。

里中有三墓，

累累正相似。

问是谁家墓?

田疆古冶子。

力能排南山，

文能绝地纪。

一朝被谗言，

二桃杀三士。

谁能为此谋?

国相齐晏子。

Song of Liangfu

Walking out of Linzi the capital of Qi,

One looks afar at the Dangyinli.

There are three tombs of fame,

Which like hills look the same.

Whose tombs are they?

They are for Gongsun Jie，Tian Kaijiang and Gu Yezi.

They were strong enough to overturn the Ox Hill，

And could split the earth.

Once framed by others，

They were killed with two peaches.

None could make such a plot

But the prime minister Yanzi of Qi.

董娇饶

宋子侯(？—？)

洛阳城东路，

桃李生路旁。

花花自相对，

叶叶自相当。

春风东北起，

花叶正低昂。

不知谁家子，

提笼行采桑。

纤手折其枝，

花落何飘扬。

"请谢彼姝子，

何为见损伤？"

"高秋八九月，

白露变为霜。

终年会飘堕，

安得久馨香？"

"秋时自零落，

春月复芬芳。

何如盛年去，

欢爱永相忘？"

吾欲竟此曲，

此曲愁人肠。

归来酌美酒，

挟瑟上高堂。

Dong Jiaorao

Song Zihou(？ —？)

East of Luoyang the capital,

Plum and peach on roadsides grew.

One blossom faced another;

Leaves greeted each other.

A vernal breeze rose from the northeast.

Blossoms and leaves their heads tossed.

Whose daughter was this girl?

She was to pick mulberry leaves with a basket in hand.

Her slender hands broke the branches;

Blossom petals fluttering down to the ground.

"Pray say, pretty girl, why do you hurt me so?"

"In high autumn of the eighth and ninth moon,

Hoary dews have turned into sleets.

You will in the end fall.

How can you long keep the fragrant smell?"

"In Autumn I do fade and fall,

In Spring fragrance comes back to all.

How is Autumn, like the prime of life, forever?

How should love be forgotten for long?"

I want to end this tune

For it makes one sigh and moan.

Back home I fill high the glass;

With lyres I go to the upper house.

饮马长城窟行

蔡邕(133—192)

青青河畔草，

绵绵思远道。

远道不可思，

宿昔梦见之。

梦见我在傍，

忽觉在他乡。

他乡各异县，

展转不相见

枯桑知天风，

海水知天寒。

入门各自媚，

谁肯相为言。

客从远方来，

遗我双鲤鱼。

呼儿烹鲤鱼，

中有尺素书。

长跪读素书，

书中竟何如。

上言加餐食，

下言长相忆。

Watering a Horse at the Great Wall
Cai Yong(133—192)

Green, green is the grass on river banks;

Far, far away is my love whom I miss.

He is too far away to be missed;

So I had a fond dream of him at night.

I dreamed he was by my side last night.

Of a sudden he was on a foreign land.

We were widely apart, each on a different soil.

We could not meet though I had a sleepless night.

Withered mulberry knows the high wind.

Sea water knows if the weather is cold.

The returned enjoy each other's delight.

Who will pass my message to my love?

A traveler came from afar,

Bringing me a letter in a carp-shaped envelope.

I called my child to "cook" the carp.

A letter was found written on the white silk.

He sat erect to read the letter.

What on earth was written on it?

It first told me to eat more food,

And then said I was always in his mind.

定情诗

繁钦(? —218)

我出东门游,

邂逅承清尘。

思君即幽房,

侍寝执衣巾。

时无桑中契,

迫此路侧人。

我既媚君姿,

君亦悦我颜。

何以致拳拳?

绾臂双金环。

何以致殷勤?

约指一双银,

何以致区区?

耳中双明珠。

何以致叩叩?

香囊系肘后。

何以致契阔?

绕腕双跳脱。

何以结恩情?

美玉缀罗缨。

何以结中心?

素缕连双针。
何以结相于?
金薄画搔头。
何以慰别离?
耳后玳瑁钗。
何以答欢悦?
纨素三条裙。
何以结愁悲?
白绢双中衣。

与我期何所?
乃期东山隅。
日昕兮不至,
谷风吹我襦。
远望无所见,
涕泣起踯躅。

与我期何所?
乃期山南阳。
日中兮不来,
飘风吹我裳。
逍遥莫谁睹,
望君愁我肠。

与我期何所?
乃期西山侧。
日夕兮不来,
踯躅长太息。
远望凉风至,
俯仰正衣服。

与我期何所?
乃期山北岑。
日暮兮不来,
凄风吹我衿。
望君不能坐,
悲苦愁我心。

爱身以何为？

惜我华色时。

中情既款款，

然后克密期。

褰衣蹑花草，

谓君不我欺。

厕此丑陋质，

徒倚无所知！

自伤失所欲，

泪下如连丝！

Poem on Love

By Po Qin(? —218)

I went outside the East Gate on an excursion，

And met you with whom I fell in love.

I stole into your room for missing you

To wait on you to sleep and tidy your clothes.

At the time we had not made any dating plan，

But fell in love at first sight.

I was happy with your good look；

My beauty threw you into delight.

How would I express my sincerity?

I sent you a pair of bracelets.

How would you show your love?

You gave me a pair of silver rings.

How would I make my profound love known?

The double pearls on my ears were a good sign.

How would you convey your constancy?

It's found in the bag behind your back.

How would we mark the parting?

The pair of gold bracelets were worth marking.

How would we mark the love-knot then?

Jade was tied to the silk ribbon.

How would we display the oneness of two hearts?

A white thread linked two needles.

How would we tell we were in deep love?

Thin gold was decked on the hairpin.

How could we make parting unpainful?

We wore on head ornaments of tortoise shell.

How could we memorize the joy of love?

I embroidered three flowery edges on my kirtle.

How would we solve the sorrow of love?

We exchanged underwear made of white silk.

Where was I to meet you?

I hoped to see you at the corner east of the hill.

At sunset, alas, you were not seen.

The vale wind fluttered my garment front.

Looking into the distance, I caught no sight of you.

I went, cried, and rose, reluctant to leave.

Where was I to meet you?

I hoped to see you south of the hill.

At high noon, alas, you were not in sight,

The wind on my clothes blew.

You were nowhere to be seen.

Waiting in expectancy filled me with sorrow.

Where was I to meet you?

I hoped to see you west of the hill.

The sun was sinking, but alas, you failed to appear.

I was upset, with endless sighs.

I looked far, only felt the cold wind come near,

And lowered my head to straighten my clothes.

Where was I to meet you?

I hoped to see you on the northern hill small but high.

At dusk, alas, you still did not drop by.

Cold wind blew on my collar.

To look afar for you, I could not sit down;

Sorrow and woe filled my heart.

For what did you love me?

For I were at my best time.

The willing soul was so sincere，

Then we made a pact for a dating.

I treaded on green grass with my robe pulled up；

I told you not to bully me.

Placed in such embarrassment，

To this wandering I was at a loss!

Saddened，I had not any more desire，

And my tears dropped like rain!

观沧海

曹操（155—220）

东临碣石，

以观沧海。

水何澹澹，

山岛竦峙。

树木丛生，

百草丰茂。

秋风萧瑟，

洪波涌起。

日月之行，

若出其中。

星汉粲烂，

若出其里。

幸甚至哉!

歌以咏志。

Watching the Vast Sea (The First Song)

Cao Cao（155—220）

I come east to the Jieshi Hill,

To watch the vast sea.

The waves dance and dance；

The island stands steep and tall.

Lush are the groves and trees;

Sumptuous are all sorts of grass.

Autumn wind in the air rustles;

In deep sea surge big billows.

From this vast sea seems to begin

The journey of the sun and the moon.

The bright stars in the Milky Way

Seem to come also from the sea.

I'm so happy as to propose a toast

And sing of my ideal with this verse.

野田黄雀行

曹植(192—232)

高树多悲风，

海水扬其波。

利剑不在掌，

结友何须多？

不见篱间雀，

见鹞自投罗？

罗家得雀喜，

少年见雀悲。

拔剑捎罗网，

黄雀得飞飞。

飞飞摩苍天，

来下谢少年。

Song for a Sparrow in the Wild Field

Cao Zhi(192—232)

Tall trees often send moaning wind;

Tough seas toss billows with no end.

Sharp sword being not in hand,

What's the use of making many a friend?

Can't you see a hedge sparrow, at the sight of hawk,

Plunging himself into a net?

The netter delighted in trapping the bird;

The lad was sad to see it under arrest.

He drew his sword and cut the net;

The sparrow took wings and fled.

It flew up close to heaven

And came down to thank the young man.

当墙欲高行

曹植(192—232)

龙欲升天须浮云，

人之仕进待中人。

众口可以铄金，

谗言三至，

慈母不亲。

愤愤俗间，

不辨伪真。

愿欲披心自说陈，

君门以九重，

道远河无津。

When One Wants to Aspire Higher

Cao Zhi(192—232)

A dragon needs soaring clouds'aid to reach the heaven;

A man needs courtmen's help to get promotion.

When people speak the same voice they can even melt a hard stone;

When slanderous talks are repeated,

Even a mother is not kind to the children.

When angry with the earthly world,

People do not tell stone from gold.

I would fain to express my ideas,

But the royal gate is as far as the zenith,

And it is too far away to be reached.

明月篇

傅玄（217—278）

皎皎明月光，

灼灼朝日辉。

昔为春蚕丝，

今为秋女衣。

丹唇列素齿，

翠彩发蛾眉。

娇子多好言，

欢合易为姿。

玉颜盛有时，

秀色随年衰。

常恐新间旧，

变故兴细微。

浮萍本无根，

非水将何依？

忧喜更相接，

乐极还自悲。

On the Bright Moon

Fu Xuan（217—278）

Bright as beams from the moon，

Fresh as the morning sunshine，

The spring silk of yesterday

Has become today the garments of a woman.

The red lips reveal the teeth white；

On the forehead gleams the decoration bright.

A pretty girl is good at speech；

Beauty easily gives delight.

The pretty look has its deadline.

With the passage of years beauty must decline.

One often fears that the new becomes old；

Even slight differences one can behold.

Floating duckweed has no root at all.

On what should it rely if not on water after all?

Joy may follow sorrow;
Bliss can turn into woe.

丁督护

督护初征时，
侬亦恶闻许。
原作石尤风，
四面断行旅。
闻欢去北征，
相送直渎浦。
只有泪可出，
无复情可吐！

Inspector Ding

When the Inspector first went to war,
I did not like to hear the news at all.
I would fain become the adverse wind,
To stop the march from every direction.
I heard my love would go north to fight,
And saw him off at Dupu, no further to go,
Only tears welling out dimming my sight,
Not daring again my feeling to show.

来罗

郁金黄花标，
下有同心草。
草生日已长，
人生日就老。

君子防未然，
莫近嫌疑边。
瓜田不蹑履，
李下不正冠。

Lailuo

Golden flowers are a love-label；

The love-knot grass grows below.

As grasses grow tall day by day，

So we grow old in the same way.

A man should prevent suspicion and doubt，

Do not go to the extent that leads to doubt.

Do not pick up your shoes that come off in the melon fields；

Nor put upright your cap that comes askew under plum trees.

拟行路难

鲍照（约 414—466）

君不见柏梁台，

今日丘墟生草莱。

君不见阿房宫，

寒云泽雉栖其中。

歌妓舞女今谁在？

高坟累累满山隅。

长袖纷纷徒竞世，

非我昔时千金躯。

随酒逐乐任意去，

莫令长叹下黄垆！

To the Tune of Hard Journey

Bao Zhao(ca. 414—466)

Behold the Boliang Tai,

Which is now a tomb with wild grass.

Behold the E Fang Palace，

Where cold clouds and wild birds perch.

Where are the former dancing and singing girls?

One tomb near another covers all the hills.

The long-sleeved girls have gone underworld；

Had all died，no longer maids of great worth.

Go merry with wine while you may；

Sigh not for your fate when you pass away.

乌栖曲

简文帝(503—551)

芙蓉作船丝作筰，
北斗横天月将落。
采桑渡头碍黄河，
郎今欲渡畏风波。

浮云似帐月如钩，
那能夜夜南陌头。
宜城投泊今行熟，
停鞍系马暂栖宿。

织成屏风金屈膝，
朱唇玉面灯前出。
相看气息望君怜，
谁能含羞不自前?

Song of Wuqi

Emperor Jian Wen of the Liang Dynasty (503—551)

The boat is made of hibiscus with ropes of bamboo skin;
The North Star is in the sky; the moon is about to set.
My love is to pick mulberry but is blocked by the Yellow River;
He wants to cross it but fears the waves and the wind.

Floating clouds are like a curtain, the moon like a hook;
Alas, night after night he stays at the path's south end.
To go to the nearest town he follows a familiar route,
And ties his horse before putting up for the night,

Before the silk screen inside the splendid gate,
A red-lipped beauty appeared in the candlelight.
They looked at each other to seek a loving fate.
Neither of them should be coy.

大子夜歌

歌谣数百种，
子夜最可怜：
慷慨吐清音，
明转出天然。

丝竹发歌响，
假器扬清音。
不知歌谣妙，
声势出口心。

Song for Ziye

There are hundreds of songs,
But the songs for Ziye are the loveliest of all.
Such songs are clear and exciting,
Most melodious and most natural.

The lyre and bamboo form a good string,
Tuning clear with the tool's art.
So wonderful is the singing,
For the lyric and the tone speak a real heart.

参考文献

中文文献：

[1] （东汉）班固.汉书[M].上海：中华书局,1962.

[2] （西晋）陈寿.三国志[M].上海：中华书局,2005.

[3] （南朝）刘勰.文心雕龙[M].上海：新华书局,1929.

[4] （南朝）刘勰.文心雕龙[M].范文澜.文心雕龙注[M].北京：人民文学出版社,1998.

[5] （南朝）钟嵘.诗品[M].上海：上海古籍出版社,2011.

[6] （五代）刘昫.旧唐书1975[M].北京：中华书局,1975.

[7] （唐）杜甫著,（清）仇兆鳌注[M].北京：中华书局,1979.

[8] （唐）吴兢.乐府古题要解[M].北京：中华书局,1991.

[9] （宋）郭茂倩.乐府诗集[M].北京：中华书局,1979.

[10] （宋）郑樵.通志·乐略[M].北京：中华书局,1995.

[11] （宋）朱熹.诗经集注[M].台南：大孚书局,2006.

[12] （元）左克明.古乐府[M].北京：中华书局,2017.

[13] （明）冯班.钝吟杂录[M].北京：中华书局,1985.

[14] （明）仇兆鳌.杜诗详注[M].北京：中华书局,1985.

[15] （明）梅鼎祚.古乐苑[M].成都：电子科技大学出版社,2017.

[16] （明）吴讷.文章辨体[M].北京：人民文学出版社,1962.

[17] （明）徐师曾.文体明辨[M].北京：北平文化学社,1933.

[18] （明）徐献忠.乐府原[M].济南：齐鲁书社,1997.

[19] （清）陈祚明.采菽堂古诗选[M].上海：上海古籍出版社,2008.

[20] （清）顾有孝.乐府英华[M].济南：齐鲁书社,2001.

[21] （清）纪昀.四库全书总目[M].北京：中华书局,1965.

[22] （清）张玉穀.古诗赏析[M].北京：中华书局,2017.

[23] （清）朱嘉征.乐府广序[M].杭州：浙江古籍出版社,2012.

[24] （清）朱乾.乐府正义[M].北京：国家图书馆出版社,2011.

[25] （清）朱彝尊.静志居诗话[M].北京：人民文学出版社,1990.

[26] 蔡丹妮.汉文化传播模式构建——以英译唐诗在英语文化圈中的传播为例[D].西安：西安外国语大学,2017.

[27] 蔡平.翻译方法应以归化为主[J].中国翻译,2002(5).

[28] 陈斌.论中国古代诗歌中的"及时行乐"主题[J].宁夏社会科学,1999(1).

[29] 陈友冰.英国汉学的阶段性特征及成因探析——以中国古典文学研究为中心[J].汉学研究通讯,

2008(107).

[30] 陈橙. 阿瑟·韦利中国古诗英译研究[D]. 成都：四川大学，2007.

[31] 陈玉凤. 翻译的"等值"效果——评许渊冲先生的《声声慢》译本[J]. 绥化师专学报，2004(3).

[32] 丁祖馨. 中国诗歌精华[M]. 沈阳：辽宁大学出版社，1986.

[33] 方重. 陶渊明诗文选译[M]. 香港：商务印书馆，1980.

[34] 高玉昆. 唐诗比较研究[M]. 香港：天马图书有限公司，2003.

[35] 顾均. 卫三畏与《中国总论》[A]. 汉学研究通讯[C]，2002(83).

[36] 顾均. 美国汉学的历史分期与研究现状[J]. 国外社会科学，2011(2).

[37] 韩巍. 平行原则下的唐诗英译研究[D]. 上海：上海外国语大学，2013.

[38] 何寅，徐光华. 国外汉学史[M]. 上海：上海外语教育出版社，2002.

[39] 侯且岸. 费正清与中国学[A]. 国际汉学漫步(上卷)[C]. 石家庄：河北教育出版社，1997.

[40] 胡德清. 细刻精雕丝缕毕现——评许渊冲教授新译《毛泽东诗词选》的修辞美[J]. 中国翻译，1999(6).

[41] 黄节. 汉魏乐府风笺[M]. 北京：中华书局，2008.

[42] 黄福海. 唐诗英译家弗莱彻行迹钩沉[J]. 外语与翻译，2011(4).

[43] 贾晓英. 乐府中的文化负载词及其翻译[D]. 石家庄：河北师范大学，2009.

[44] 贾晓英，李正栓. 乐府英译文化取向与翻译策略研究[J]. 外语教学，2010(4).

[45] 江岚. 唐诗西传史论——以唐诗在英美的传播为中心[M]. 北京：学苑出版社，2009.

[46] 蒋洪新. 庞德的《华夏集》探源[J]. 中国翻译，2001(1).

[47] 蒋洪新. 英诗新方向——庞德、艾略特诗学理论与文化批评研究[M]. 长沙：湖南教育出版社，2001.

[48] 靳义宁. 通向中西诗学对话的桥梁——读《中诗英韵探胜》[J]. 北京大学学报，1993(1).

[49] 孔陈焱. 卫三畏与美国早期汉学的发端[D]. 杭州：浙江大学，2006.

[50] 李冰梅. 冲突与融合——阿瑟·韦利的文化身份与《论语》的翻译研究[J]. 比较文学与世界文学. 2009(9).

[51] 李林波. 唐诗中典故的英译[D]. 西安：陕西师范大学，2002.

[52] 李正栓. 汉英对照乐府诗选[M]. 长沙：湖南人民出版社，2013.

[53] 李正栓. 忠实对等：汉诗英译的一条重要原则[J]. 外语与外语教学，2004(8).

[54] 李正栓，贾晓英. 汪译乐府诗的"灵"与"魂"：传神达意——以汪译汉魏六朝诗三百首为例[A]. 典籍英译研究(第四辑)[M]. 北京：外语教学与研究出版社，2010.

[55] 李成坚. 外师造化中得心源——读汪榕培《汉魏六朝诗三百首》[J]. 外语与外语教学，1998(12).

[56] 李菡. 欲把西湖比西子，淡妆浓抹总相宜——许渊冲英译《西厢记》的艺术成就[J]. 中国翻译，2002(2).

[57] 李辉. 杨宪益与戴乃迭——一同走过[M]. 郑州：大象出版社，2001.

[58] 李淑杰. 从译者的主体性角度看汪榕培的诗歌翻译[D]. 上海：上海海事大学，2007.

[59] 李贻荫. 谈《玉台新咏》英译本[J]. 读书，1988(8).

[60] 梁启超. 中国之美文及其历史[M]. 北京：东方出版社，1996.

[61] 廖七一. 当代西方翻译理论探索[M]. 南京：译林出版社，2000.

[62] 刘守兰. 浅评许渊冲英译《唐宋词一百首》[J]. 云南师范大学学报，1993(5).

[63] 刘重德. 文学翻译十讲[M]. 北京：中国对外翻译出版公司，1991.

[64] 鲁迅. 鲁迅全集·汉文学史纲要[M]. 北京：光明日报出版社，2012.

[65] 逯钦立. 先秦汉魏晋南北朝诗[M]. 北京：中华书局，1983.

[66] 陆侃如. 乐府古辞考[M]. 太原：山西人民出版社，2014.

[67] 罗根泽. 乐府文学史[M]. 北京：东方出版社，1996.

[68] 全唐诗[M]. 北京：中华书局，1960.

[69] 阙维民. 剑桥汉学的形成与发展[J]. 汉学研究通讯，2002(81).

［70］钱钟书.林纾的翻译[A].罗新璋.翻译论集[C].北京：商务印书馆,1984.

［71］沈福伟.中西文化交流史[M].上海：上海人民出版社,1985.

［72］孙致礼.中国的文学翻译：从归化趋向异化[J].中国翻译,2002(1).

［73］谭载喜.翻译中的语义对比试析[J].翻译通讯,1982(1).

［74］唐年青.古诗《江雪》《青青河畔草》英译译法研究[J].湖南农业大学学报,2005(3).

［75］王东风.归化与异化：矛与盾的交锋？[J].中国翻译.2002(9).

［76］王恩保.古诗百首英译[M].北京：北京语言学院出版社,1994.

［77］王辉斌.宋人的乐府观与乐府诗创作——前者以宋人三部总集为例[J].南都学坛,2010(5).

［78］王克武.关于科技术语的译名探讨[J].中国科技翻译,1989(1).

［79］王绍祥.西方汉学界的"公敌"——英国汉学家翟理斯(1845—1935)研究[D].福州：福建师范大学,2004.

［80］汪榕培.汉魏六朝诗三百首[M].长沙：湖南人民出版社,1998.

［81］汪榕培.英译乐府诗精华[M].上海：上海外语教育出版社,2008.

［82］王运熙.乐府诗论丛[M].上海：古籍文学出版社,1958.

［83］王运熙.乐府诗述论[M].上海：上海古籍出版社,1996.

［84］王运熙,王国安.乐府诗集导读[M].成都：巴蜀书社,1999.

［85］王运熙.乐府诗述论(增补本)[M].上海：上海古籍出版,2006.

［86］王运熙.汉魏六朝乐府诗[M].上海：上海古籍出版社,2011.

［87］魏思齐(Zhigniew Wesoowski).美国汉学研究的概况[J].汉学研究通讯,2007(102).

［88］文殊.诗词英译选[M].北京：外语教学与研究出版社,1989.

［89］文军,高晓鹰.归化异化,各具一格[J].中国翻译,2003(9).

［90］闻一多.闻一多全集[M].武汉：湖北人民出版社,1993.

［91］吴伏生.阮籍咏怀诗[M].沈阳：辽宁大学出版社,1988.

［92］吴伏生.汉诗英译研究[M].北京：学苑出版社,2012.

［93］吴占垒.中国诗学[M].北京：人民出版社,1991.

［94］奚永吉.文学翻译比较美学[M].武汉：湖北教育出版社,2000.

［95］萧涤非.汉魏六朝乐府文学史[M].北京：人民文学出版社,1984.

［96］肖莉.意形韵的完美结合——汪榕培先生译作《木兰诗》赏析[J].南华大学学报,2000(2).

［97］肖东发.中国出版通史(先秦两汉卷)[M].中国书籍出版社,2008.

［98］新牛津英汉双解大辞典[Z].上海：上海外语教育出版社,2007.

［99］熊兵.翻译研究中的概念混淆[J].中国翻译,2014(3).

［100］许宏.典故翻译的注释原则[J].解放军外国语学院学报,2009(1).

［101］许渊冲.直译与异译[J].外国语,1980(6).

［102］许渊冲.翻译的艺术[M].北京：中国对外翻译出版公司,1984.

［103］许渊冲.Development of Verse Translation [J].外国语,1991(1).

［104］许渊冲.中诗英韵探胜[M].北京：北京大学出版社,1992.

［105］许渊冲.诗经[M].长沙：湖南人民出版社,1993.

［106］许渊冲.中国古诗词六百首(*Song of the Immortals：An Anthology of Classical Chinese Poetry*)[M].北京：新世界出版社,1994.

［107］许渊冲.追忆逝水年华——从西南联大到巴黎大学[M].上海：三联书店,1996.

［108］许渊冲.汉魏六朝诗[M].北京：中国对外翻译出版公司,2009.

［109］杨宪益,戴乃迭.乐府[M].北京：外文出版社,2001.

［110］杨宪益,戴乃迭.汉魏六朝诗文选[M].北京：外文出版社,2005.

［111］杨自俭,刘学云.翻译新论[M].武汉：湖北教育出版社,1994.

［112］叶拉美.略评翁显良、许渊冲的古诗英译理论[J].五邑大学学报,2004(4).

［113］余冠英.乐府诗选［M］.北京：人民文学出版社,1953.

［114］余冠英.乐府歌辞的拼凑和分割［A］.汉魏六朝诗论丛［M］.上海：中华书局,1956.

［115］喻意志.《乐府诗集》成书研究［D］.上海：上海师范大学,2002.

［116］宇文所安.迷楼：诗与欲望的迷宫［M］.北京：生活·读书·新知三联书店,2003.

［117］宇文所安著,田晓菲等译.中国早期古典诗歌的生成［M］.北京：生活·读书·新知三联书店,2014.

［118］张金锋.诗歌象似性翻译研究——以《乐府诗歌》英译为例［D］.曲阜：曲阜师范大学,2013.

［119］章国军.白头吟望苦低垂——浅析许渊冲译《登高》之美［J］.长沙大学学报,2005(6).

［120］赵毅衡.关于中国古典诗歌对美国新诗运动影响的几点刍议［J］.文艺理论研究,1983(4).

［121］赵毅衡.诗神远游：中国如何改变了美国现代诗［M］.上海：译文出版社,2003.

［122］郑燕虹.论中国古典诗歌对肯尼斯·雷克思罗斯创作的影响［J］.外国文学研究,2006(4).

［123］郑振铎.插图本中国文学史［M］.北京：人民文学出版社,1957.

［124］郑振铎.郑振铎古典文学论文集［M］.上海：上海古籍出版社,1984.

［125］中国戏曲研究院.中国古典戏曲论著集成［M］.北京：中国戏剧出版社,1959.

［126］钟玲.经验与创作——评王红公英译的杜甫诗［A］.郑树森,中美文学因缘［M］.台北：台湾东大出版公司,1985.

［127］钟玲.美国诗与中国梦［M］.桂林：广西师范大学出版社,2003.

［128］周仪,罗平.翻译与批评［M］.武汉：湖北教育出版社,1999.

［129］周忠浩.诗歌翻译中音乐性的传递与再生——以乐府诗歌英译为个案研究［D］.苏州：苏州大学,2009.

［130］朱徽.中国诗歌在英语世界［M］.上海外语教育出版社,2009.

［131］朱明海.许渊冲翻译研究：翻译审美批评视角［D］.上海：上海外国语大学,2008.

［132］朱自清.朱自清古典文学论文集［M］.上海：上海古籍出版社,1980.

［133］卓振英.华夏情怀——历代名诗英译及探微［M］.广州：中山大学出版社,1996.

［134］卓振英.汉诗英译方法比较研究［J］.外语与外语教学.2002(10).

［135］卓振英.汉诗英译论要［M］.北京：中国科学文化出版社,2003.

［136］邹广胜.谈杨宪益与戴乃迭古典文学英译的学术成就［J］.外国文学,2007(5).

［137］邹霆.永远的求索——杨宪益传［M］.上海：华东师范大学出版社,2001.

［138］https://so.gushiwen.org

外文文献：

［1］Allen, Joseph Roe. In the Voice of Others：Chinese Music Bureau Poetry［M］. Ann Arbor, Mich.：Center for Chinese Studies, University of Michigan, 1992.

［2］Aylmer, Charles. The Memoirs of H. A. Giles［J］. East Asian History, No. 13/14. Canberra：Institute of Advanced Studies Australian National University, 1997.

［3］Barroe, Terence. Introduction to the New Edition, in H. A. Giles, A History of Chinese Literature［M］. Rutland, Vermont & Tokyo, Japan：Charles E. Tuttle Company, 1973.

［4］Birrell, Anne. New Songs from a Jade Terrace：An Anthology of Early Chinese Love Poetry［M］. London：Penguin Classics, 1987.

［5］Birrell, Anne. Popular Songs and Ballads of Han China［M］. London：Unwin Hyman Limited, 1988.

［6］Birrell, Anne. Mythmaking and Yueh-Fu：Popular Songs and Ballads of Early Imperial China［J］. Journal of the American Oriental Society, Vol. 109. No. 2. Apr. -Jun. , 1989.

［7］Chesterman, A. Problems with Strategies［A］. In Károly, K. & A. Fóris(eds). New Trends in Translation Studies：In Honour of Kinga Klaudy［C］. Budapesr：Akadémiai Kiadó, 2005.

［8］ Cranmer-Byng, Launcelot Alfred. A Lute of Jade: Being Selections From the Classical Poets of China ［M］. New York: E. P. Dutton and Company, 1934.

［9］ Davis, John Francis. On the Poetry of the Chinese ［A］. Transactions of the Royal Asiatic Society of Great Britain and Ireland ［C］, Vol. 2. London: Kingsbury, Parbury, and Allen, 1829.

［10］ Davis, John Francis. The Poetry of the Chinese ［M］. New York: Paragon Book Reprint Corp, 1969.

［11］ Diény, J. P. Aux origines de la poésie Classique en Chine: étude sur la poésie lyrique à l'époque des Han ［M］. Leiden: E. J. Brill, 1968.

［12］ Eliot, T. S. Ezra Pound: His Metric and Poetry ［M］. New York: Alfred Knopf, 1917.

［13］ Eliot, T. S. Ezra Pound: Selected Poems ［M］. London: Faber and Faber Limited, 1934.

［14］ Fairbank, J. K. Tributary Trade and China's Relations with the West ［A］. The Far Eastern Quarterly ［C］, Vol. 1., 1942.

［15］ Ferguson, J. C. Obituary: Dr. Herbert Allen Giles ［J］. Journal of North-China Branch of the Royal Asiatic Society, 1935.

［16］ Fletcher, William John Bainbridge. Gems of Chinese Verse ［M］. Shanghai: Commercial Press, 1918.

［17］ Frankel, Hans H. "Yüeh-fu Poetry", in Birch Cyril, Studies in Chinese Literary Genres ［M］. Ann Arbor, Mich.: UML., 2006.

［18］ Fu, Shang-Ling. One Generation of Chinese Studies in Cambridge: An Appreciation of Professor H. A. Giles ［J］. The Chinese Social & Political Science Review, vol. xv, April 1931.

［19］ Fuller, Roy. "Arthur Waley in Conversation, BBC Interview with Roy Fuller", Ivan Morris, Madly Singing in the Mountains, An Appreciation and Anthology of Arthur Waley ［M］. London: George Allen & Unwin Ltd, 1970.

［20］ Giles, Herbert Allen. Notices of Recent Publications ［J］. Chinese Recorder. vol. x., 1879.

［21］ Giles, Herbert Allen. Gems of Chinese Literature ［M］. London: Bernard Auaritch, 15, Piccadilly. Shanghai: Kelly & Walsh, 1884.

［22］ Giles, Herbert Allen. The Remains of Lzo Tzŭ ［J］. The China Review. xiv., 1885.

［23］ Giles, Herbert Allen. Dr. Legge's Critical Notice of The Remains of Lzo Tzŭ ［J］. The China Review. xvi., 1888.

［24］ Giles, Herbert Allen. Review of A Hundred and Seventy Chinese Poems. Translated by Arthur Waley. London: Constable & Co. 1918 ［J］. The Cambridge Review, 22 Nov. 1918.

［25］ Giles, Herbert Allen. Mr. Waley and "the Lute Girl's Song" ［J］. The New China Review. vol. Ⅲ, 1921.

［26］ Giles, Herbert Allen. A History of Chinese Literature ［M］. London: CreateSpace Independent Publishing Platform, 2014.

［27］ Hawkes, David. "From the Chinese", Ivan Morris: Madly Singing in the Mountains: An Appreciation and Anyhology of Arthur Waley ［M］. London: George Allen & Unwin Ltd, 1970.

［28］ Latourette, Kenneth Scott. Far Eastern Studies in the United States: Retrospect and Prospect ［A］. The Far Eastern Quarterly ［C］, Vol. 15., 1955.

［29］ Morris, Ivan. Madly Singing in the Mountains ［M］. London: George Allen & Unwin Ltd, 1970.

［30］ Newmark, P. A. Textbook of Translation ［M］. Shanghai: Shanghai Foreign Language Education Press, 2001.

［31］ Owen, Stephen. An Anthology of Chinese Literature: Beginnings to 1911 ［M］. New York · London: W. W. Norton & Company, 1996.

［32］ Owen, Stephen. The Making of Early Chinese Classical Poetry ［M］. Cambridge: Harvard

University Asia Center, 2006.

[33] Payne, Robert. The White Pony: An Anthology of Chinese Poetry From the Early Times to the Present Day, Newly Translated [M]. New York: John Day Company, 1947.

[34] Pound, Ezra. Cathy [M]. London: Elkin Mathews, Cork Street MCMXV, 1915.

[35] Rexroth, Kenneth. 100 Poems from the Chinese [M]. New York: New Directions Publishing, 1956.

[36] Rexroth, Kenneth. An Autobiographical Novel [M]. New York: New Directions Publishing, 1964.

[37] Rexroth, Kenneth. 100 More Poems from the Chinese: Love and the Turning Years [M]. New York: New Directions Publishing, 1970.

[38] Robinson, D. Translation and Empire: Postcolonial Theories Explained [M]. Manchester: St Jerome, 1997.

[39] Singh, G. Ezra Pound as Critic [M]. New York: St. Martin's Press, Inc., 1994.

[40] Stifler, Susan Reed. Language students of the East India's Canton Factory [A]. Journal of the North China Branch of the Royal Asiatic Society [C], 1938.

[41] Strachey, Lytton. An Anthology, in Characters and Commentaries [M]. New York: Harcourt, Brace and Company, 1933.

[42] Watson, Burton. The Columbia Book of Chinese Poetry: From Early Times to the Thirteenth Century [M]. New York: Columbia University Press, 1984.

[43] Wu-chi Liu; Irving Yucheng Lo. Sunflower Splendor: Three Thousand Years of Chinese Poetry [M]. Bloomington: Indiana University Press, 1990.

[44] Waley, Arthur. A Hundred and Seventy Chinese Poems [M]. London: Constable and Company LTD, 1918.

[45] Waley, Arthur. A Hundred and Seventy Chinese Poems [M]. New York: the Vail-Ballou Co. Binghamton, 1919.

[46] Waley, Arthur. Notes on the Lute-Girl's Song [J]. The New China Review. vol. II, 1920.

[47] Waley, Arthur. Translations from the Chinese [M]. New York: Alfred A. Knopf, 1941.

[48] Waley, Arthur. Chinese Poems [M]. London: George Allen and Unwin LTD, 1946.

[49] Waley, Arthur. "Introduction to A Hundred and Seventy Chinese Poems" (1962 edition) in Ivan Morris: Madly Singing in the Mountain: An Appreciation and Antholigy of Arthur Waley [M]. London: George Allen & Unwin Ltd, 1970.

[50] Watson, Burton. The Columbia Book of Chinese Poetry: From Early Times to the Thirteenth Century [M]. New York: Columbia University Press, 1984.

[51] Xu, Yuanchong. Song of the Immortals: An Anthology of Classical Chinese Poetry [M]. Beijing: New World Press, 1994.

[52] Yip, Wai-Lim. Ezra Pound's Cathay [M]. Princeton: Princeton University Press, 1969.

[53] http://royalasiaticsociety.org

姓名索引